Leo Lukas

MÖRDER
POINTEN

Leo Lukas

MÖRDER POINTEN

Kriminalroman

ueberreuter

Gefördert von der Stadt Wien Kultur

1. Auflage 2022
© Carl Ueberreuter Verlag, Wien 2022
ISBN 978-3-8000-9007-5
ISBN 978-3-8000-9907-8 (E-Book)
Lektorat: Marina Hofinger
Covergestaltung: Saskia Beck, s-stern.com
Coverfoto: Adobe Stock
Fotos Innenklappe: Homajon Sefat, abgelichtet.at
Satz: Gabi Schwabe, grafik design
Druck und Bindung: CPI Moravia Books, s.r.o, Pohořelice

www.ueberreuter.at

Prolog

Schade, dass du tot bist. Dadurch verpasst du einiges.

Zum Beispiel, dass man auch als Leiche noch im Weg sein kann.

Drei Personen stehen um dich herum, eine Frau und zwei Männer. Sie sind sehr bunt gekleidet, schreiend bunt sozusagen. Hingegen reden sie gedämpft. Offenbar glauben sie, dass du nur schläfst, und wollen dich nicht aufwecken. Ihre Unterhaltung hätte dich zu Lebzeiten gewiss amüsiert. Nicht bloß, weil alle drei stark geschminkt sind und kugelrunde rote Nasen aufhaben.

„Oh Mann. Die liegt aber ungünstig", sagt die Frau.

„Oder der."

„Eh. Und was machen wir jetzt?"

„Können wir nicht einfach …"

„Pst! Falls der Typ zuckt und die Scheibe bewegt wird, gibt das einen Strafpunkt."

„Wieso? Wenn wir ihn vorsichtig ansprechen, sodass er munter wird und sie hinunterrutscht …"

„Hätten wir ihre Position dennoch beeinflusst." Der Besserwisser, ein typischer Weißclown, hebt den Zeigefinger. „Die Regeln sind da eindeutig. Ein Bewusstloser, vermutlich Besoffener ist kein natürliches Hindernis."

„Ich spiele doch eh mit einem anderen Frisbee weiter. Mit meinem Top-Finalizer-3000. Praktisch sicherer Birdie. Sind ja nur noch 20, höchstens 25 Meter bis zum Korb."

„Das glaube ich dir gern, Dorothea. Aber die Regeln besagen, dass du vom exakten Landelatz des zuvor benutzten Spielgeräts abwerfen musst. ‚Dabei ist', ich zitiere, ‚ein Stand innerhalb eines 20 Zentimeter breiten und 30 Zentimeter langen Rechtecks dahinter einzunehmen.'"

„Schwachsinn! Ich kann dem Kerl ja nicht gut auf den Hintern steigen."

Dir wäre es herzlich egal, würdest du denken, wenn du noch denken könntest.

„Also was tun wir?", fragt der Dritte ein wenig lallend. Er tritt schwankend von einem Bein aufs andere. Aus der Plastikblume am Revers seines lächerlich groß karierten Sakkos spritzt ein dünner Wasserstrahl und trifft deinen Hinterkopf.

„Pass doch auf, Doc Tonto!"

„Tschulligung. Aber nix passiert."

Du hast dich nicht gerührt. Wie auch.

„Zum Glück. – Tut mir leid, Doktor Doro, aber meines Erachtens kommst du nicht um einen Strafpunkt herum."

„Wir könnten schummeln", sagt die Frau. Wie zur Bekräftigung entlockt sie der Kinderziehharmonika, die vor ihrem mit einem Polster ausgestopften Bauch hängt, einige klägliche Quietschtöne. „Schließlich geht es um nichts."

„Oho! Die ‚Goldene Ananas' ist nicht nichts."

„Eine Urkunde und eine Trophäe aus Salzteig."

„Gebastelt von Kindern auf der Krebsstation, daher ein wertvolles Einzelstück."

„Na schön, Professor Pronto. Dann wecke ich ihn halt auf und nehme den Strafpunkt." Sie beugt sich zu dir herunter, schüttelt dich sanft an der Schulter, bringt ihren Kopf noch näher an deinen, horcht, horcht angestrengt, greift dir an den Hals, zur Schlagader, fährt entsetzt hoch. „Der atmet nicht! Und er hat keinen Puls. Der ist …" Ihre Stimme versiegt.

„Tot?", sagt Tonto. Plötzlich ernüchtert, wiederholt er: „Tot? Echt jetzt?"

„Nicht anfassen!", ruft Professor Besserwisser, nestelt sein Handy aus den Falten der blau und gelb gestreiften Pluderhose und wählt den Notruf.

„Müssen wir …?"

„Dableiben, natürlich."

„Mist", sagt Doro. „Ich war so gut im Rennen." Sie hüstelt. „Sorry, das war pietätlos, gell?"

„Ja."

„Ja."

Es folgt peinliches Schweigen. Das Trio wartet eine gute halbe Stunde. Nachfolgende Dreierpartien winken sie wortlos vorbei und verscheuchen alle, die neugierig stehen bleiben wollen.

Endlich trifft eine Funkstreifenbesatzung ein. Kurz darauf kommen weitere Polizisten hinzu, noch zwanzig Minuten später ein Trupp Kriminaltechniker. Sie machen Fotos, stecken Schildchen in den Boden, machen mehr Fotos, während die uniformierten Kollegen ringsum zwischen den Bäumen rot-weiß-rote Absperrbänder aufspannen.

Dann wirst du aus der Bauchlage auf den Rücken gedreht. Deine Augen sind offen, erstarrt in einem verdutzten Gesichtsausdruck. Mitten auf der Stirn klafft eine Wunde. Dunkelrotes, gestocktes Blut bedeckt einen Großteil des Gesichts.

Die Clownfrau erkennt dich trotzdem. „Oh, mein Gott!", haucht sie. „Das ist ja …"

Erste Bahn:
Geradschlag

Empfohlene Bälle: Tiffany 3, Fun for Kids marineblau,
Europaball Bottrop-Essen, ÖSM 2013 Christine Nestler

*

Warum setzen die Burgenländer zum
Zeitunglesen einen Sturzhelm auf? –
Sie wollen sich vor den Schlagzeilen schützen.

Ta-taaa! Ta-taaa!

*

Das englische **point-blank** bedeutet auf Deutsch glatt,
unverblümt, schnurgerade, aus nächster Nähe;
„point-blank range" steht für Kernschussweite.

Auf dem Weg zum Tatort ist der Bravo stets die Ruhe selbst. Grundsätzlich, weil er Morde nur begeht, nachdem er sich penibel vorbereitet hat. In diesem Fall sowieso; aller Wahrscheinlichkeit nach droht kein Widerstand. Das designierte Opfer ist zugleich der Auftraggeber.

Nicht, dass der Bravo deswegen leichtsinnig würde. Leichtsinn kennt er nicht. Jegliche Form von Schlendrian verbietet er sich. Immer schon, von Anfang an. Sonst wäre er nicht geworden, wer und was er ist: einer der gefragtesten, da verlässlichsten Profi-Killer des Landes, wenn nicht ganz Mittel- und Westeuropas.

Aber diesmal kann er es sich, seiner gründlichen Recherche zufolge, leisten, auf ein privates Fluchtfahrzeug zu verzichten. Stattdessen reist der Bravo mit einem öffentlichen Verkehrsmittel an. Und auch wieder ab, falls alles nach Plan läuft.

Wogegen rein gar nichts spricht. Denn das Zielobjekt hat die Umstände bereits optimal aufgeschlüsselt.

Die „Badner Bahn" mag der Bravo. Er fühlt sich ihr irgendwie verwandt.

Sie ist ein Unikat, wie er. Historisch verwurzelt – sein Deckname „Bravo" bezeichnet seit der italienischen Renaissance einen gedungenen Meuchelmörder –, aber in der Gegenwart alltäglich und unauffällig. Dabei ist das die einzige aus Wien hinausführende Bahnlinie, in die man mitten im ersten Stadtbezirk einsteigen kann, vor dem Hotel Bristol, schräg gegenüber der Staatsoper. Außerdem wechselt sie auf der insgesamt etwas über 27 Kilometer langen Strecke vom Ring bis zur Kurstadt Baden gleich zweimal quasi den Charakter. Anfangs nutzt sie, teilweise in Tieflage oder unterirdisch, die Geleise des Wiener Tramwaynetzes. Danach verläuft sie auf einem selbstständigen Gleiskörper, wie ein „richtiger" Regionalzug, um sich für die letzten zwei Kilometer wieder in eine lokale Straßenbahn zu verwandeln. Damit einer gehen unterschiedliche Spannungen der elektrischen Oberleitung, von 600 über 750 bis am Ende 850 Volt Gleichstrom.

Dem Bravo gefällt diese Variabilität. Er versteht sich ja selbst als changierende, der jeweiligen Umgebung angepasste und dadurch schwer fassbare Existenz. Das bringen die Anforderungen der Profession, die er seit rund zwei Jahrzehnten ausübt, automatisch mit sich. Gute Mörder hinterlassen keine Spuren oder Hinweise auf irgendwelche individuellen Vorlieben.

Auch die Inneneinrichtung des Waggons, in dem er Platz genommen hat, wirkt undefiniert. Manche Sitze sind hintereinander angeordnet, andere wieder paarweise gruppiert, mit geräumigen Ablagen für weiter als ein paar Stationen reisende Passagiere.

Der Bravo hat eine Fahrkarte gekauft und entwertet. Obwohl er weiß, dass ein etwaiger Kontrollschaffner ihn übersehen würde. Er wird immer übersehen. Blicke gleiten an ihm ab, als wäre er gar nicht da. Das ist eine angeborene Gabe, die er später kultiviert hat.

Nicht einmal er selbst würde sich das Gesicht merken, das sich in der Fensterscheibe spiegelt. Es erscheint durchschnittlich, komplett uninteressant, nicht im Mindesten charakteristisch. Gleiches gilt für die Körperhaltung. Der Bravo sitzt entspannt, den Rucksack auf dem Schoß, die Lenkstange eines Elektrorollers zwischen den Knien. Beide Produkte sind Dutzendware ohne spezielle Merkmale, so allgegenwärtig und häufig anzutreffen wie die Schuhe und die gesamte Kleidung.

Auf einer Skala von minus fünf, „sträflich unbesonnen", bis plus fünf, „extrem vorsichtig", rangiert der Bravo bei cirka plus acht. Ist das paranoid? Ja, aber vernünftig.

Er hat keine Freunde, nicht einmal gute Bekannte. Seine Geschäftsbeziehungen laufen über mehr Umleitungen als die Hacker-Angriffe von „Anonymus". Mindestens ebenso schwer sind sie zurückzuverfolgen. Zwischen den Wohnungen und

Unterschlüpfen, die er unter verschiedenen Namen gemietet hat, wechselt er in unregelmäßigen, durch Würfeln bestimmten Abständen, ähnlich wie weiland Fidel Castro in Havanna, der den Weltrekord an überlebten Mordversuchen hält: 638. Die durchaus beträchtlichen Honorare, die auf ebenso vielfältig verschleierten Konten eingehen, investiert er zum größten Teil in nur noch ausgefeiltere Sicherheitsvorkehrungen.

Fragt er sich manchmal, ob das ein Leben ist? Natürlich. Er hält viel auf Selbstüberprüfung. Immer wieder gibt er sich zur Antwort, dass er genau so leben will, und nur so.

„Der Starke ist am mächtigsten allein", legte schon Friedrich Schiller seinem Helden Wilhelm Tell in den Mund, nicht zufällig einem erfolgreichen Attentäter.

Von der Endstation im Zentrum der Kurstadt rollert der Bravo an die Peripherie. Er kommt an Einfamilienhäusern vorbei, deren Bewohner sich durch bemüht originelle Vorgartengestaltung sowie halblustige Schilder, die vor Wachhunden warnen, aus der Masse hervorheben möchten, und ehedem prunkvollen Villen, die das nie nötig hatten.

Am Waldrand erstreckt sich, eingebettet in die Flanke eines sanften grünen Hügels, das „Sanatorium Lazarus". Es handelt sich um ein dreistöckiges Gebäude mit hufeisenförmigem Grundriss und umlaufenden Balkonen. Aus den am Geländer hängenden Töpfen wuchert üppiger Blumenschmuck. Der Bravo nimmt, wie ihm angeraten wurde, den näher zum Personalparkplatz gelegenen Seiteneingang. Im Schatten des Vordachs streift er Einweghandschuhe über.

Drei Meter rechts von der Tür befindet sich ein Schaltkasten. Er ist versperrt. Der Bravo hat den passenden Schlüssel mitgebracht. Sorgfältig darauf bedacht, im toten Winkel der suboptimal montierten Überwachungskamera zu bleiben, schraubt er die innere Abdeckung ab und legt die Verkabelung frei. Zügig, jedoch ohne Hektik appliziert er ein Kästchen, das ihm nach wenigen Sekunden die Kontrolle über die Alarmanlage verschafft. Deren Bauweise verhält sich zum Stand der Technik wie ein Trabi zum neuesten Tesla-Modell. Auch diesbezüglich erweisen sich die Angaben des Auftraggebers als korrekt.

Die ganze Sache sieht nach einer, wie die Wiener sagen, „g'mahten Wies'n" aus. Aber der Bravo bleibt wachsam. Er klappt den Roller zusammen und verstaut ihn in einer Nische neben der Tür. Dem Rucksack entnimmt er einen weißen Arbeitsmantel und streift ihn über. An der Oberkante der Seitentasche ist lindgrün und schon leicht verwaschen „Sanatorium Lazarus" aufgedruckt, selbstverständlich im Originalschriftzug, bei dem das S sich schlangengleich um einen Äskulapstab windet. Der Bravo schätzt es sehr, wenn auch kleinste Details stimmen.

Er schließt die Personaltür auf, tritt ein und lauscht.

Alles ist still. Kein Alarm ertönt.

Mit den festen, auf dem Fliesenboden klackenden und im verwaisten Korridor hallenden Schritten eines Insiders, der genau weiß, wohin er will, bewegt sich der Bravo durch das Gebäude. Niemand kommt ihm entgegen. Es ist kurz vor 19 Uhr. Auf den jeweiligen Stationen übergeben die Pfleger und Krankenschwestern gerade an den stark reduzierten Nachtdienst; die wenigen Ärzte sind längst nach Hause gegangen.

In den Fluren und Stiegenhäusern riecht es nach chlorhaltigen Desinfektionsmitteln. Aus manchen Zimmern dringt Musik, Stimmengewirr von Vorabend-Fernsehserien, immer wieder mal Stöhnen, ersticktes Husten oder mattes Röcheln.

Als der Bravo im Oberstock angelangt ist und die sirrend aufgleitende Schiebetür zum rechten Gebäudeflügel durchquert hat, versperrt ihm ein Gespenst den Weg. Das himmelblaue Nachthemd flattert um einen Körper, der nicht viel mehr ist als Haut und Knochen. Skelettöse Gliedmaßen ragen heraus und ein mumienhafter Schädel, gekrönt von vereinzelten, in alle Richtungen abstehenden Haarbüscheln.

„Gut, dass Sie da sind, Herr Doktor", krächzt die alte, auf einen Rollator gestützte Frau. Ihre tief in den Höhlen liegenden Augen flackern. „Die Watzlawick aus Zimmer 307 hat mir schon wieder meine Leibschüssel gestohlen. Ich weiß eh, was sie mit dem Inhalt vorhat."

Der Bravo fragt nicht nach. Ihm fällt nicht ein, was er sagen könnte. Normalerweise wäre er einfach vorbeigehuscht. Aber das geht nicht, merkt er, und diese Erkenntnis verstört ihn. Sonst nehmen ihn nur Todgeweihte wahr. Knapp vor ihrem Ende, wenn überhaupt …

„Sie baut daraus kleine Puppen", setzt die Greisin fort, mit raspelnd gehauchter Grabesstimme. „Weil sie ein Luder ist, die Watzlawick, eine Hexe. Ich habe Ethnologie studiert. Ich war", sie bäumt sich auf, am ganzen Leib schlotternd, „Ehrenmitglied der Akademie der Wissenschaften! Mir braucht man nichts über Voodoo-Magie erzählen. Ich habe keine Angst. Die Watzlawick kann mir nichts antun. Mich schützt mein Amulett." Sie nestelt an dem roten Band um ihren Hals und zieht aus dem Kragenausschnitt ein kleines, verschmuddeltes Lebkuchenherz hervor.

Die an vielen Stellen durchbrochene, kaum noch lesbare Aufschrift aus Zuckerglasur entziffert der Bravo als „DICKE WADL, FESCHES MADL". Das wird wohl vor Jahrzehnten so gewesen sein. „Ich muss aufs Klo", sagt die Alte. „Herr Doktor, helfen Sie mir?"

Der Bravo erfüllt ihr die Bitte und geleitet sie zur Gangtoilette. Unangenehm berührt hält er Wache, bis sie ihre Notdurft erledigt hat. Dann führt er sie zurück zu dem ein paar Meter weiter hinten gelegenen Zimmer, dessen Tür offensteht.

„Danke", nuschelt sie, nachdem er sie ins Bett gehievt und zugedeckt hat. Über das faltige, eingefallene Gesicht legt sich ein koketter Schimmer. „Junger Mann, wenn Sie wüssten, mit wem ich dazumal gelegen bin und verdammt viel Spaß gehabt habe. Sagt Ihnen der Name …" Sie verstummt abrupt und beginnt zu schnarchen, stoßweise abgehackt, die Augen immer noch halb offen, die Lider flatternd.

Lautlos verlässt der Bravo das Einzelzimmer. Es hat die Nummer 307. Auf dem Schild steht „DDr. Heidrun Watzlawick".

Ist das ein Leben? Natürlich, und unbedingt bewahrenswert, findet der Bravo: mit allen verfügbaren Mitteln, so lange wie irgend möglich. Nicht zuletzt dafür gibt es medizinische Einrichtungen wie diese.

Andere Personen wiederum möchten nichts lieber, als von ihrem Leid und ihren Schmerzen erlöst zu werden. Der Bravo wischt die Erinnerung an die Großtante, bei der aufgewachsen ist, weg und konzentriert sich wieder auf seine Mission.

Es ist nicht die erste dieser Art.

In Österreich steht aktive Sterbehilfe, anders als etwa in der Schweiz, nach wie vor unter Strafe.

Zwar wurde das Verbot der passiven Beihilfe zum Selbstmord modifiziert. Aber „Tötung auf Verlangen", etwa durch Verabreichung tödlicher Medikamente, ist laut §77 StGB weiterhin mit einer Freiheitsstrafe von sechs Monaten bis zu fünf Jahren bedroht. Menschen, die ihrem qualvollen Leben ein Ende setzen wollen, jedoch selbst nicht mehr dazu fähig sind, Suizid zu begehen – beispielsweise, weil eine unheilbare Krankheit sie ans Bett fesselt –, können der gnadenlosen Intensivmedizin nicht entkommen, wenn nicht vorab eine Patientenverfügung ausgefertigt wurde. Außer sie oder ihre engsten Angehörigen haben genügend Vermögen und Kontakte zur Dunkelwelt, um jemand wie den Bravo zu engagieren.

Sein aktueller Klient liegt auf Zimmer 312. Zahlreiche medizinische Geräte flankieren die Hightech-Pritsche. Das spärliche Licht stammt hauptsächlich von roten und grünen Lämpchen, bläulichen Digitalanzeigen und Monitoren mit oszillierenden Kurven. Einige der Apparate piepsen leise. Mehrere Schläuche und Kabel führen unter das Laken, das den Leib bedeckt. Eine

Atemmaske ist über Mund und Nase geschnallt. Die fahlen Wangen blähen sich leicht in einem von der Maschine vorgegebenen Rhythmus.

Der Bravo vergewissert sich, dass der Name auf der Tafel am Fußende des Bettes mit seinen Informationen übereinstimmt. Dann nimmt er den Beutel, der den Venentropf speist, aus der Halterung und ersetzt ihn durch das mitgebrachte, binnen weniger Minuten wirksame Giftpaket.

Im selben Moment richtet die Gestalt den Oberkörper auf, fegt die Zuleitungen beiseite, reißt sich die Maske vom Kopf und sagt: „Ah ja. Und da sind Sie nun."

Der Bravo erstarrt.

Er kennt die Stimme, erkennt das Zitat, auch das Gesicht, das unter der doppelten Verkleidung zum Vorschein gekommen ist. Keinem Sterbenskranken sieht er sich gegenüber, sondern …

„Peter Szily", sagt der Bravo, sofort wieder eiskalt beherrscht. „Was soll das sein? Ein Witz?"

Nach versteckten Kameras hält er nicht Ausschau. Die wären ihm längst vom übernommenen Alarmsystem angezeigt worden. Oder …?

Szily schrubbt sich die Reste der Maskierung ab und säubert die Finger mit einem Feuchttuch. „Mitnichten", sagt er. „Herzlich willkommen, Bravo. Aus der Erfahrung unserer bisherigen Begegnungen gehe ich davon aus, dass Sie nicht zu überstürzten Reaktionen neigen. Gleichwohl appelliere ich an Ihre hoch ausgeprägte Intelligenz, inklusive Vernunft und Hausverstand, mich erst einmal anzuhören, ehe Sie versuchen, mich doch noch um die Ecke zu bringen."

Baff wie selten stößt der Bravo hervor: „Was sollte mich daran hindern?"

Seine Gedanken überschlagen sich. Er ist getäuscht, ja düpiert worden. Daran besteht kein Zweifel. Anstelle eines komatösen Wracks sieht er sich dem deutlich lebendigeren, wenngleich verlebten, um nicht zu sagen: abgehalfterten Komödianten gegenüber, mit dem er voriges Jahr die Morde am Wiener Dombrowski-Platz aufgeklärt hat.

„Erinnern Sie sich noch an die Apollofabrik?", fragt Szily.

„An Yojimbo und die anderen Whizzkids? Sie haben mich und diesen Raum ausgestattet nach allen Regeln ihrer Kunst. Nicht schlecht, was? Freilich könnten Sie mich auf der Stelle umbringen. Mir ist völlig klar, dass ich nicht in der Lage bin, Ihnen körperlichen Widerstand zu leisten. Killer gegen Komiker, das ginge eins zu null für Sie aus, keine Frage. Jedoch kämen Sie nicht davon. Sondern Sie würden in flagranti ertappt. Denn der Fluchtweg ist versperrt."

„Du bluffst, Pezi."

„Glauben Sie wirklich, Herr Bravo, ich hätte mich, nach allem, was ich über Sie weiß, auf diese Konfrontation eingelassen, ohne wasserdichte Vorkehrungen zu treffen?"

Die Zimmertür, die der Bravo hinter sich angelehnt hat, schließt sich mit einem saugenden Geräusch, gefolgt von einem satten Klicken.

„Arretiert", sagt Peter Szily. „Ich nehme an, dass Sie, wie angeregt, die Alarmanlage unter Kontrolle gebracht haben. Allerdings nur teilweise. Bitte überzeugen Sie sich, dass Sie keinen Zugriff mehr auf diesen Raum haben."

Der Bravo zückt seine Fernsteuerung, tippt darauf herum, scheitert. Szily hat nicht gelogen. „Mag sein. Aber sterben willst du nicht. Oder leiden."

„Keineswegs. Wahrscheinlich beherrschen Sie mindestens ebenso viele Folter- wie Tötungsmethoden. Bloß nützen die in der gegebenen Situation gar nichts. Ich weiß den Code, der uns beide aus dieser Lage befreit, selber noch nicht. Erst in zehn Minuten wird er an mein Handy gesendet, und auch nur dann, wenn mein Blutdruck und Puls", Szily deutet auf die Manschette an seinem Oberarm, „stressfreie Normalwerte ausweisen. Ansonsten ergeht eine voraufgezeichnete Alarmmeldung an die nächstgelegenen Polizeidienststellen. Ich traue Ihnen allerhand zu, jedoch nicht, dass Sie das rechtzeitig verhindern könnten."

„Viel Aufwand", sagt der Bravo. „Wozu eigentlich?"

Kühl überlegt er, womit der merklich schwitzende Komiker zu bezwingen wäre. Soll er das Klappmesser aus dem Stiefel ziehen oder den unter der linken Achselhöhle verborgenen Elektroschocker?

„Sie grübeln", sagt Peter Szily, wenigstens ohne Triumph in der Stimme. „Sehen Sie der Realität ins Auge: Sie sitzen mit mir in der Falle. Die Tür ist massiv, das Fenster vergittert. Aber hören Sie, ich will Sie eigentlich nicht ausliefern. Obwohl ich dafür viel Ruhm einheimsen könnte, als der Mann, der den legendären Bravo zur Strecke gebracht hat, gell?"

Er setzt sich auf, lupft das Nachthemd, schwingt die nackten Beine über die Kante der Pritsche und spreizt spielerisch die Zehen. „Nein, das will ich nicht. Ich verdanke Ihnen mein Leben. Und wertvolle Erfahrungen, die ich nicht missen möchte. Sie haben mich damals einbezogen, oder eher zwangsverpflichtet, um einen Mord aufzuklären, den ursprünglich Sie hätten begehen sollen."

„Den Mord am Buchmacher Pekarek."

„Und nicht nur den. Umgekehrt möchte ich diesmal Sie engagieren. Zumal Ihr Engagement ohnehin bereits bezahlt wurde."

„Von dir?"

„Von mir, richtig. Da sind wir nun. Es gibt zwei Möglichkeiten. Entweder Sie stecken hinter der jüngsten Mordserie an meinen Kollegen. Dann könnten Sie auch mich noch eliminieren. Jedoch um den Preis, dass demnächst diverse Sondereinheiten der Polizei aufmarschieren, um endlich den mysteriösen Bravo zu fangen."

„Oder?"

„Sie hören mir noch ein paar Minuten lang zu."

„Rede", sagt der Bravo.

Zweite Bahn:
Passagen

Empfohlene Bälle: Reisinger SEM 2002,
Deutschmann Majestix, Deutschmann Venus

*

Graf Bobby drischt auf einem gebirgigen Golfplatz
den Ball in eine Schlucht. Baron Mucki hört daraus erschallen:
Hack! Hack! Hack! Hack! Hack! Hack … Endlich ist der Ball
wieder auf dem Fairway.
„Wie viele Schläge hast du gebraucht?", fragt Mucki.
„Zwei."
„Mich dünkte, ich hätte sechs gehört."
„Hast du was auf den Ohren? Vier davon waren Echos!"

Ta-taaa! Ta-taaa!

*

Das französische Wort **pointe** hat seinen Ursprung im
spätlateinischen puncta, „Stich".

Angefangen hat es mit dem dicken Laimgruber.

Die Nachricht von seinem Tod, erzählt Peter Szily, löste landesweites Bedauern aus, obgleich wenig Verwunderung.

Der allseits beliebte Komödiant war schwer übergewichtig, und er hielt sich nicht unbedingt streng an die von den Ärzten angeratene Diät. Schließlich wurde er gern als Werbe-Testimonial gebucht, weil er Lebenslust und Genussfreude verkörperte. „Rund und g'sund", auch wenn Letzteres nicht zutraf … Ein Herzinfarkt hatte ihn ereilt, nächtens auf dem Heimweg von einer Vorstellung im Linzer Posthof. Wonach er in das Becken des Handelshafens gekippt und entweder ertrunken ist oder bereits tot war, Friede seinem Angedenken.

Szily tut es ehrlich leid um ihn. Er hat Laimgruber nur oberflächlich gekannt, aber sehr sympathisch gefunden. Mit ihm kam man gut zurecht. Der ehemalige Religionslehrer war ein Profi ohne Allüren, lustig von Natur aus, bodenständig, gemütlich, jedoch keineswegs träge, schon gar nicht geistig. Manchmal blitzten zwischen seinen Kalauern fein ziselierte gesellschaftskritische Pointen auf, ein Interesse an tiefer gehenden Themen und Kenntnisse, die man ihm auf den ersten Blick nicht zugetraut hätte. Zuletzt hatten Pez und er einen Drehtag am Kulm im steirischen Salzkammergut. Der entstandene Kurzfilm ist ein übles, von vorn bis hinten unstimmiges Machwerk. Dennoch hat er einige Preise eingeheimst, bei Festivals in Kuala Lumpur, Puerto Rico und sogar Japan.

Jetzt ist Gerhard Laimgruber Geschichte. Die ganze österreichische Szene der Kabarettisten, Comedians und sonstigen Bühnenkünstler, der Peter Szily nur am Rande angehört, betrauert den im wahrsten Wortsinn schwerwiegenden Verlust.

Auch Pez trägt sich ins Online-Kondolenzbuch ein, mit einem flott gedichteten Vierzeiler: „Dein Abgang, lieber Gerhard, / trifft uns alle sehr hart. / Ach, wie das Herz uns schwer ward! / Das hätt' ma uns gern DERspart."

Tags darauf schreibt Szilys Ex-Gattin via WhatsApp: „Könntest du bitte in nächster Zeit vorbeikommen? Ich bräuchte deine Hilfe."

Da er sowieso nichts Besseres zu tun hat, antwortet Pez, dass es auch gleich sein könne. Sie sendet eine Reihe begeisterter Emojis, die außer ihr wohl nur mehr Volksschul-Erstklässler verwenden würden. Eine halbe Stunde später steht er im Zimmer-Küche-Kabinett-Palast, den Nora bewohnt, seit sie Pez verlassen hat, zusammen mit der gemeinsamen, mittlerweile zwölf Jahre alten Tochter Elisabeth, genannt Li Si, wie die Prinzessin aus „Jim Knopf".

„Was liegt an?", fragt Pez, beschwingt wie immer, wenn er Eindruck schinden will.

„Wir haben einen neuen Nachbarn. Vor cirka zwei Monaten eingezogen. Er rückt mir auf die Pelle."

„Inwiefern?"

„Anzügliche Bemerkungen bei den Mistkübeln im Hinterhof. Scheinbar unabsichtliches Anstreifen, wenn wir einander begegnen. Vorgestern ein Zettel auf dem Gepäckträger meines Fahrrads, mit der krakeligen Botschaft ‚Na, einsam?' und einem roten Herz drumherum. Letzte Nacht hat er an meiner Tür geläutet. Um drei Uhr früh!"

„Ah ja. Übel. Du hast nicht aufgemacht."

„Natürlich nicht. Aber ich habe ihn durch den Spion gesehen. Schätze, er war betrunken."

„Verstehe. Was ist er für ein Typ?"

„Ein Lulu. Ungefähr dein Alter. Halbglatze. Vom Gewand und dem gestutzten Vollbart her Türke der zweiten Generation. Keine Ahnung, was er beruflich macht. Untermittelgroß, eher schmächtig."

„Die Kleinen sind meistens gefährlicher als die Großen."

„Weiß ich." Nora hat sich ihr Psychologiestudium als Barkeeperin in einem Nachtlokal finanziert. Sie kann sowohl theoretisch als auch praktisch beurteilen, ob sie den Kerl besser nicht alleine zur Rede stellt. „Er ist daheim, ich habe ihn durchs Vorhaus schlurfen gehört."

„Soll ich Vau Zwei dazu holen?"

V2 steht für „Verrückter Vrtala". Das ist ein Ottakringer Original, gegen dessen Wahnsinn der Hutmacher aus „Alice im Wunderland" die personifizierte Vernunft darstellt. Im Grunde harmlos, aber furchteinflößend, vor allem wegen seines irren Blicks. Pez, dem der fast zwei Meter große, am ganzen Leib tätowierte Vrtala als einem von wenigen Zeitgenossen vertraut, hat ihn schon das eine oder andere Mal benutzt, um gewissen Forderungen Nachdruck zu verleihen. Allerdings kann V2 sich auch als Rohrkrepierer erweisen oder schlimmer noch als „unguided missile" …

„Nein, nicht nötig", sagt Nora. „Es reicht, wenn du dem Arsch illustrierst, dass ich keine schutzlose Alleinerzieherin bin. Mach einfach den Brando. Sollte das wider Erwarten nicht fruchten, kannst du immer noch Vau Zwei aufmarschieren lassen."

„Okay. – Wo ist Li Si? Ich möchte nicht, dass sie mich so erlebt."

„Bei einer Schulfreundin. Sie bleibt über Nacht."

„Hast du …?"

„Das mit den Eltern abgeklärt. Sei unbesorgt, die Mädels ziehen sich höchstens bis zur Erschöpfung TikTok-Videos rein."

„Auch nicht so super."

„Aber momentan relativ egal, oder?"

Pez seufzt. Dass er recht wenig Einfluss auf den Werdegang seiner pubertierenden Tochter hat, missfällt ihm, ist jedoch nicht zu ändern.

Also imitiert er, wie versprochen, Marlon Brando in dessen Bravourrolle als Mafia-Pate. Zum Glück trägt Pez ohnehin fast immer schwarze Kleidung, die Individualisten-Uniform der Ach-so-Kreativen. Er ignoriert die Klingel am Türrahmen, sondern klopft so hart, eins-, zwei-, dreimal, dass ihm die Knöchel schmerzen.

Was tut man nicht alles für die Patchwork-Familie …

Schlurfende Schritte ertönen. Die Tür wird geöffnet, nur einen Spalt weit, gesichert durch eine Sperrkette. Der Nachbar äugt heraus. Er grinst schmierig, als er Nora erkennt, und zuckt zurück, als Pez sich vor sie schiebt.

„Hör mir bitte ganz genau zu", raunt Pez mit Brandos heiseren, schleppenden, fast weinerlichen Stimme. „Denn ich werde das nur einmal sagen. Du hast dich heute Nacht ein bisschen verirrt, nicht wahr? Und schon davor, höre ich, hast du gegenüber meiner lieben Freundin den gebotenen Respekt vermissen lassen. So etwas stimmt mich traurig. Sehr, sehr traurig werde ich da. Das darf nie wieder vorkommen."

„Äh, ich, äh, ich wollte nicht …"

„Pst." Pez legt den Finger an die Lippen. Der andere verstummt, was Pez zeigt, dass die Einschüchterungstaktik wirkt. Noch langsamer und eindringlicher setzt er fort: „Du musst dich nicht verteidigen. Wir zwei werden keinen Richter brauchen. Und auch keine Polizei. Es besteht kein Grund, sich Sorgen zu machen, wirklich nicht. Ich erteile dir einen Rat, taxfrei, vollkommen gratis. Sicher bist du so klug, ihn zu beherzigen, und alles ist paletti. Wer niemanden belästigt, dem passiert auch nichts. Haben wir uns verstanden?"

Der Nachbar würgt etwas heraus, das wie ein sehr verklemmtes, unterwürfiges „Ja" klingt. Dann drückt er die Tür zu.

Nora schickt ihm noch einen gereckten Mittelfinger hinterher. Zurück in ihrem Puppenheim prustet sie los. Dann wischt sie sich die Tränen aus den Augenwinkeln und sagt: „Puh. Das war überzeugend. Schau, sogar ich hab eine Gänsehaut! Danke, Pez. Ich bin ziemlich sicher, dass der in Zukunft einen weiten Bogen um mich macht."

„Es war mir ein Vergnügen", haucht Brando, „meine bescheidenen Fähigkeiten ausnahmsweise einmal sinnvoll einsetzen zu können." Szily räuspert sich, spricht wieder normal. „Na schön. Hätten wir das auch bereinigt."

„Apropos …"

„Die Alimente überweise ich dir morgen, okay?"

„Wäre gut. Der Juli dauert nämlich nicht mehr lang, falls es dir aufgefallen ist. Sonntag haben wir bereits August. Habe ich dir schon mal erzählt, wie oft Teenager im Wachstumsschub neue Schuhe brauchen?"

„Zweimal monatlich. Das gilt auch für die Schuhe."

Nora kneift ein Auge zu. „Ha, ha."

„Im Ernst, ich werde den August gleich mit einzahlen. Das versprochene Ausfallshonorar für die Moderationen beim abgesagten Fremdsprachen-Wettbewerb ist endlich eingelangt."

„Na prima. Wer schnell gibt, gibt doppelt."

„Heißt das, der September ist dann automatisch inkludiert?"

„Übertreib's nicht mit den Flachwitzen, Pezi."

Einen Tag danach, am Samstagnachmittag, wird der Kabarettist Lorenz Buchta tot aufgefunden: im Volkspark Laaer Berg, einem Teil des Wiener Grüngürtels am südlichen Stadtrand, während einer Veranstaltung zugunsten der Klinik-Clowns.

Jemand hat Buchta den Schädel eingeschlagen. Markant. Ihm wurde quasi ein blutiger Scheitel gezogen. Es war also definitiv ein Mord. Entsprechend viel Aufsehen zieht er nach sich.

Nicht nur Peter Szily ist schockiert, als er davon erfährt. Alle Welt reagiert bestürzt.

Anders als Gerhard Laimgruber, der selbst den „Oberösterreichischen Nachrichten" grade mal einen zweispaltigen Nachruf im Lokalteil wert war, schafft Buchta es auf fast alle Titelseiten der Sonntagszeitungen und sogar zur Spitzenmeldung der „ZIB 24". Er galt als einer der führenden Satiriker des Landes, als herausragend „kritischer Geist", der immer wieder skandalöse Vorgänge aufspürte und in seinen Kolumnen und TV-Auftritten wortgewaltig anprangerte. Sollte er, spekulieren die Boulevardmedien, in ein Wespennest gestochen haben, das sich als allzu reizbar herausstellte? War Lorenz Buchta etwa gar einer

Verschwörung auf die Spur gekommen und musste beseitigt werden?

Wie üblich versuchen diverse Trittbrettfahrer, das tragische Ereignis für ihre jeweilige Agenda zu vereinnahmen. Hart am rechten Rand des politischen Spektrums angesiedelte Internetportale zaubern fast glaubwürdige Zeugen aus dem Hut, die sich fast sicher sind, fast zur selben Stunde an fast demselben Ort fast eindeutig als islamistische Terroristen erkennbare Unholde fast „Allahu Akbar!" brüllen gehört zu haben. Zeitgleich behauptet eine Splittergruppe von Umweltschützern, Buchta wäre ermordet worden, weil er sich gegen den Bau einer Schnellstraße durch ein Naturschutzgebiet eingesetzt hat. Der Innenminister tritt zur besten Sendezeit vor die Fernsehkameras und kündigt zackig an, man werde gleichermaßen hart gegen Extremisten von links und rechts sowie insbesondere gegen illegale Einwanderer aus Afghanistan vorgehen, und zwar gnadenlos. Hinter ihm stehen martialisch gewandete, mit Sturmgewehren bewaffnete und schwarzbehelmte Gestalten, offensichtlich Angehörige einer Eliteeinheit. Einer hat auf der Uniform, neben dem Rangabzeichen, ein eigentlich verbotenes Nazi-Symbol angeheftet, die „Schwarze Sonne". Aber lass gut sein, jeder Mensch darf ein Hobby pflegen.

Die Frage bleibt: Wer erschlägt am helllichten Tag einen weithin bekannten Unterhaltungskünstler?

Und warum?

Auch Peter Szilys Tochter beschäftigt diese Frage. Wie jeden Montag geht er mit ihr Mittagessen, in ihr Lieblings-Chinarestaurant.

Sie wählt das Menü 15, wie immer, „Knusprige Ente nach Szechuan-Art". Pez nimmt diesmal Menü 21, „Hexen-Tofu mit Pilzen". Es schmeckt schal, wässrig. Aber er beschwert sich nicht, sondern spritzt noch ein paar Tropfen Sojasoße mehr darüber.

„Der Buchta", Li Si deutet auf die alte Zeitung, die am Neben-
tisch liegen geblieben ist, „der war doch ein Kollege von dir.
Hast du ihn gekannt?"

„Na ja, Kollege ... Er hat in einer weit höheren Liga gespielt.
Wir sind uns dennoch gelegentlich über den Weg gelaufen. Das
bleibt nicht aus in der einzigen Metropole des Landes."

„Über ein Fünftel aller Österreicher und Österreicherinnen
leben in Wien. Das haben wir schon in der Volksschule gelernt."

„Richtig. Trotzdem ist es ein Dorf. Außerdem wurde ich ab
und zu für kleine Nebenrollen in Buchtas Fernsehshows engagiert, meistens als steirischer oder kärntnerischer Bauerndodel.
Oder für Voiceovers, also Stimmen aus dem Off."

„Ich weiß, was das ist, Papa. – War er nett?"

„Zumindest nicht sonderlich unfreundlich oder herablas-
send. Da gibt's andere Kanaillen. Freilich ..." Pez zögert. Wie
sag ich's meinem Kinde, das hoffentlich noch ans Gute in der
Welt und in den Menschen glaubt? „Der Name *Buchta* stammt
aus dem Tschechischen. Unsere Buchteln kommen ebenfalls da
her. Die Kalorienbomben, diese mit Powidl gefüllten Germteig-
Dinger, die dir deine Oma immer aufdrängt."

„Viel zu süß." Li Si schüttelt sich. Wie zur Abwehr der Erinnerung nimmt sie mit den Essstäbchen ein Stück Entenbrust,
taucht es geschickt in die Knoblauchsoße und führt es zum
Mund. Kauend sagt sie: „Und Wuchteln sind dasselbe? Also
Fußbälle oder Gags von Kabarettisten?"

„Im Sinne von aufgeblasen, ja."

„Dein Kollege Buchta war also ...?" Sie zwinkert.

Pez zwinkert zurück, dankbar für den seltenen Moment eines
generationenübergreifend verschwörerischen Einverständnis-
ses. „Sagen wir, er litt nicht unter mangelndem Selbstbewusst-
sein. Aber davon abgesehen, hat Lorenz sich meines Wissens
immer äußerst korrekt verhalten. Ausgesucht feine Schale",
Szily streift sich über sein dünnes, verschlissenes Sommersak-
ko, „ebenso feine Manieren. Und absolute Handschlagqualität.

Faire Verträge. Nie Probleme mit der Abrechnung. Vielmehr hat er großen Wert darauf gelegt, dass alle Mitwirkenden anständig und prompt bezahlt wurden. Da war er extrem pingelig. Klar, das wäre auch nicht gut gekommen bei ihm, dem selbst ernannten Korruptionsjäger und Aufdecker der Nation."

„Warum, glaubst du, musste Buchta sterben?"

„Ich habe nicht die geringste Ahnung", sagt Pez wahrheitsgemäß.

In der folgenden Nacht schläft er nicht gut. Er schreckt aus Albträumen hoch, an die er sich nicht erinnern kann, nur an Momentbilder wie eine Bärenfalle, die um seinen rechten Fuß zuschnappt, oder eine Küchenmaschine, in der seine linke Hand geschreddert wird, zusammen mit einem Büschel Petersilie.

Am nächsten Abend geht er vorsorglich etwas trinken. Pez zieht durch ein paar Kaffeehäuser und Bars, allesamt traditionelle Szene-Treffpunkte. Halbherzig beteiligt er sich an den unausweichlichen Diskussionen über Lorenz Buchtas abruptes, gewaltsames Ende. Seiner nicht sehr repräsentativen Meinungsumfrage zufolge steht auf der Liste der Verdächtigen ganz oben die Russenmafia, knapp gefolgt vom israelischen Geheimdienst Mossad, radikalisierten Impfgegnern und außerirdischen Reptiloiden. Vernünftigerweise lässt Pez sich weder auf Streitgespräche mit Flacherdlern noch Flirtangebote unterbeschäftigter Jungschauspielerinnen ein, sondern geht zufrieden nach Hause. Ausreichend müde fällt er ins Bett.

Unmittelbar nach den penetranten Mittagsglocken der nahen Kirche läutet sein Handy. Pez hat die Nummer noch eingespeichert. Als er den Namen liest, hebt er sofort ab.

„Wir würden Sie gern als Auskunftsperson befragen", sagt Chefinspektorin Karin Fux ohne Umschweife. „Könnten Sie im LKA vorbeikommen? Heute noch, sagen wir zwischen 14 und 15 Uhr? Die Adresse kennen Sie ja."

„Muss ich?"

„Sie müssen nicht. Aber ich könnte Sie auch vorführen lassen."

„Per Gericht?"

„Per Streifenwagen. – Herr Szily, Sie wissen genauso gut wie ich, dass ich notfalls recht schnell allerhand Hebel in Bewegung setzen kann, und daraufhin auch Sie." Die rauchige Altstimme klingt nach wie vor freundlich und ebenso routiniert befehlsgewohnt. „Außerdem haben Sie doch nichts zu verbergen, oder?"

„Selbstverständlich nicht. Nur, äh … Wozu die Eile? Worum geht's überhaupt? Was wollen Sie von mir?"

„Das erkläre ich Ihnen gern. Aber nicht am Telefon. Also, sehen wir uns?"

Er beschließt, nicht weiter nachzufragen, sondern brav zu tun, was die Polizistin von ihm verlangt. Widerstand wäre im Endeffekt zwecklos, und inzwischen ist er neugierig geworden.

„Bin unterwegs."

Das Landeskriminalamt Wien liegt in der Berggasse, auf Nummer 41, im Alsergrund, dem neunten Gemeindebezirk. Kaum ein Reiseführer listet das Gebäude unter „Sehenswürdigkeiten". Die Touristenströme ballen sich gewöhnlich wenige Häuserblocks weiter, beim Sigmund-Freud-Museum, auf Nummer 19, wo der Begründer der Psychoanalyse wohnte und praktizierte. Literaturfreunde wiederum pilgern zweimal ums Eck, zur Strudelhofstiege, die Heimito von Doderer in einem Roman verewigt hat.

Dabei hätte das LKA mehr als eine Randnotiz verdient. Immerhin wurden dort die ersten Folgen der „Kottan"-Serie gedreht. Fernsehfilmgeschichte!

Aber wen kümmert das noch? Die Kinder sind längst verloren an Kurzfilmchen, in denen sich Kraken aus engen Gefängnissen befreien, irgendwelche Leute dumme Tänzchen aufführen oder sich bei sogenannten Fun-Sportarten die Beine brechen, inklusive nachgereichter Superzeitlupe.

Pez steigt die Stufen hinauf. Am Eingang empfängt ihn ein drahtiger Mann mittleren Alters, dem er schon einmal begegnet ist, unter sehr ähnlichen Umständen.

„Gruppeninspektor Benedikt Gallaun", stellt dieser sich unnötigerweise vor. „So sieht man sich wieder. Ich muss Sie nicht um einen Personalausweis fragen, Herr Szily, jedoch sehr wohl bezüglich der geltenden 3-G-Regeln."

„Ich bin vollimmunisiert." Pez nestelt die Kopie des Zertifikats aus der Tasche seiner Dreiviertelhose, streicht den Zettel glatt und präsentiert ihn. „Erster Stich im Mai", fügt er beflissen hinzu, „der zweite im Juni."

„Danke, passt. Bitte folgen Sie mir. Ich bringe Sie zu meiner Chefin."

Pez hat ein Gefühl hart am Déjà-vu. Dieselben Stiegen und Korridore. Derselbe leichte Geruch nach Krautsuppe, der an den gelblich patinierten Wänden zu hängen scheint. Oben, im moderneren Teil, dasselbe Zimmer wie beim ersten Mal, schmucklos karg, dominiert von einem keineswegs monumentalen, eher billigen Schreibtisch, aber umso mehr von der Person dahinter.

Chefinspektorin Karin Fux.

Sie ist groß für eine Frau, fast 1 Meter 80, erinnert sich Peter Szily, obwohl sie diesmal sitzt. Breitschultrig, muskulös, durchtrainiert; aber entspannt. Er weiß, dass Kriminalpolizisten keine Uniform tragen. Eine locker fallende Tunika-Bluse mit großen Ethno-Blütenmustern auf grasgrünem Hintergrund hätte er dennoch nicht erwartet.

Fux' vollen, blauschwarz schimmernden Haare sind in einer Pagenfrisur geschnitten. „Danke, dass Sie etwas von Ihrer gewiss wertvollen Zeit für uns erübrigen konnten", sagt sie.

„Ach, so rasend wertvoll ist die nicht."

„Bitte nehmen Sie Platz. – Geht's Ihnen gut, Herr Szily? Sie wirken ein wenig bedrückt."

„Finden Sie? Eigentlich bin ich gut ausgeschlafen. Zumindest nicht so übernächtig wie damals, bei unserer ersten Begegnung."

Pez denkt nicht eben mit Freuden daran zurück.

„Sie sind einigermaßen wohlbehalten durch die Krise gekommen?"

„Wie man's nimmt. Infolge der Lockdowns habe ich natürlich etliche Aufträge verloren, manche unwiederbringlich. Aber ich konnte eine Förderung der Stadt Wien für ein Hörspielprojekt ergattern, und kürzlich hatte ich einige Einsätze beim Kultursommer." Pez linst zu Gallaun, der am Aktenschrank lehnt, die Arme vor der Brust verschränkt. „Sollte nicht ein Aufnahmegerät eingeschaltet werden?"

„Nein. Es handelt sich nicht um ein Verhör, Herr Szily", sagt die Chefinspektorin. „Sie sind weder als Zeuge geladen noch als potenzieller Verdächtiger. Unser Gespräch ist rein informeller Natur. Wir möchten bloß Ihr Insiderwissen anzapfen."

„Ich war und bin mein ganzes Leben lang ein Außenseiter."

„Das mag schon sein, Herr Szily. Andererseits standen Sie bereits einmal kurz im Fokus unserer Nachforschungen, und Sie sind mein bester, weil einziger persönlicher Kontakt in die Szene oder Blase, wie immer Sie das bezeichnen. Vielleicht werde ich mir ein paar Notizen machen. Die Gruppe, die ich leite, wurde nämlich mit den Ermittlungen zum Mord an Lorenz Buchta betraut. Also, wer könnte einen Grund gehabt haben, Ihren Kollegen zu töten?"

„Niemand", antwortet Pez, der die Frage erwartet hat. „Echt, ehrlich, niemand. Ja gut, Lorenz ist ein paar Leuten auf die Füße gestiegen. Vielleicht kam er sogar der einen oder anderen mangelhaft verheimlichten Schieberei so in die Quere, dass sie abgeblasen werden musste. Aber ihn deshalb umbringen? Das würde erst recht Alarm auslösen. Kein noch so von sich selbst überzeugter Gauner will einen Streisand-Effekt provozieren."

„Was meinen Sie damit?"

Er erklärt es ihr, obwohl er bezweifelt, dass ihr der Begriff völlig fremd ist. Barbara Streisand, die großartige Sängerin und Schauspielerin, wird anstelle ihrer künstlerischen Leistungen für alle Ewigkeit dadurch punziert sein, dass sie, weil sie gegen ein veröffentlichtes Luftbild ihres Wohnsitzes protestierte, umso mehr die mediale Aufmerksamkeit darauf gelenkt hat.

Die Kriminalistin nickt. „Aber Buchta hatte doch sicherlich Neider."

„Wer nicht?"

„Sie?"

Pez lacht. „Wer mich beneidet, muss schon ziemlich arm dran sein. – Jedenfalls raufen viele Künstler und Künstlerinnen im Land jetzt noch mehr um ihre Existenz als bereits davor. Wien hat schneller und unbürokratischer geholfen als die Bundesregierung, wenn das eingereichte Ansuchen nicht komplett deppert formuliert war. Letztlich war das positiv für alle Beteiligten, fürs Publikum, nicht zu vergessen die zahlreichen Ton-, Licht- und sonstigen Veranstaltungstechniker. Was nicht heißt, dass unsereins nicht die mühsam erworbenen Reserven größtenteils aufbrauchen musste."

„Auch Buchta?", fragt Fux.

„Denke doch. Wobei ich mal davon ausgehe, dass er davor bedeutend mehr auf dem Konto hatte als ich oder die meisten anderen, allerdings auch den luxuriöseren Lebensstil." Pez streift den Gedanken beiseite, dass ihn selbst vor allem ein größerer Geldbetrag gerettet hat, der aus äußerst ominöser Quelle stammt und in der Buchhaltung nicht aufscheint … „Aber das sind keine Differenzen, derentwegen man töten würde. – Haben Sie schon das private Umfeld durchleuchtet?"

„Herr Szily, ich halte Sie nicht für blöd. Gleiches erwarte ich von Ihnen. Wir haben längst festgestellt, dass es keine Lebensversicherung gibt, die zur Auszahlung kommen würde."

„Ich habe mal gelesen, dass die meisten Morde in der Familie passieren."

„Das ist richtig, trifft in diesem Fall jedoch nicht zu. Wir haben bereits sämtliche Alibis überprüft und bestätigt."

„Wer war es dann?"

„Das frage ich Sie, Herr Szily. Ein bei Weitem nicht so häufig, aber doch auftretendes Motiv ist Rache. Hat Buchta jemand tödlich beleidigt? Hat er sich einen Feind geschaffen, der bis zum Letzten gehen würde?"

„Lorenz? Nicht, dass ich wüsste. Er konnte manchmal nervig sein, auf seine Art zugleich snobistisch und kumpelhaft. Und er hörte sich am liebsten selbst reden. Aber eine gewisse Egomanie ist unter unsereins keineswegs selten, deshalb bringt man einen Menschen doch nicht um!"

„Wenn Sie wüssten, was ich schon gehört habe." Fux kritzelt auf ihrem Schreibblock. Dann blickt sie auf und spitzt die Lippen. „Wie es aussieht, haben wir noch einen Fall."

„Ah, ja?"

Sie nickt Gallaun zu.

„Vor wenigen Stunden", sagt der Gruppeninspektor, „wurde uns von der Bundespolizeidirektion gemeldet, dass am Pass Thurn, an der Grenze zwischen Tirol und Salzburg, aber auf der südlichen Seite, also im Bezirk Mittersill, ein Pkw ungebremst aus der Kurve geflogen und abgestürzt ist. Die örtlichen Ermittler können noch nicht sagen, ob Fremdeinwirkung vorliegt, obwohl einiges darauf hindeutet. Der Wagen diente als Tourneefahrzeug der Zwillingsgeschwister Ellen und Yvonne Kalassnig. Infolge des Aufpralls kam es zu einer Explosion. Die Überreste wurden weit verstreut aufgefunden."

Das trifft Peter Szily wie ein Faustschlag in den Bauch.

„Die KaLaschNix?", würgt er hervor. Mit Mühe drängt er die aufsteigende Übelkeit zurück. „Oh, mein Gott!"

Fux mustert ihn mit neutralem Gesichtsausdruck. Zweifellos ist sie gespannt auf seine Reaktion. „Glauben Sie an Zufälle oder doch an Zusammenhänge?"

„Wieso?"

„Heute vor vier und vor sechs Tagen sind jeweils Menschen gestorben, die in der Kabarettbranche tätig waren. In ihrer

Branche, Herr Szily. Eine Todesursache ist bereits als Mord beurkundet, eine andere fraglich, und bei der dritten, eigentlich ersten, werden wir demnächst genauer nachsehen. Ich will nichts präjudizieren, aber es könnte sich um eine Serie handeln."

Pez schnappt nach Luft. „Jemand killt Komiker? Und -innen?"

„Wir stellen keine vorschnellen Vermutungen in den Raum, Herr Szily. Wir ermitteln."

Sie starrt ihm so prüfend in die Augen, dass Pez blinzelt, ob er will oder nicht. „Und was kam bisher dabei heraus?"

„Dass gewisse Gemeinsamkeiten bestehen. Gerhard Laimgruber hat ein YouTube-Video mitproduziert, das die klimaschädliche Bodenversiegelung in Österreich durch die Bauwirtschaft behandelte. Es stieß auf wenig Resonanz, da gerade ohnedies alle Medien voll davon sind. Lorenz Buchta ist nach Aussage seiner Sekretärin jüngst der Spur eines Bestechungsskandals nachgegangen, die ebenfalls in diese Richtung wies. Und die KaLaschNix haben schon vor ein paar Monaten ein Lied gepostet, in dem sie die Machenschaften der Immobilienbranche anprangerten."

„Wie viele andere auch", wendet Pez ein.

„Ja, Herr Szily. Keine Frage. – Das sind nicht die einzigen Parallelen. Buchta wurde während einer Benefiz-Veranstaltung ermordet, die anlässlich des 30-Jahr-Jubiläums der ‚ClownDocs' stattfand. Unter anderem gab es ein Minigolf- und ein Discgolf-Turnier mit diversen Stargästen. Auch Vertreter internationaler Partnerorganisationen nahmen daran teil, außerdem zahlreiche Mitglieder der etwas später gegründeten, aber um einiges größeren ‚Rot-z-nasen', denen Yvonne Kalassnig bis vor eineinhalb Jahren angehörte. Laimgruber war für den Verein als Jonglage-Trainer tätig – und Sie als Sprechausbildner."

Pez spürt, dass ihm der Schweiß ausbricht. Die Handflächen werden feucht. Kalte Tropfen rinnen seinen Rücken hinab. Steht er, obwohl er sich keiner Schuld bewusst ist, doch auf der Liste der Verdächtigen? „Ehrenamtlich habe ich Workshops für sie gehalten. Aber selten. Höchstens zwei-, dreimal in den letzten Jahren."

„Es gab allein heuer noch mindestens sieben weitere Kontakte von ihnen mit den beiden Klinik-Clown-Organisationen", mischt sich Gallaun ein. Er wedelt mit einem Stapel Ausdrucken. „Bei zwei kleineren Anlässen haben Sie moderiert. Hinzu kommen fünf Re-Postings von Unterstützungskampagnen auf Facebook."

„Ja, soll sein!" Mühsam unterdrückt Pez den aufkeimenden Ärger. „So was macht unsereins halt, eh immer unbezahlt. Wollen Sie mir daraus einen Strick drehen?"

„Keineswegs", sagt Fux. „Aber alle drei Opfer …"

„Vier", korrigiert Pez reflexhaft.

„Nein, drei. Ellen Kalassnig hatte Glück im Unglück. Sie blieb nach dem Auftritt mit den Kitzbüheler Veranstaltern im Café Praxmair hocken, bis in die frühen Morgenstunden. Deshalb ließ sie ihre Zwillingsschwester mit dem Tourneeauto in Richtung Heimatstadt vorausfahren und wollte per Zug nachkommen."

„Ellen lebt?"

„Hegen oder hegten Sie Gefühle für sie?", setzt die Kriminalistin sofort nach.

„Was, wie … Natürlich. Ich meine, genauso wie auch für Yvonne. Und Laimgruber. Sogar Buchta. Und überhaupt alle …"

„Alle drei kürzlich Verstorbenen sind in den letzten Jahren im ‚Megaversum' bei Graz aufgetreten. Wie übrigens auch Sie, Herr Peter Szily." Fux blickt harmlos drein, als könne sie kein Wässerlein trüben.

Aber der unvermutete Themenwechsel entspricht einem präzise ausgeführten Handkantenschlag gegen Pez' Halsschlagader. „Ah ja. Das heißt gar nichts", wehrt er ab, um Fassung ringend.

„Jeder und jede hat dort gespielt. Das Megaversum ist ein riesiges

Veranstaltungszentrum, zu dem auch mehrere Sportanlagen gehören."

„Sind Ihnen irgendwelchen Unregelmäßigkeiten in Erinnerung?"

„Sicher", sagt Pez und setzt sich gerade. „Auf der linken Publikumsseite war ein Sessel mehr als rechts. Beim Saallicht fehlten oben mittig zwei Leuchtkörper. Sehen Sie, meinen Adleraugen entgeht nichts."

„Machen Sie sich ruhig lustig über mich, Herr Szily." Chefinspektorin Karin Fux steht auf und streckt sich durch, zur vollen, Respekt einflößenden Größe. „Wir – meine Gruppe von der Abteilung Leib und Leben und ich – haben es mit drei mysteriösen Todesfällen zu tun. Wir werden sie aufklären, ob sie nun zusammenhängen oder nicht. Wir arbeiten daran, nötigenfalls Tag und Nacht durch. So ist das. Sonst könnten wir diesen Job nicht machen."

„Aller Ehren wert", sagt Pez mit belegter Stimme. Er hüstelt. „Aber was habe ich, ein simpler, gesetzestreuer Bürger, damit zu tun? Ich meine, im Zweifelsfall bin ich immer Team Polizei, schon rein aus historischen Gründen. Wer die Buchstaben A.C.A.B. irgendwohin malt oder sprayt, ist für mich ein Trottel, der keine Ahnung von Geschichte hat. Die ersten Polizisten wurden dazu eingesetzt, Wirtschaftskriminalität aufzudecken. Ordnungsdienste kamen erst später."

„Wo waren Sie gestern?", wechselt Gallaun überfallsartig das Thema. „Und am Samstag und in der Nacht von Mittwoch auf Donnerstag?"

Pez muss nicht lange nachdenken. „Weder in Tirol, beziehungsweise Salzburg, noch in Linz oder beim Clownbenefiz."

„Können Sie das belegen?"

„Sie meinen, ob ich ein Alibi habe? An all diesen Tagen war ich in Wien, entweder daheim oder, wie gestern Abend, auf einem ‚Ziager' durch diverse Lokale. Dafür gibt es zahlreiche Zeugen."

„Wir werden das überprüfen."

„Tun Sie's. Ich garantiere Ihnen, dass Sie Zeit verschwenden, die Sie besser anderweitig nützen könnten. Glauben Sie mir, auch ich würde sehr gern wissen, was da eigentlich grad abgeht. Drei Tote! Mich lässt das nicht kalt. Ich meine, bin ich ebenfalls im Fadenkreuz? Nach all den aufgezählten Parallelen?"

Während er noch redet, realisiert Pez siedend heiß, dass er tatsächlich der Nächste auf der Abschussliste sein könnte. Hat die Chefinspektorin ihn deshalb vorgeladen?

Nicht nur, um ihm auf den Zahn zu fühlen, sondern auch, um ihn zu … warnen?

„Sollte das", sagt Fux kühl, „eine Mordserie sein, die von ein und demselben Täter begangen wurde, dann handelt es sich wohl kaum um einen Amateur. Jüngst möglicherweise eine technische Sabotage, davor eine Art Exekution im freien, offenen Feld, noch davor mutmaßlich ein fremdinduzierter Herzstillstand – das bringt nicht jeder zuwege."

„Es gibt die unglaublichsten Zufälle", versucht Pez nicht zuletzt sich selbst zu beschwichtigen. „Vielleicht …"

„Vielleicht" schneidet ihm die Kriminalistin das Wort ab und schwenkt den Arm zum vorhanglosen Fenster, „treibt da draußen ein gedungener Massenmörder sein Unwesen. Ich sage nicht, dass Sie das sind. Ich schließe das aber auch nicht aus. Beim letzten Fall, in den Sie verwickelt waren, blieben etliche Fragen offen. Glauben Sie nicht, uns wäre das entgangen. Die Lokalreporterin der auflagenstärksten Tageszeitung dichtet mir seit Jahren an, dass ich, neben meinen sonstigen Verpflichtungen, einem mysteriösen Auftragskiller hinterherhetze, der unter dem Decknamen ‚Bravo' agiert. Ich habe das immer abgestritten. Aber unter uns, völlig daneben liegt sie nicht. Gesetzt den Fall, es gibt den Bravo wirklich, dann ist er sicherlich ein Meister der Tarnung. Ich bin äußerst aufmerksam. Dass man mich derart düpieren könnte wie im Film ‚Die üblichen Verdächtigen', wo der Täter am Schluss frech-fröhlich davonhinkt, wird mir garantiert nicht passieren."

„Ich hinke nicht", sagt Pez lahm.

„Das ist auch kein Film, sondern die Realität." Ihre dunkle Stimme klingt so eiskalt, dass ihn fröstelt. „Sagen Sie hinterher nicht, ich hätte Sie nicht gewarnt. Mit den bisherigen Opfern verbindet Sie einiges. Sie könnten gefährdet sein, Herr Szily – oder Sie sind selbst die Gefahr."

„Mir reicht's. Ich gehe jetzt", sagt Pez. Er hat panische Angst, sich bezüglich des Bravos zu verplappern, und will nur noch hinaus.

„Bitte, wie Sie wollen. Sie sind ein freier Mann. Gehen Sie", sagt Chefinspektorin Karin Fux schmunzelnd. „Reisende soll man nicht aufhalten."

„Aber wir halten Kontakt", sagt Gallaun.

Dritte Bahn:
Salto

Empfohlene Bälle: Netto! 01 Arschglatt, Grand Slam 1,
Maier Salto 06 supersoft, 30 Jahre Blau-Weiß

*

Was ist der Unterschied zwischen einem Tennisspieler
und einem Bergsteiger? –
Der Tennisspieler hat einen zweiten Aufschlag.

Ta-taaa! Ta-taaa!

*

Grosse Pointe, ein Vorort von Detroit, Michigan, mit
rund 5000 Einwohnern, wurde durch die Filmkomödie
„Grosse Pointe Blank" bekannt (1997, dt. Titel „Ein Mann –
ein Mord"). Die Handlung dreht sich um den Profikiller
Martin Blank (John Cusack), der am Klassentreffen seiner
Highschool-Abschlussklasse teilnimmt und gezwungen ist,
mehrere Gegner zu töten, u. a. mit einem Kugelschreiber.

„**Und dann?**", fragt der Bravo.

„Haben sie mich gehen lassen. Nicht ohne mich zu ermahnen, ich solle vorsichtig sein, Augen und Ohren offen halten und sofort Meldung erstatten, falls mir irgendetwas auf- oder einfällt."

„Das war wann?"

„Vorgestern. Am Mittwoch."

Mit höchster Selbstbeherrschung schafft der Bravo, sich nicht anmerken zu lassen, wie schockiert er ist. Szily hat nur eineinhalb Tage benötigt, um ihn in diese Falle zu locken! Kann das sein? Sind seine Sicherheitsvorkehrungen denn so leicht zu überwinden? Wenn ein Amateur wie Peter Szily ihn binnen kurzer Zeit aufspüren und in eine derartig prekäre Lage bringen kann – wie nahe ist dann Chefinspektorin Fux an ihm dran? Jedenfalls viel zu nahe, sollte Alarmmeldung an die umliegenden Polizeiposten ergehen. Der Bravo sieht auf die Uhr. Acht, fast neun Minuten sind verstrichen, seit Szily sich zu erkennen gegeben und zu erzählen begonnen hat. Einer der Monitore zeigt seine von der Arm-Manschette überwachten Blutdruckwerte: Sie schwanken zwischen 115/75 und 125/85, bei einem Puls um 77. Bleiben die Werte im Normalbereich, wird alsbald der Code übermittelt, mit dem sich die Tür wieder öffnen lässt.

Behauptet Szily. Der Bravo glaubt ihm. Dafür spricht nicht zuletzt das raffinierte Arrangement. Keine Raketenwissenschaft, aber technisch hochwertig und gut durchkonstruiert. Wenn man schon solch aufwendige Vorkehrungen unternimmt, warum dann bloß für einen Bluff? Da kann man es auch gleich komplett machen. Nein, er muss einsehen, dass er tatsächlich in der Klemme steckt. Und dass er besser nicht mal dran denkt, den Komiker unter Druck zu setzen. Ohnedies erlaubt er sich rohe Gewaltanwendung nur in absolut unausweichlichen Notsituationen. In diesem Moment jedoch würde er Peter Szily liebend gern eine knallen.

Äußerlich kühl, fragt er: „Wie soll das hier weitergehen?"

„Sie haben noch vierzig Sekunden, um mich davon zu überzeugen, dass ich nichts von Ihnen zu befürchten habe."

„Ich tu dir nichts", sagt der Bravo. „Bin ja kein Idiot."

Er lügt nicht. Auch nachdem der Fluchtweg wieder frei ist, wäre es kontraproduktiv, Szily zu attackieren oder gar auszuschalten. In gewisser Weise schützt ihn der Verdacht, den die Chefinspektorin geäußert hat: Stieße ihm etwas zu, würde Fux ihre Fahndung nach dem Bravo gewiss intensivieren. Der erkennt, dass er genau deswegen eine Art Schutzengel für Pezi, die Nervensäge, wird spielen müssen …

„Mit den drei toten Spaßmachern habe ich ohnehin nichts zu tun", setzt er fort.

„Ich traue Ihnen nicht."

Der Monitor zeigt 131 systolisch, 92 diastolisch und Puls 89, Tendenz steigend.

„Ich war anderweitig beschäftigt und bis gestern im Ausland", sagt der Bravo.

„Könnten Sie ein bisschen konkreter werden?"

„Gäbe es Beweise, hätte man mich schon verhaftet."

„Dreißig Sekunden", sagt Peter Szily und wetzt nervös auf der Pritsche hin und her. Die bisher zur Schau gestellte Selbstsicherheit bröckelt ebenso schnell ab, wie sich seine Werte erhöhen.

„Ganz ruhig. Was willst du denn noch?", fragt der Bravo, um Rat verlegen wie kaum je.

„Ich weiß auch nicht … Oder doch. Ich glaube, es liegt an Ihrer Stimme. So emotions- und, ja, charakterlos … Sie könnten mir wer weiß was versprechen …" Pez blinzelt. Er klingt nun weinerlich, fast flehentlich.

25 Sekunden, schätzt der Bravo. Plötzlich begreift er. Die stets neutrale Tongebung gehört zu seiner Tarnung. Man hört sie und vergisst sie gleich wieder, wie seine gesamte Erscheinung. Was er sagt, hat keinen Bestand. Das ist der Sinn der Sache: Dass andere sich wenig bis nichts von ihm merken können. Nun aber

wendet sich seine spezielle Fähigkeit, die schon so oft hilfreiche, permanente Flüchtigkeit – eigentlich ein Paradoxon –, gegen ihn selbst. Auf diese Art kann er Szilys unwillkürliche Erregung nicht bremsen. Zumal der, als Stimmenimitator, gerade auf diesem Gebiet extra sensibel ist.

137/101/99 … und etwa 20 Sekunden.

Der Bravo hat keine Wahl. Er muss etwas tun, was er zutiefst hasst: aus sich herausgehen, den undurchdringlichen Kokon seiner Maske perforieren, etwas von sich selbst preisgeben, vom Menschen dahinter, tief darunter.

„Du bleda Trottel!", sagt er leise, aber eindringlich und mit dem Akzent der Hutschenschleuderer aus dem Wurstelprater in der Leopoldstadt, seinem Heimatbezirk. „Du Arschgsicht, du deppertes Hurenkind, kapier endlich: I war des net!"

Ein, zwei Atemzüge lang herrscht Stille, durchbrochen nur vom Piepsen der unnützen Lebenserhaltungsaggregate.

„Danke", sagt Peter Szily. Erschlaffend sinkt er zurück auf das Krankenbett. „Danke. Bravo, Bravo! Mir fällt ein Stein vom Herzen."

Aber Fehlanzeige: Jetzt steigen, wohl vor Erleichterung, sein Blutdruck und Puls erst recht.

15 Sekunden, zehn, fünf … Und die Werte rattern hoch.

„Two, one, zero, der Alarm ist rot", erklingt es, durchdringend und doch gedämpft. Von wo? Vom Kopfende der Pritsche!

Szily wühlt unter dem Polster und nestelt ein Handy hervor. „Mein Klingelton", sagt er entschuldigend. „Falco, ‚Vienna Calling'. Kennen Sie sicher, gell? Da waren wir noch jung."

„Nein", sagt der Bravo.

Er wappnet sich für den finalen Kampf. Szily als Geisel zu nehmen, indem er ihm das Stiefelmesser an den Hals setzt und ihn als Schutzschild vor sich herschiebt, verschafft ihm nur einen geringen Vorsprung. Mit dem Elektroschocker wehrt er, sobald sie durch die Tür sind, maximal die ersten zwei, drei Angreifer ab. Was hat er sonst aufzubieten? Das Gift im Venentropf ließe sich vielleicht über das modifizierte Sauerstoff-Beatmungssystem versprühen und entzünden. Aber ungezielt, und auch nur, wenn er die passenden chemischen Bestandteile hinzufügen kann, bevor die Spezialeinheiten der Polizei eintreffen. Dabei würde er sehr wahrscheinlich selbst versengt. Doch besser als gefangen oder erschossen!

Hektisch flackert sein Blick umher. Woraus könnte er etwas wie Molotowcocktails improvisieren? Vielleicht aus den reichlich vorhandenen antiseptischen Tüchern, in Verbindung mit …? Formeln zischen durch sein Gehirn, mitsamt der Bewertung: Ginge sicher nicht, ginge mit viel Glück, ginge … auch nicht. Er ist nun mal kein MacGyver. Wäre es möglich, die Kontrolle über die Alarmanlage zurückzugewinnen und per Fernsteuerung, zum Beispiel via ausgelöste Rauchmelder, die Sprinkler draußen im Korridor einzusetzen, wenigstens zur Verwirrung? Die Chance ist ebenso gering wie, dass er sich dadurch einen Vorteil verschaffen könnte, dass er aus dem Seifenspender produzierte Lauge über den Boden verteilt. Schnapsidee, da würde er ja selber rutschen! Außer er läuft barfuß … Der Bravo sieht sich um, mit wachsender Verzweiflung. Was könnte als Deckung dienen, was als zusätzliche Schlag- oder Stichwaffe?

„Tun Sie sich nichts an", sagt Peter Szily, wieder gefasst. „Und mir bitte auch nicht." Er schwenkt sein Handy. „Der Code ist eingegangen und sonst nichts passiert. Ich kann die Tür öffnen und uns heil hier herausbringen."

Seine Vitalwerte haben sich eingependelt, abgesehen von letzten, fast triumphal wirkenden Spitzen der Kurve.

„Mach schon!", drängt der Bravo.

Erneut entwickelt sich ein Kräftemessen. Zum Leidwesen des Bravos lässt Szily sich nicht beeindrucken. Im Gegenteil, er bleibt am Drücker.

„Nichts ist geschehen", sagt der Komiker, „was uns zu einem überhasteten Aufbruch zwingen würde. Alles gut, alles still, alles unbemerkt. Kein Alarm, keine Polizei. Wir können ab sofort jederzeit hinaus und getrennt unserer Wege gehen. Sobald ich den Code eintippe."

Der Bravo schweigt. Ihm ist klar, dass noch eine Forderung nachkommt. Szily ist ein Luftikus, ein Schaumschläger, aber auch ein Schlitzohr, in der Kunst der Täuschung oder Nachahmung fast ebenso beschlagen wie der Bravo selbst.

„Freilich", sagt Peter Szily, „lasse ich Sie nicht so einfach wieder verschwinden." Immerhin hat er die alte Gewohnheit beibehalten, ihn zu siezen, obwohl er seinerseits vom Bravo geduzt wird.

„Sondern? Was willst du von mir?"

„Liegt das nicht auf der Hand? Dass Sie mir in ähnlicher Weise helfen, wie ich Ihnen voriges Jahr geholfen habe, bei der Affäre am Dombrowski-Platz. Wir müssen den Mörder ausforschen und stoppen, ehe er auch mich erwischt, also möglichst flott. Das schweißt uns wieder zusammen."

„Ich muss nur von der Bildfläche verschwinden, sonst nichts. Mach endlich die Tür auf. Du strapazierst meine Geduld."

„Nach allem, was ich weiß, ist fast niemand geduldiger als Sie." Szily schlüpft betont gemächlich in seine Jeans. Dann tauscht er das Nachthemd gegen ein zerknittertes T-Shirt mit aufgedrucktem Iron-Maiden-Monster.

„Überspann den Bogen nicht. Ich könnte dich später jederzeit finden und auslöschen. Ich weiß, wo du wohnst."

„Schon richtig. Aber ich habe Sie ebenfalls wiedergefunden. Bedenken Sie, Bravo: Was mir gelungen ist, kann auch der Chefinspektorin gelingen. Deshalb müssen wir der Polizei zuvorkommen. Sonst dehnt die Fux notgedrungen ihre Ermittlungen aus und nimmt quasi nebenbei Sie mit ins Visier. Sie jagt zwar ein Phantom, doch fangen könnte sie am Ende eine ganz konkrete Person, nämlich Sie. Ist das nicht Motivation genug?"

Damit trifft Szily leider ins Schwarze, soll heißen: einen wunden Punkt. Selbst der diskreteste, paranoideste Auftragsmörder muss irgendwie erreichbar sein, eben damit ihn potenzielle

Kunden beauftragen können. Ganz ohne Wege zur Kontaktaufnahme geht es nicht. Bisher dachte der Bravo, die Kette von Relaisstationen, die er installiert hat, wäre absolut reißfest, perfekt isoliert, von keinem Glied aus nachverfolgbar. Nun ist er nicht mehr so sicher. Und Szily hat recht: Nicht einmal der Bravo kann sich, käme es hart auf hart, in Luft auflösen. Jedenfalls ist es dringend nötig, das gesamte klandestine System zu überprüfen und mindestens teilweise zu erneuern. Grundsätzlich sind die Bedrohungen durch einerseits die Chefinspektorin und andererseits den unbekannten Killer getrennt zu betrachten. Trotzdem gibt es eine Schnittmenge, besser ausgedrückt: einen Knoten, an dem sich die Fäden kreuzen, und der heißt Peter Szily.

„Also schön, lass uns die Sache abkürzen", sagt der Bravo. „Ich werde dir helfen, indem ich meine Fühler ausstrecke."

„Sie zeigen Einsicht. Sehr gut." Szily bindet die Schnürsenkel seiner Sneakers, steht auf, geht zur Tür und streckt den Zeigefinger nach dem Tastenfeld im Rahmen aus. „Ich gebe den Code ein ..." Er zögert, hält inne. „Unter einer Bedingung."

„Was denn noch?"

„Ich will mit Ihnen in Verbindung treten können, ohne abermals eine derartige Scharade inszenieren zu müssen. Erinnern Sie sich an unser kurzes Gastspiel in der Apollofabrik? Dass ich Sie damals nicht rechtzeitig erreichen konnte, hätte beinahe zum Desaster geführt."

„Du willst eine Handynummer."

„Genau. Sie können ja sicher so etwas tricksen wie eine mehrfache Rufumleitung. Wodurch Sie nicht zu orten sind, wenn die Nummer in fremde Hände fiele. Obwohl ich sie selbstverständlich hüten werde wie meinen Augapfel."

Der Bravo könnte das tatsächlich einrichten. Es ist sogar eine der leichteren Übungen. Freilich legt er dadurch eine weitere potenzielle, wenngleich äußerst dünne Fährte ... „In Ordnung", sagt er. „Prinzipiell. Wenn du mir zuvor berichtest, wer dir dabei behilflich war, mich zu engagieren beziehungsweise diese Falle aufzustellen."

„Das war scharf, gell? Wie erwähnt, Yojimbo und zwei andere Nerds aus den Kammerln hinter der *Tangorama Dancehall* haben mich mit technischen Gimmicks unterstützt, dank der Vermittlung durch Omara, die kleinwüchsige Königin der Apollofabrik. Wussten Sie, dass sie mit dem Gelddruck-Kurtl zusammen ist? Die beiden lernten sich im Rahmen der Aufräumungsarbeiten näher kennen. Stellen Sie sich vor, wir haben eine Liebe gestiftet! Ist das nicht schön?"

„Hör auf zu schwafeln", sagt der Bravo. „Mich interessiert nur, wie weit deine Komplizen eingeweiht wurden. Hast du ihnen gesagt, worum es geht, und vor allem um wen?"

„Nein, wo denken Sie hin? Ihr … Deckname ist in diesem Zusammenhang niemals gefallen. Ich habe gesagt, dass ich bei einem Live-Rollenspiel mitwirke und einmal so richtig auf den Busch klopfen will. Das reichte ihnen, so etwas kennen sie. Mein letztes Schwarzgeld ging dafür drauf. Außerdem für die Bestechung des Sanatoriums-Verwalters und nicht zuletzt für Ihr Honorar sowie die Prozente der Verbindungsmänner, mittels derer ich Sie über 17 Ecken hierhergelockt habe. – Was ist jetzt, gilt der Deal? Sollte ich nicht allmählich die Tür entriegeln?"

Der Bravo spürt, dass Szilys adrenalingepushte Selbstherrlichkeit einbricht und ihm die Konfrontation zu viel wird. Das Kräfteverhältnis hat sich wieder verschoben, zugunsten des Bravos. Nun ist er derjenige, der es nicht eilig hat. Sondern er lässt den Komiker noch ein wenig dunsten und sich detailliert schildern, welche Stationen er durchlaufen hat, bis er just ihn, den Bravo, buchen konnte. Szilys Bericht enthält erfreulicherweise keine Überraschungen, außer, dass er sich aufgrund weniger, bei ihrer ersten Kooperation gewonnener Indizien erstaunlich klug zusammengereimt hat, wo er ansetzen musste.

Schließlich gibt er sich mit dem, was er erfahren hat, zufrieden. „Gilt", sagt er, packt den tödlichen Infusionsbeutel ein und reinigt die wenigen Stellen, die er angefasst hat, sorgfältig, trotz der Handschuhe. Man kann nie vorsichtig genug sein. „Fertig. Mach die Tür auf."

Merklich erleichtert, gibt Szily den Zahlencode ein und drückt auf die Entertaste; einmal, dann erneut, fester, dann ein drittes Mal. Keine Reaktion. Die Tür bleibt zu.

„Sag nicht, dass der Code falsch ist und du doch noch den Polizeialarm ausgelöst hast!" Der Bravo tastet nach dem Messer im Stiefelschaft.

„Nein, ich, ich … Ich glaube, ich hab mich bloß vertippt. Zweiter Versuch."

„Von wie vielen?"

„Drei, bis die Automatik durchschaltet. Keine Sorge, ich hab's gleich."

„Mann, Pezi, reiß dich zusammen!"

Szily guckt auf sein Handy. „Ah ja, da war der Fehler. Zwei Neuner hintereinander, nicht drei. Bin wohl versehentlich einmal zu viel an dieser Nummer angekommen, hihi. Kein Grund zur Aufregung." Seine Finger zittern, als er damit auf die Tastatur einsticht, gezielt eine Zahl nach der anderen, im Abstand von quälend langen Sekunden. „Das war's. Jetzt sollte es passen."

„Gnade dir Gott, falls …"

Ein Klicken ertönt, gefolgt von zweistimmigem Seufzen und dem Schmatzen des Türblatts, das sich einen Spalt weit öffnet.

„Bitte schön", sagt Peter Szily.

„Nach dir", sagt der Bravo, den Elektroschocker einsatzbereit, und schaut zurück, ob er nichts vergessen hat. Sein Blick fällt auf die Vase am Nachttisch und den billigen, schon ein bisschen verwelkten Blumenstrauß darin. Pez braucht ihn nicht mehr. DDr. Heidrun Watzlawick würde sich darüber freuen.

Der Bravo nimmt das Gesteck heraus, wiegt es kurz in der Hand … und wirft es in den Mistkübel. Er hat sich an diesem Tag bereits einmal Gefühle für Mitmenschen erlaubt.

Einmal ist ein Mal zu viel.

Vierte Bahn:
Brücke

Empfohlene Bälle: MG Bro, Migo 28,
Filz-Masters 2016 Künzell, ÖM 2019 Voitsberg

*

Das älteste Clubmitglied fragt Graf Bobby, warum man ihn
nie mehr gemeinsam mit Baron Mucki am Kurs sieht.
Bobby fragt zurück: „Würdest du weiterhin mit jemandem
Golf spielen wollen, der ständig besoffen ist; der so viele Bälle
verliert, dass du nachfolgende Flights vorbeilassen musst;
der sauordinäre Witze erzählt, während du puttest;
und der generell mit jedem Streit anfängt?"
„Natürlich nicht."
„Tja, er auch nicht."

Ta-taaa! Ta-taaa!

*

Der **Englische Pointer** zählt zu den ältesten Jagdhunde-
rassen und wurde bereits in der Antike beschrieben.
Er ist der Prototyp des Vorstehhundes, der mit seinem ganzen
Körper, einer Vorderpfote und ausgestrecktem Hals anzeigt,
wo sich das Wild befindet.

„**So ein Arschloch**", pfaucht Benedikt Gallaun. „So ein elendigliches Arschloch!"

Chefinspektorin Karin Fux gibt vor, den grimmigen Ausruf misszuverstehen. Sie weiß sehr wohl, dass ihr Kollege nicht den Lkw-Fahrer meint, dessen Lastzug gerade die linke Spur blockiert. Aber darüber will sie momentan nicht diskutieren. „Der macht nur seinen Job", sagt sie. „Brems dich ein, komm nicht zu nah ran."

Sie fahren auf der Westautobahn. Gallaun lenkt den Dienstwagen. Fux sitzt neben ihm. Hinten im Fond versuchen zwei weitere Kriminalpolizisten, ihre langen Beine so zu verstauen, dass sie ihnen nicht einschlafen.

Es ist früher Morgen und die Moral der Truppe nicht unbedingt am Höchststand. Alle sind grantig, aus Schlafmangel. Ein typischer Zustand für eine Ermittlungsgruppe der Abteilung Leib und Leben, intern genannt „die Gewalt", wenn sie ein Verbrechen aufklären soll, das in ihren Zuständigkeitsbereich fällt.

Eines? Oder zwei oder drei …?

Noch können sie das nicht mit Sicherheit sagen. Vorerst haben sie keinerlei weiterführende Hinweise auf den oder die Täter. Trotz der vielen bislang geleisteten Überstunden tappen sie im Dunkeln.

Karin Fux ist die Chefin und deswegen verpflichtet, ihren eigenen Ärger zu unterdrücken. „Wenigstens haben wir eine vernünftige Straße unter den Rädern", sagt sie ablenkend. „Noch vor nicht mal 200 Jahren musste man für die Strecke zwischen Wien und Linz zwei Wochen einplanen. Hab ich kürzlich gelesen. Als das erste Dampfschiff die Donau stromaufwärts getuckert ist, war es eine Weltsensation, dass es dafür nur 55 Stunden gebraucht hat."

„Könnte uns ebenfalls blühen", knurrt Gallaun. „Wenn die Laster so weitermachen."

Das Quartett des Wiener Landeskriminalamts ist unterwegs, weil Fux einen Anruf bekommen hat. Um halb sechs Uhr früh.

Von Claudia Rappold, der mit allen Wassern gewaschenen, um nicht zu sagen abgebrühten Lokalreporterin der auflagenstärksten Tageszeitung. „Deine Linzer Kollegen", hat sie Fux trocken mitgeteilt, „konnten bei der Staatsanwaltschaft den Einsatz einer Taucheinheit erwirken. Um Punkt acht Uhr gehen die Froschmänner ans Werk."

„Woher weißt du das?", hat Fux gefragt.

„Na komm, ich habe meine Quellen. Aus ‚gewöhnlich gut informierten Kreisen' ist zu mir durchgedrungen, dass der dicke Laimgruber doch eines unnatürlichen Todes gestorben sein könnte. Und, dass deshalb weiterführende Untersuchungen beantragt, genehmigt und eingeleitet worden sind. Zusammen mit dem Unfall am Pass Thurn, bei dem eine nicht sonderlich bekannte Jung-Kabarettistin ums Leben kam, und damit, dass jemand Lorenz Buchta brutal gekillt hat, ist das reichlich Stoff für die Krawallpresse, vor allem die Gratiszeitungen. Wenn sie eine ‚Mordserie' wittern, posaunen sie das hinaus, ohne jegliche Rücksicht auf die Hinterbliebenen. Dagegen sind selbst wir geradezu dezent. Wie auch immer. Kann ich der Einfachheit halber bei euch mitfahren? Oder muss ich mir ein eigenes Auto checken?"

„Wir sind praktisch voll", hat Karin Fux erwidert; noch bevor sie Gallaun und die beiden anderen Mitglieder ihrer Gruppe aus dem wohlverdienten Schlummer gerissen hat. Sie mag die Rappold. Die Frau ist schon in Ordnung. Aber Generalmajor Rosmarin, der das LKA Wien leitet, hält nichts von allzu engem Fraternisieren mit der Presse, und was das betrifft, ist Fux ganz bei ihm.

„Schade", hat Rappold zurückgegeben. „Anyway, wir sehen uns."

„Wird sich wohl nicht vermeiden lassen. Und danke für den Tipp."

Erst eineinhalb Stunden nach dem Telefonat, als sie bereits knapp vor Amstetten waren, ist per E-Mail die offizielle Nachricht aus Linz ergangen; inklusive Einladung zu einem Termin, den sie niemals einhalten könnten, würden sie jetzt erst aufbrechen.

Der übliche Zeitverlust des Amtswegs? Oder versucht jemand, die Wiener außen vor zu halten? Karin Fux hegt einen Verdacht, wer dahinterstecken könnte. So ein Arschloch … Aber sie hütet sich, das laut auszusprechen. Stattdessen dreht sie sich um und fragt: „Gibt's inzwischen neue Erkenntnisse?"

„Ein paar", sagt Gruppeninspektor Christoph Hirschmugl, der Jüngste im Auto, und wischt auf seinem iPad herum. Er ist ein *Digital Native*, aufgewachsen mit Spielkonsolen, Handys, dem Internet und so weiter. Logisch, dass er innerhalb ihres Teams die Rolle des Computerspezialisten einnimmt.

„Nämlich?"

„Die Salzburger haben Zeugen für den Unfall, bei dem Yvonne Kalassnig ums Leben gekommen ist. Eine Handvoll Radfahrer sind da gerade zum Pass Thurn hinaufgestrampelt. Sie haben gesehen, wie der Wagen, statt dem Verlauf der Kurve zu folgen, kerzengerade weitergerast ist. Er hat ungebremst die Leitplanke durchbrochen, sich über einen Schotterhügel förmlich hinweggekatapultiert, dann ist er den steilen Abhang hinunter in die Rettenbachschlucht gestürzt. Die nachfolgende Explosion war nicht zu überhören."

„Das deckt sich mit den Ergebnissen der Spurensicherung?"

Hirschmugl nickt. „Auf dem Straßenbelag wurden keinerlei Anzeichen für ein Brems- oder Lenkmanöver gefunden."

„Deutet auf Selbstmordabsicht hin", sagt Oswald Machatsch, der Vierte im Bunde. Er ist der Älteste von ihnen, hat nur noch eineinhalb Jahre bis zur Pensionierung. Meistens favorisiert er die bequemere, weniger Mühen nach sich ziehende Antwort auf eine Fragestellung.

„Dafür spricht, dass das fast die einzige Stelle auf der Strecke zwischen der Passhöhe und Mittersill ist, wo man ein Auto in einen so tiefen Abgrund befördern kann", pflichtet Hirschmugl bei. „Und auch das nur, weil dort derzeit Bauarbeiten ausgeführt werden; justament zur besseren Sicherung dieses Abschnitts. Praktisch überall sonst gibt es massive Steinmauern, verstärkte Geländer oder Felswände."

„Was spricht dagegen?", fragt Fux. „Außer, dass nach allem, was wir wissen, Yvonne Kalassnig nicht den geringsten Grund hatte, Suizid zu begehen, geschweige denn jemals solche Absichten geäußert hätte."

„Richtig. Intakte Beziehung, zehn Monate altes, gesundes Baby, keinerlei dokumentierter Stress mit anderen Angehörigen der insgesamt recht gut betuchten, bürgerlichen Großfamilie oder sonst wem", zählt Hirschmugl auf. „Die Karriere der eineiigen Zwillingsschwestern hätte nach Yvonnes Karenzzeit und der teilweise überlappenden, pandemiebedingten Zwangspause gerade wieder Fahrt aufgenommen. Im Herbst wären die KaLaschNix gut gebucht gewesen, knapp dreißig Auftritte bis Weihnachten, die üblichen Silvestergalas und Jahresrückblicke bei diversen Sendern noch nicht mitgezählt; einer davon zusammen mit Lorenz Buchta."

„Aber das muss nichts heißen", sagt Fux, die sich an Peter Szilys Aussage erinnert.

„Richtig. In diesem Genre steht irgendwann fast jeder mit jedem auf derselben Bühne. Buchta war bekannt dafür, dass er immer wieder mal jüngere Talente einbezogen und dadurch gefördert hat. Wie die KaLaschNix, die als kommende Stars galten. Sie wurden für den diesjährigen Österreichischen Kabarettpreis nominiert."

„Viele Selbstmörder kündigen ihre Tat an", brummelt Machatsch. „Andere jedoch nicht. Grad die, die es wirklich ernst meinen und eben nicht im letzten Moment daran gehindert werden wollen."

„Trotzdem müsste es ein Motiv gegeben haben", sagt Fux. „Du hast dir die YouTube-Videos der KaLaschNix durchgesehen, Ossi?"

50

„Selbstverständlich. Mir dröhnen jetzt noch die Ohren von den schrillen Stimmen."

„Und?"

„Nichts und. Darin behandeln sie alles Mögliche, von vergammelten Ostereiern bis zur drohenden Klimakatastrophe. Aber wie gesagt …"

„Allerdings hat die meisten Texte und Kompositionen", springt Hirschmugl dem älteren Kollegen bei, „Ellen Kalassnig verfasst. Das geht aus den Anmeldungen bei der Urheberrechtsgesellschaft AKM hervor. Yvonne war mehr ausführendes Organ. Obwohl sich die Schwestern laut Steuerberater ihre Tantiemen genauso halbe-halbe geteilt haben wie die Auftrittshonorare. Um nennenswerte Summen handelt es sich da wie dort nicht."

Es wäre denkbar, den Tod der Yvonne Kalassnig als Unfall oder geglückten Selbstmord abzuhaken. Aber Karin Fux vertraut ihrem Instinkt. Diese Sache kommt ihr nicht koscher vor.

„Wie könnte man so etwas inszenieren?", wendet sie sich an Machatsch, der ein Autonarr und überhaupt technisch versiert ist.

„Manipulationen an den Bremsleitungen?"

„Theoretisch ja, in diesem Fall eher nein. Keine Chance, das so genau hinzutimen, dass die Bremsen an der einen, einzigen gewünschten Stelle versagen. Dazu ist die Zeitspanne viel zu lang und der günstige Moment viel zu kurz."

„Ich habe mich bei unseren Spezialisten schlau gemacht", sagt Hirschmugl. „Sie meinen, es gäbe sehr wohl eine weitere Möglichkeit. Der Wagen der KaLaschNix war ein Modell mit aktivem Spurhalteassistenten. Der kann in die Lenkung eingreifen."

„Beschränkt. Um, wie der Name schon sagt, die Spur zu halten. Der Fahrer übernimmt die Kontrolle, sobald er seinerseits das Lenkrad bewegt."

„Stimmt. Aber was wäre, wenn das System manipuliert und", Hirschmugl betont das Bindewort, „per Funk steuerbar war und", nochmals die Betonung, „die Fahrerin nicht mehr in der Lage einzugreifen? Weil sie der Mörder zum Beispiel unterwegs abgepasst, betäubt und nur für die letzten paar Hundert Meter ins Auto gesetzt hat?"

„Ein bisschen viele ‚und‘."

„Ist das machbar?", fragt Fux.

„Unsere Techniker meinen ja", sagt Hirschmugl. „Wenn sich jemand sehr gut mit solchen Dingen auskennt …"

„Jaja, sicher", grummelt Machatsch. „Und wenn mein Onkel kein Zipferl hätte, wäre er meine Tante."

Alle vier lachen.

„Trotzdem", setzt Hirschmugl unverdrossen fort. „Falls es wirklich so gelaufen ist, wäre das …"

„Nahe am perfekten Mord", sagt Fux. „Da die Explosion sämtliche Spuren getilgt hat."

„Nicht alle Hinweise."

„Sondern?"

Hirschmugl strahlt übers sommersprossige Mondgesicht. „Beim Aufprall wurde der Inhalt des Kofferraums in die Gegend verstreut. Darunter das."

Er dreht sein iPad zu Fux. Der Bildschirm zeigt ein Foto. Darauf ist eine bunt verzierte Schachtel zu erkennen, aus der auf einer Spiralfeder ein Clownskopf ragt.

„Was ist das?"

„Ein Requisit, das die KaLaschNix bei einer ihrer Bravournummern verwendet haben. Nachzusehen auf YouTube. Stimmt's, Ossi?"

„Na und?", sagt Machatsch. „Reiner Zufall. Dein Eifer in Ehren – aber du glaubst doch nicht im Ernst, dass jemand auch noch den Kofferraum so präpariert haben könnte, dass just dieses Teil unversehrt rausgeschleudert wurde? Und warum sollte der Täter eine Spur zum Mord an Buchta legen, wenn er gerade das perfekte Verbrechen begeht? Das widerspricht sich, passt vorne und hinten nicht zusammen. Komm runter, Kleiner."

„Wir bleiben trotzdem dran", sagt Karin Fux.

Bei sich denkt sie: Nicht schon wieder Clowns!

Die Ermittlungen in Oberlaa, nach der Entdeckung von Lorenz Buchtas Leiche, waren ein Horror.

Wie in solchen Fällen üblich, hat Fux Verstärkung angefordert und die Umgebung so schnell wie möglich durchkämmen lassen, unter anderem von einer Hundertschaft Polizeischüler.

Gegen die Übermacht der Clowns standen sie auf verlorenem Posten. Keine Chance, das weiträumige Gelände abzuriegeln oder auch nur einen Bruchteil der möglichen Zeugen oder Verdächtigen zu befragen. Fast tausend lächerlich Geschminkte tummelten sich zwischen dem Discgolf-Kurs im Volkspark, wo Buchta gefunden wurde, und dem ausgedehnten Naturpark Laaer Wald inklusive Löwy-Grube bis hin zum Minigolfplatz im Böhmischen Prater. Auf dem gesamten riesigen Areal führten anlässlich des Jubiläums der ClownDocs unzählige aus ganz Österreich und etlichen Nachbarländern angereiste Spaßmacher ihre Künste vor, um dem Publikum Spenden zu entlocken. Jongleure, Stelzengänger, Zauberer, Grotesktänzer … Andere betrieben Verkaufsstände, von gebratenen Würsteln, Maiskolben oder Kartoffelpuffern über diverse Getränke bis zu Andenken und Clownsutensilien. Es wimmelte nur so vor durch Schminke und Verkleidung unkenntlich gemachten Personen. Viel zu viele von ihnen trugen komische Gummikeulen, Plastik-Hämmer und andere Schlaginstrumente bei sich, in denen die Mordwaffe verborgen gewesen sein könnte.

„Was ist mit dem Socken?", fragt Karin Fux.

Wenige Meter von Buchta entfernt lag ein rot-weiß-roter Ringelsocken. Darin befand sich eine etwa drei Zentimeter durchmessende Glaskugel, mit einer Prägung im Inneren: „EM 2020 Vordersulz". Ein Minigolfball, angefertigt für eine Europameisterschaft, die wegen des Corona-Lockdowns abgesagt werden musste, hat Hirschmugl herausgefunden. Die als Erinnerungsstücke gedachten Bälle wurden Hunderten potenziellen österreichischen Teilnehmern zugesandt und kursieren seither im ganzen Land. Ohne dieses Indiz hätten die Ermittler der Mordgruppe die Beule an Buchtas Hinterkopf als Folge eines Sturzes interpretiert. So aber nehmen sie an, dass das Opfer zuerst von hinten ausgeknockt wurde, eben mit dem zum Totschläger umfunktionierten Socken, bevor der Mörder sich Buchta zurechtgelegt und ihm von vorne den Rest gegeben hat. Ein präziser, harter Hieb, durch die Schädeldecke bis ins Hirn. Mit einem Minigolfschläger, wie der Pathologe aufgrund der Wundränder bestätigt hat.

Dank Hirschmugls Recherchen wissen Fux und ihre Kollegen inzwischen, warum die meisten Minigolf-Turnierspieler einen einzelnen Socken bei sich tragen: Sie stecken oder hängen ihn in die Hose, um so jene Bälle zu wärmen, die erst ab einer bestimmten Temperatur optimal laufen. Spieler auf Weltklasse-Niveau besitzen einige Tausend verschiedene Minigolfbälle – für 18 Bahnen! Die sind zwar genormt, aber jeder Platz hat Eigenheiten, und bei Meisterschaften geben winzige Unterschiede den Ausschlag.

Selbstverständlich trug mindestens jeder dritte Clown im Gelände lustig bunt gestreifte Socken …

Trotz aller Bemühungen konnte auch die Mordwaffe nicht entdeckt werden. Möglicherweise hängt sie, gründlich gereinigt, längst von den ausgeschwärmten Spurensicherern überprüft, wieder zwischen all den anderen Publikumsschlägern im Hüttchen der Minigolf-Anlage des Böhmischen Praters. Die unterbezahlten Betreuer schwören, permanent anwesend gewesen zu sein. Aber das ist ein Meineid. Sie müssen immer wieder zwischendurch weggehen, um Fahrtbeiträge der benachbarten Kindereisenbahn einzukassieren. Dort könnte man die ganze Hütte abtragen, geschweige denn einen Minigolfschläger entwenden und später retournieren, ohne bemerkt zu werden.

Überwachungskameras? Nein. Die Betreiber des Böhmischen Praters legen Wert auf Retro-Feeling. Und wohl auch darauf, ihre nicht immer sauberen Nebengeschäfte unbeobachtet abwickeln zu können.

Und wieder, grübelt Karin Fux, ein fast perfektes Verbrechen. Idealer Ort, ideale Zeit, ideal ausgesucht. Ganz wie ein professioneller Killer, zum Beispiel jemand wie der Bravo, operieren würde. Aber warum hat er dann den improvisierten Totschläger nicht ebenfalls beseitigt, sondern nahe bei der Leiche fallen lassen? Einem Profi unterläuft kein solcher Lapsus. Überdies waren auf dem Socken nur DNA-Spuren von Buchtas Haaren zu finden. Will der Mörder die Ermittler herausfordern, verhöhnen, verwirren, auf Wienerisch: „häkerln"?

Der Posthof liegt im Hafenviertel von Linz. Mitte der 80er-Jahre wurde der denkmalgeschützte ehemalige Bauernhof zu einem Veranstaltungszentrum für zeitgenössische Kunst und Kultur umgewidmet und seither mehrmals modernisiert und erweitert. Er gilt, doziert Gruppeninspektor Christoph Hirschmugl, als erste Adresse für diverse Sparten in der oberösterreichischen Landeshauptstadt, darunter Kabarett.

„Lass mich raten", sagt Fux, während Gallaun die Autobahnausfahrt Prinz-Eugen-Straße nimmt, wodurch sie dem trotz der Morgenstunde schon zähflüssigen Verkehr auf der A7 entkommen. „Buchta ist dort aufgetreten?"

„Mit jedem seiner letzten fünf Programme. Stets im großen Saal, der bis zu 1200 Personen fasst."

„Laimgruber?"

„Detto. Aber meist, obwohl er Lokalmatador ist, oder vielleicht auch deswegen, nur im mittleren Saal. Fassungsvermögen 400 Sitzplätze."

„Die KaLaschNix?"

„Kleiner Saal, hundert Plätze. Insgesamt dreimal, zuletzt im November 2019. Für kommenden Herbst wären sie im mittleren angekündigt."

„Peter Szily?"

„Nie solistisch. Aber sommers 2017 und 2018 mit einer Mixed-Show von Radiokomikern, jeweils bei einer Open-Air-

Veranstaltung am Vorplatz. Er wird nur im Line-up erwähnt, jedoch in keiner der Zeitungskritiken. Scheint eher nicht so das Highlight gewesen zu sein."

„Müßig, daraus einen Zusammenhang konstruieren zu wollen", sagt gähnend Machatsch, der im nahen Marchtrenk geboren und aufgewachsen ist. „Bevor jemand nicht im Linzer Posthof gespielt hat, gibt es ihn praktisch nicht auf der gesamtösterreichischen Kabarett-Landkarte. Und richtig geschafft hat es nur, wer den großen Saal vollkriegt."

Gallaun steuert den Dienstwagen durch das Industrieviertel und die Vorortstraßen. Schließlich stellt er ihn in der Ladezone vor dem quaderförmigen Glaszubau ab, gleich neben mehreren Streifenwagen und dem unmarkierten Kleinbus der Cobra, zu der die einzige Taucheinheit der österreichischen Polizei ressortiert.

Karin Fux holt tief Luft und wappnet sich für die Konfrontation.

„Herr Chefinspektor."

„Frau Chefinspektorin."

„Knecht."

„Fuxerl. Du bist weit gekommen."

„Du doch auch."

Sie stehen einander gegenüber, Karin Fux und ein robust gebauter, muskulöser Mann, einen halben Kopf kleiner als sie und umso bemühter, die Oberhand zu behalten. Er wippt auf den Zehenspitzen, um sich höher zu strecken. „So schnell hätte ich nicht mit euch gerechnet."

„Wir waren in der Nähe", sagt Karin Fux, ohne eine Miene zu verziehen. „Zufällig."

Diese fadenscheinige Begründung kennen sie beide zur Genüge. Früher, als die Lokalreporter der Tageszeitungen noch, obwohl es verboten war, den Polizeifunk abhören konnten, waren sie bei manchem Banküberfall schon vor Ort, ehe die Exekutivorgane eintrafen. Weil die Journalisten sich, wie sie treuherzig behaupteten, rein zufällig in der Nähe befunden hatten.

Wilfried Rupprecht, genannt „Knecht" – wegen des Anklangs zum Knecht Ruprecht, der im norddeutschen Sprachraum als bedrohlicher Begleiter des heiligen Nikolaus fungierte, ehe er durch den Krampus ersetzt wurde – verzichtet auf ein Nachbohren. Wohl, um sich seinerseits Fragen über die verspätete Meldung zu ersparen.

Es handelt sich um eine Art Friedensangebot: Quälst du mich nicht, quäl ich dich auch nicht.

Fux geht darauf ein. Am Ende des Tages ziehen sie doch am selben Strang.

Der Knecht hat ebenso wie sie einen Staatsmeistertitel in Karate errungen. Vor vielen Jahren haben sie über einige Monate hinweg im Wiener Polizeisportverein gemeinsam trainiert. Bis Rupprecht daheim in Linz Karriere gemacht hat.

„Wurscht", sagt er. „Das ist unser Fall."

Streng genommen hat er recht. Für die Kompetenzverteilung zwischen Mordgruppen aus verschiedenen Landeskriminalämtern gibt es eine eherne Regel. Sie lautet umgangssprachlich: „Der Schädel zieht den Akt."

Gemeint ist nicht der Kopf des Opfers, sondern des potenziellen Täters. Soll heißen: Falls es einen Verdächtigen gibt, dann wandert die Zuständigkeit dorthin, wo dieser behördlich gemeldet ist, ob in Wien, Linz oder Salzburg.

Theoretisch könnte das BKA die Ermittlung für sich beanspruchen. Das ist aber unwahrscheinlich. Schon gar derzeit, da das Bundeskriminalamt, wie auch die Generaldirektion für öffentliche Sicherheit, mit internen Umstrukturierungen beschäftigt ist. Ganz zu schweigen von der angekündigten Reform des Bundesamts für Verfassungsschutz und Terrorismusbekämpfung, das den Plänen zufolge durch eine neu geschaffene Direktion für Staatsschutz und Nachrichtendienst ersetzt werden soll, und den Querelen um die Wirtschafts- und Korruptionsstaatsanwaltschaft …

Karin Fux hasst all diese Wortungetüme, wie die ganze Bürokratie im Hintergrund, die ihr die Arbeit noch nie erleichtert, sie aber oft schon behindert hat. Sie will Täter überführen, ohne Rücksicht auf irgendwelche politischen Ränkespiele oder Verstrickungen.

Ungeschehen kann man sowieso nichts machen. Kein Mordopfer wird wieder lebendig. Aber die Angehörigen und deren Recht auf einen sauberen Abschluss des Verfahrens, möglichst eine Verurteilung – „closure", würde Hirschmugl sagen – liegen ihr am Herzen. Ungleich mehr, als ob durch die Ermittlungsergebnisse irgendein hohes Tier angepatzt werden könnte.

„Wir haben noch keinen Verdächtigen", gibt sie zu.

„Wir auch nicht. Aber vielleicht bald", sagt Rupprecht.

„Was habt ihr?"

„Zeugenaussagen. Die für sich allein nicht viel zählen", kommt er ihrem Einwand zuvor. „Alle Befragten waren in der Tatnacht hochgradig illuminiert, entweder besoffen oder eingekifft oder beides. Laimgruber hat das Fest erst um etwa zwei Uhr früh verlassen und zu Fuß den Nachhauseweg angetreten. Wir setzen unsere Hoffnungen mehr auf die Auswertung der in der Umgebung angebrachten Videokameras."

„Diese Auswertung …?"

„Läuft. Ich erwarte die Ergebnisse am späten Vormittag. Wir konnten die Bewilligung nicht früher …"

Fux winkt ab. „Ich mische mich nicht ein. Meine Leute und ich, wir wollen bloß zusehen."

Das ist eine schamlose Untertreibung. Selbstverständlich weiß Karin Fux genauso wie Knecht Rupprecht, dass das Wiener LKA weit erfahrener mit Mordfällen ist als ein Provinzkommissariat wie das Linzer. In Wien passiert einfach viel mehr.

„Ihr habt eine Obduktion beantragt?", fragt sie.

„Nach den Todesfällen Buchta und Kalassnig schien mir das naheliegend."

„Recht so. Und?"

„Geringe Restbestände von Gift. Vermutlich Beta-Antiarin."
Das ist ein Glycose-Steroid. Die Droge kann Herzstillstand auslösen und auf vielerlei Weise verabreicht werden, aber am besten oral. „Was hat Laimgruber im Posthof getrunken?"

„Nicht viel für seine Verhältnisse. Bloß drei Halbe und zwei Seideln Bier."

„Aber eines davon könnte vergiftet gewesen sein?"

„Eventuell, ja."

„Ihr habt ja wohl die Aufzeichnungen der Schankanlage."

„Selbstverständlich bereits überprüft, Fuxerl."

„Nenn mich nicht Fuxerl. – Und, was ist dabei herausgekommen? Wer könnte Laimgruber Gift untergejubelt haben?"

„Jeder in der Bar, nach der Vorstellung. Bedienstete wie Gäste. Üblicherweise mischt sich das, weil viele davon mal auf dieser, mal auf der anderen Seite der Budel stehen."

Fux nickt. Mittlerweile weiß sie darüber Bescheid. Zwischen Engagements verdingen sich Schauspieler und Schauspielerinnen recht häufig in der Gastronomie. Und Servierpersonal jeglichen Geschlechts geht oftmals nicht gleich nach Dienstschluss heim, sondern will, ja muss sich erst noch ein wenig freies Durchatmen und Runterkommen gönnen.

„Da waren nach Mitternacht noch etliche Leute am Feiern", sagt Rupprecht. „Wir haben alle überprüft. Lauter Nieten. Außer …"

„Wer?"

„Wart mal ab. Da kommt einer der Taucher. Und was schleppt er mit sich? Betonpatscherln? Echt jetzt?"

Sie treten näher.

Der Taucher, den Claudia Rappold und ein Pressefotograf umschwirren, legt am Kai ab, was er geborgen hat: zwei klobige, wassertriefende, mit Algen umwickelte Dinger aus gehärtetem Zement. Sie sind bohnenförmig und erinnern an Clownschuhe.

In einem davon steckt noch ein rot-weiß-rot gestreifter Socken.

„Sieht aus, als wäre Laimgruber damit versenkt worden", sagt Rupprecht und scheucht mit wedelnden Armen die Reporter weg. „Der Auftrieb durch die Leichengase hat die Füße aus dem Beton befreit. Aber das heißt, es war Mord. Und es bleibt mein Fall, Fuxerl, nicht deiner."

Da ist der fehlende zweite Ringelsocken, wenigstens im übertragenen Sinn. Da ist die Verbindung: Clowns, verdammte Clowns hier wie dort, und vielleicht noch weiter, bis nach Mittersill … Das drängt sich auf. Geradezu unübersehbar. Wie eingehämmert mit einer Plastikkeule.

Fux jedoch glaubt, dass der Mörder sie verarschen will. Er spielt mit ihr, legt falsche Fährten. Mehrere. Viel zu viele.

Aber wieso? Weshalb lässt er es nicht bei grandios inszenierten, scheinbar unaufklärbaren Verbrechen bewenden? Bloß aus Jux und Tollerei?

Er hat den ersten Mord verschleiert, doch ungenügend. Die vom Boden des Linzer Flusshafenbeckens herausgetauchten Clownschuhe aus Beton sollten nicht für immer verborgen bleiben. Der Killer musste wissen, ja wollen, dass Fux und ihre Kollegen sich eine Verbindung zusammenreimen würden.

Dann kam Buchta. Ein glasklarer Mord, der erst die landesweite Erregung und die Nachforschungen bewirkte; verzögert um zwei Tage nach Laimgrubers Tod.

Warum? Welchem Zweck diente das zeitliche Arrangement?

Hernach das Attentat auf die KaLaschNix. Dem dank eines glücklichen Zufalls nur eine der beiden Zwillingsschwestern zum Opfer fiel.

Wieso sie? Und: Was noch, wer noch?

Das ist nicht zu Ende, denkt Karin Fux bitter. Verflixt, vielleicht hat es gerade erst angefangen.

Fünfte Bahn:
Stumpfe Kegel

Empfohlene Bälle: Grand Slam 1, BOF Alina Gobetz 2015,
mg Z-type Z7, 3D Speed

*

Die Passagierin tippt dem Taxifahrer auf die Schulter,
um etwas zu fragen. Er schreit auf, verreißt das Auto,
kann gerade noch einen Unfall vermeiden, kommt Zentimeter
vor einem Laternenmast zu stehen.
„Puh", sagt er. „Bitte machen Sie das nie wieder.
Sie haben mich zu Tode erschreckt."
„Bedaure, ich hatte keine Ahnung …"
„Sie können nichts dafür. Heute ist mein erster Tag
als Taxler. Davor bin ich zwanzig Jahre lang einen
Leichenwagen gefahren."

Ta-taaa! Ta-taaa!

*

Pointen ist ein zur Gemeinde Frankenmarkt gehörender
Ortsteil im Bezirk Vöcklabruck, Oberösterreich.
Pointen hat 37 Einwohner.

Der Bravo betritt ein sehr spezielles Geschäft am Kardinal-Nagl-Platz, Ecke Erdbergstraße und Rüdengasse. Das Lokal hat rund um die Uhr geöffnet, 24/7, alle Tage im Jahr.

Aber es gibt keine Bedienung, nur stumme Verkäufer: Automaten, summend und funkelnd, in verschiedenen Größen und Ausführungen. Der Bravo ist allein. Trotzdem bleibt er der gewählten Rolle treu, wegen der Videokameras und weil jederzeit jemand hereinkommen könnte. Er tritt als Handwerker mit schlecht gestutztem Vollbart auf, im blauen, an Knien und Ellbogen abgewetzten Overall. Langsam setzt er einen Fuß vor den anderen, unsicher, tapsend, als hätte er eine Spätschicht hinter sich und würde noch eine abschließende Nahrungsaufnahme anstreben, am besten flüssig.

Es riecht nach scharfen, süßlich parfümierten Reinigungsmitteln, wie sie in den Separees von Rotlicht-Etablissements verwendet werden. Dazu passend offeriert einer der Automaten Sexspielzeug und Präservative. Andere halten Getränke bereit, Snacks, Zigaretten oder Raucherzubehör wie extralanges Wuzelpapier und Filter. Sogar Bitcoins kann man kaufen oder in Bargeld wechseln. „Hätte das Dunkelnetz ein analoges Vorzimmer", schrieb ein kecker „Falter"-Journalist, „dann wäre es vielleicht hier." Er wusste wohl nicht, wie nahe er damit der Wirklichkeit kam.

Der Bravo geht hin und her, als mustere er unentschlossen das Angebot. Er landet bei einer Art Schrein im hintersten Eck, den auf Gipssäulen stehende, verstaubte Plastikblumen-Gebinde flankieren und vor den Kameras abschirmen. Eine Gedenktafel würdigt den „Automaten-Pionier" Ferry Ebert. In den 50er-Jahren begann der gelernte Glasbläser, nachdem an seine Adresse zufällig 300 Kondomspender der Firma *Blausiegel* geliefert worden waren, mit deren landesweiter Verbreitung. Später stellte er rund 100 000 eigene Automaten her, für diverse Waren von Kaugummi und Traubenzucker über Kölnisch Wasser bis zu Brieflosen. Ein persönliches Anliegen waren ihm die selbst entwickelten Märchen-Automaten, die er in alle Welt verkaufte, aber auch oft spendete, unter anderem zur Unterstützung der New Yorker Feuerwehr oder der Opfer der Tsunami-Katastrophe von Sumatra. Einer dieser bunt verzierten Kästen hängt neben einer Tafel an der Wand. „Radomir Rüttelschuhs 365 Märchen-Briefe – so viele Tage das Jahr zählt", steht darauf, eingerahmt von einem Regenbogen. Es ist ein Museumsstück, unbrauchbar seit 2002, da sich die komplizierte Umstellung auf Euro nicht ausgezahlt hätte.

Der Bravo allerdings hat Schilling- und Groschenmünzen bei sich. Er wirft einen sorgfältig abgezählten Betrag ein und betätigt den Hebel rechts unten an der Seite, der nur quietscht und leer durchzudrehen scheint. Unverzüglich sieht der Bravo auf die Armbanduhr. Nichts passiert, bis er nach exakt 37 Sekunden nochmals am Hebel zieht. Nun spürt er Widerstand. Ein vergilbt wirkendes Briefchen schiebt sich aus dem Schlitz. Er faltet es auf, liest kurz, nickt verstehend. An einem anderen Gerät erwirbt er mit umständlichem Gehabe eine Dose Bier und steckt sie in die Oberschenkeltasche.

Dann verlässt er zufrieden den Automatensalon.

Unterwegs zur Kontaktadresse überlegt der Bravo, ob er das Richtige tut. Wäre es nicht doch vernünftiger, einfach für eine Weile abzutauchen, vielleicht sogar ins Ausland zu gehen? Er hat genug zur Seite gelegt, um einige Wochen oder Monate pausieren zu können, egal ob unter südlicher oder nördlicher Sonne. Das Versprechen, das er Peter Szily gegeben hat, ist genauso schnell und folgenlos widerrufen wie die Telefonnummer deaktiviert.

Andererseits will ihm der Gedanke daran, die Hände in den Schoß zu legen, nicht schmecken. Totale Passivität kann fatal sein. Er gibt die Initiative ungern ab, erst recht nicht an jemand wie die hartnäckige Chefinspektorin Fux.

Nein, Pezi hat schon recht: Erneut ist der Bravo ins Blickfeld der Polizei geraten, obwohl indirekt, ohne selbst eine Tat begangen zu haben. Das darf er keineswegs auf die leichte Schulter nehmen. Aber muss er deshalb wirklich dazu beitragen, dass der oder die wahren Mörder gefunden werden?

Drei Tote, rekapituliert er. Drei Kabarettisten. Zwei Männer, eine Frau. Drei verschiedene Tötungsarten, sofern die Mutmaßungen der Kriminalisten zutreffen. Er hätte es, wäre er damit beauftragt worden, wahrscheinlich ähnlich gemacht. Oder auch nicht. Zu viele Fährten! Verschleierung durch eine Vielzahl falscher Spuren – diese Methode hat er selbst schon manchmal angewandt, jedoch nie dermaßen offensiv und kokett. Die Clowns. Das Veranstaltungszentrum bei Graz, wo alle drei Opfer und auch Szily aufgetreten sind. Der zusätzliche Hinweis auf die satirische Kritik dubioser Immobiliengeschäfte … Dem Bravo erscheint die gesamte Vorgangsweise überzogen. Allzu dick in die Auslage gestellt! Als würde jemand vom wirklichen Motiv ablenken wollen.

Ja, die bisher gefundenen Indizien deuten – weiterhin gesetzt den Fall, dass Fux richtig liegt – auf enorme Expertise in der Ausführung hin. Somit scheiden die in Österreich operierenden Banden aus. Weder die Tschetschenen noch die Rastafari noch die Senegalesen wären imstande, derlei zu inszenieren. Das ist nicht ihr Stil. Sie prügeln sich maximal untereinander um die besten Plätze am Drogenmarkt. In höhere Sphären wagen sie sich wohlweislich nicht vor.

Die Israelis? Die Russen? Oder Kubaner: versprengte, ursprünglich ebenfalls vom KGB ausgebildete Veteranen, die in Europa Fuß gefasst haben und sesshaft geworden sind, Familien oder Salsa-Tanzstudios begründet haben oder gleich beides. Aber warum sollten sie einen beleibten Publikumsliebling, einen ehrgeizigen Pseudo-Aufklärer und die Hälfte eines wenig bekannten Zwillingsduos aus dem Weg räumen?

Kein Motiv, denkt der Bravo, während er sich in einer Kabine der unterirdischen Jugendstil-Toilette am Graben, der ältesten und nach wie vor schönsten öffentlichen Bedürfnisanstalt

Wiens, umzieht und den falschen Bart gegen eine getönte Hornbrille tauscht.

Stecken politische Hintergründe dahinter? Man raunt von dunklen Wolken, die sich über der Regierung zusammenballen. Eine Korruptionsaffäre könnte demnächst auffliegen, heißt es.

Na komm, was daran sollte sensationell neu sein?

Mit Politik wollte der Bravo sowieso nie etwas zu tun haben. Will er immer noch nicht. Das ist ein Sumpf, in den er nicht treten möchte, weil ihm davor graust. Wie bei Hundstrümmerln bleibt immer etwas Stinkendes zwischen den Rillen der Schuhsohle kleben, das sich nur schwer wieder abstreifen lässt, wenn überhaupt.

Er mahnt sich zur Ordnung. Wild ins Blaue zu spekulieren, bringt nichts. Daher fokussiert er seine Gedanken auf das Naheliegende, Vertrautere. Welcher Profi könnte dafür angeheuert worden sein, die drei Morde und etwaige weitere auszuführen?

Der Bravo kennt einige der in Mitteleuropa tätigen Kollegen, wenngleich naturgemäß nicht persönlich, bloß ihren Modus Operandi. Einen kann er von vornherein ausschließen. *Molotok* – der Deckname ist das russische Wort für Hammer –, ein bewundernswert punktgenau agierender georgischer Killer, erledigt seine Zielpersonen stets mit einem einzigen Hammerschlag auf den Hinterkopf. Zack, letale Verletzung der Gehirnrinde und Exitus. Dem war jedoch in den bisherigen drei Fällen definitiv nicht so. Eine tödliche Schädelfraktur, ja, bei diesem Lorenz Buchta, aber frontal von vorne, vergleichsweise kunstlos.

Molotok war es also nicht. Wer sonst käme infrage?

Das Gespenst hinterlässt, wie der Name schon besagt, niemals verwertbare Spuren oder Querverweise wie die überreichlich vorliegenden, ist also ebenfalls von der Liste zu streichen.

Am ehesten könnte *die Schimäre* am Werk gewesen sein. Dabei handelt es sich ziemlich sicher nicht um eine Einzelperson, sondern um eine Gruppierung, die sich einen perfiden Spaß daraus macht, die Methoden anderer Auftragsmörder zu kopieren.

Auch jene des Bravos? Obwohl er doch so sehr darauf bedacht ist, jegliche nachvollziehbare Eigenheiten zu vermeiden? Schon bei der Pekarek-Sache hatte er kurz die Schimäre verdächtigt, ihm ans Zeug flicken zu wollen. Ein Verdacht, der sich nicht bewahrheitet hat. Aber heute?

Man kann nie vorsichtig genug sein. So lautet sein Mantra, dem er verdankt, dass man ihn noch nie erwischt hat.

Der Bravo beschließt, die Ergebnisse der bereits eingeleiteten Erkundung abzuwarten. Er hat sich gemäß dem Kodex der Dunkelwelt verpflichtet, dafür zu bezahlen. Mit mehr, versteht sich, als den paar Schillingen und Groschen, durch deren Einwurf er die im äußerlich schrottreifen Märchen-Automaten verborgene, hochmoderne Elektronik und das angeschlossene Netzwerk aktiviert hat. Falls seine Sorgen sich als unberechtigt herausstellen sollten, kann er sich immer noch absetzen.

Die Kalvarienbergkirche in Hernals, dem 17. Wiener Gemeindebezirk, ist ein seltsames, geradezu einzigartiges Bauwerk.

Ihre Distanz zum Stephansdom im Stadtzentrum entspricht fast genau der Länge der Via Dolorosa durch Jerusalem und der anschließenden Wegstrecke hinauf zum Berg Golgatha, dem Ort der Kreuzigung Jesu Christi: falls man das Evangelium für einen Tatsachenbericht hält. Den Bravo faszinieren historische Bezüge. Er hätte gern Geschichte studiert, aber Gymnasium und Uni waren unerreichbar. Nicht wegen der Volksschulnoten, die hätten gepasst, sondern weil er der Mutter unmöglich so lange auf der Tasche liegen konnte. Deswegen blieb es beim Hobby, dem einzigen, das er sich gestattet.

Er hat gelesen, dass im 16. Jahrhundert über 90 Prozent der Wiener und Niederösterreicher evangelisch waren, etliche Jahrzehnte lang. Dann schlug die Gegenreformation zu. Die lutherischen Freiherren von Jörger, nach denen die Jörgerstraße benannt ist, wurden 1620 geächtet und enteignet. Das Domkapitel errichtete ein „Heiliges Grab" als Endstation eines Kreuzwegs, der am Schottentor begann und sich bald regen Zulaufs erfreute. Im Dorf Hernals schossen Wirtshäuser und Buschenschenken aus dem Boden, die nun ihrerseits nicht nur zahlreiche Pilger, sondern auch Bettler, Taschendiebe, Prostituierte, Trickbetrüger und Wegelagerer anzogen.

Die Zweite Türkenbelagerung planierte das Viertel gründlich. Aber 1717 ließ die aus reichen Bürgern bestehende „Bruderschaft der 72 Jünger" dort, wo das Schloss der Jörger gestanden war, einen Hügel aufschütten und zu einem hufeisenförmigen Kalvarienberg gestalten. Gegen Ende des 19. Jahrhunderts wuchs er mit der zwischen den beiden Treppen liegenden, immer größer ausgebauten Kirche zusammen und wurde so zum Unikat eines überdachten Bergs.

Der Bravo steigt die Stufen auf der rechten Seite hinauf; es sind nicht zufällig 72. Was auch als kodierter Hinweis diente: „Grimms Märchen Nr. 72, Die vier kunstreichen Brüder" stand im Briefchen. „Es war einmal ein armer Mann, der hatte vier Söhne, jedoch kein Dach über dem Kopf, so sandte er sie hinaus in die Welt. Als sie elf Stunden gewandert waren, kamen sie an einen Kreuzweg …"

72. Dach. Kreuzweg. Um daraus den Treffpunkt zu triangulieren, hat der Bravo nicht einmal googeln müssen.

Wobei der Kreuzweg oder Kalvarienberg streng genommen keiner ist. Die ersten sieben lebensgroßen, aus Lindenholz geschnitzten Reliefs stellen nämlich nicht die „klassische" Passion Christi dar, sondern, wie der Heiland die sieben Hauptsünden der Menschheit auf sich nimmt: Neid, Hoffart, Trägheit, Völlerei, Unkeuschheit, Geiz, Zorn. Die sieben Kapellen auf der anderen Seite, weiß der Bravo, zeigen Maria, die als Vergebende die Tugenden lehrt: in absteigender Reihenfolge Sanftmut, Freigiebigkeit, Keuschheit, Demut, Mäßigkeit, Eifer, Liebe. Der Bravo hält jedoch am höchsten Punkt, bei der Kreuzigungsgruppe.

Er kniet sich davor, legt die Unterarme auf die einzelne, etwa zweieinhalb Meter breite Kirchenbank und verschränkt die Finger, während er auf seine Armbanduhr schielt.

Das wäre nicht nötig gewesen. Soeben läutet die Kirchturmuhr viermal, die volle Stunde. Danach ertönen elf tiefere, wummernde Glockenschläge. Beim vorletzten kommt von links eine Nonne herein. Beim letzten lässt sie sich ebenfalls auf die Knie nieder, einen halben Meter neben dem Bravo. Sie trägt ein schlichtes dunkelbraunes Ordenskleid, ein kittelähnliches *Skapulier*, aus dem eine weiße Kopfhaube ragt, und darüber einen langen schwarzen Schleier. Insgesamt der Habit einer Unbeschuhten Karmelitin. Letzteres ist nicht wörtlich zu verstehen, denn unter der Tunika ragt ein schlanker Fuß in einer Sandale hervor. Die Zehennägel wirken gepflegt, wenn nicht pedikürt. Jedenfalls fühlen sich die Karmelitinnen sowohl der Jungfrau Maria als auch dem Kalvarienberg-Mythos in Form des täglichen Messopfers unter dem Kruzifix besonders verbunden.

„Gelobt sei Jesus Christus" flüstert der Bravo, als der Nachhall der Glocken verklungen ist. Die Nonne antwortet nicht. Ihre Lippen bewegen sich wie in stillem Gebet. Aus dem Augenwinkel versucht der Bravo abzulesen, was sie lautlos brabbelt. Aber er kann keine Wörter oder Satzteile identifizieren, nicht einmal sinnvolle Silben. „In Ewigkeit, Amen", vollendet er die Formel selbst.

Sie neigt kaum merklich den Kopf. Auffordernd?

„Ich habe ein paar Fragen", setzt er an, verstummt jedoch gleich wieder, weil die Ordensfrau den Finger an die Lippen gelegt hat. Ihm kommen Zweifel, ob sie überhaupt die angeforderte Auskunftsperson ist.

Einige Minuten verstreichen. Dann erhebt sich die Nonne, verneigt sich vor der Golgotha-Gruppe, schlägt ein Kreuzzeichen und huscht hinaus. Wo sie gekniet hat, liegt ein Handy, ein kleines, kaum noch gebräuchliches Modell der Marke Nokia, aus der Epoche vor den Smartphones. Der Bravo atmet auf. Er war doch nicht vergeblich am Kalvarienberg.

Zwei Stunden später sitzt er auf einer Parkbank am Laaer Berg über den ehemaligen Ziegelgruben und bemüht sich, die klare Aussicht auf Wien und das Marchfeld bis zu den Niederen Karpaten zu genießen. Fast fällt einem nicht auf, wie viele Kräne in der Stadt und um sie herumstehen, weil man den Anblick so gewöhnt ist. Unaufhörlich wird gebaut, an Hunderten Stellen zugleich.

In der Zwischenzeit hat der Bravo sich im Böhmischen Prater umgesehen, jedoch nichts bemerkt und niemanden angetroffen, was oder wer ihm bei der Fahndung nach Lorenz Buchtas Mörder hätte weiterhelfen können. Wie an jedem heißen, sonnigen Samstag im Hochsommer tummeln sich Massen von Leuten im Gelände. Ein nicht geringer Teil davon sind Wochenend-Väter mit ihren Kindern, denen sie etwas bieten möchten. Ohne dabei auf den Alkohol verzichten zu müssen, mit dem sie ihre Existenzängste betäuben.

Alle Fahrgeschäfte sind in Betrieb, rumpelnd und ratternd. Dazu spielen sie bis hierher dröhnende Musik: Party-Versionen von Hits, die sich wegen der im Herzschlag pulsierenden Bässe und stampfenden Basstrommeln kaum voneinander unterscheiden. Die Biergärten der Lokale quellen über. Viele Gäste schunkeln und grölen zu den Klängen der aus Tschechien oder der Slowakei importierten, traditionell schlecht bezahlten, allein oder im Duo auftretenden Kommerz-Musikanten. Der Gestank von knoblauchgetränkten Langosfladen und am Grillspieß rotierenden Hühnern, die gewiss nicht aus tiergerechter Zucht stammen, verpestet die Luft.

Beim Kinder-Autodrom direkt neben dem Minigolfplatz hat der Bravo eine alte Bekannte entdeckt, aber darauf verzichtet, sie zu befragen. Früher war Melinda eine Nobelnutte, Mätresse der reichsten Wirtschaftskapitäne und Spitzenpolitiker. Jetzt ist sie ein Wrack. Sie tut ihm leid, aber er kann ihr nicht helfen.

Seine Mama hat sich nicht verkauft, nicht im herkömmlichen Sinn. Bloß an einen einzigen Mann, allerdings lebenslänglich. Dieser Mann war nicht der Vater des Bravos. Nicht einmal als Stiefvater hat er sich um ihn bemüht. Ungut brutal war er dabei selten, aber stets wortkarg, reserviert. Keine Emotionen, keine Ansprache. Wenigstens war er ehrlich. Ihm ging es bloß um die günstige Wohnung und um die Frau, die schmackhaft kochte und jeden Tag ein Frühstück, ein Mittagessen und eine Abendjause auf den Tisch stellte. Der Bravo hätte die Mutter gern für sich allein gehabt. Aber damals war er noch nicht so weit.

Beide starben ohne sein Zutun, kurz nacheinander, an Lungenkrebs. Sie hatten geraucht, krampfhaft unaufhörlich, als gälte es, alle Probleme hinter Nikotinschwaden zu verschleiern.

Danach kam der Bravo zu seiner Großtante, die ihn vieles lehrte. Zuletzt, dass der Tod eine Erlösung sein kann und derjenige, der ihn bewirkt, ein Erlöser.

Sie hat sich nicht gewehrt, als er ihr den von ihr selbst bestickten Polster aufs Gesicht drückte. Still war sie, schicksalsergeben ruhig dank der Schlaftabletten im Kakao. Hat nicht geröchelt, die liebe, liebe Tante Gertraud. Kein Pieps, kein Aufbegehren. Sie ist selig erschlafft unter seinen Händen.

Friede ihrem Angedenken.

Das uralte Handy, das ihm die Nonnendarstellerin überbracht hat, vibriert in seiner Hosentasche. Verzögert dudelt der Ringtone, die voreingestellte Nokia-Melodie.

Es handelt sich um ein typisches *Burner-Phone*, von denen auch der Bravo in seinen Unterschlupfen stets zwei Handvoll vorrätig hält. Keine eingespeicherte Nummer. Man kann nur angerufen werden und spricht nicht lang. Übliche Sicherheitsvorkehrungen.

„Hallo", sagt der Bravo flach.

„Hallo. Du begehrst Auskunft." Die Stimme klingt sonor, monoton, mechanisch verfremdet durch einen *Vocoder* oder *Harmonizer*.

„Ja."

„Worüber?"

„Die Morde an den Komikern."

„Warum?" Das kam ohne die geringste Nachdenkpause.

„Ich will wissen, ob ich in diese Sache hineingezogen werden könnte."

„Bist du der Bravo?"

Er schluckt. Mit dieser direkten Frage hat er nicht gerechnet.

„Also ja. Warst du's?"

„Ich? Der Täter, in diesen Fällen? Nein. Wieso sollte ich sonst …"

„Das dachte ich mir schon. Die Sache bewirkt Unruhe. Aufwirbelungen, die ich nicht mag. Sie kommen mir ungelegen, stören die Geschäfte. Du bist ebenfalls daran interessiert, weil du dich reinwaschen möchtest. Richtig?"

„Richtig."

„Forsch weiter. Ich werde dir beizeiten neue Informationen zuspielen. Aber gib acht, dass du mir nicht versehentlich in die Quere gerätst."

„Soll das heißen, Sie haben ursprünglich ebenfalls nichts damit zu tun? Und Sie tappen im Dunkeln, genauso wie …?"

Die Beleuchtung des winzigen, monochrom gelblichen Displays erlischt. Ärmliches Gedudel signalisiert, dass die Verbindung getrennt wurde.

Der Bravo starrt auf das tote Handy in seiner Hand. Ihm ist klar, dass er soeben mit der *Eminenz* telefoniert hat, dem heimlichen Herrscher der Wiener, wenn nicht der gesamtösterreichischen Dunkelwelt.

Ihn schaudert. Das war ein Auftrag. Allerdings einer, für den niemand bezahlen wird außer, im Falle der unbefriedigenden Erledigung, der Bravo selbst.

Sechste Bahn:
Schleife

Empfohlene Bälle: M&G Schleife 10, Starball Florian Wietz,
Fun for Kids rosa

*

Der Notar liest den Verwandten den letzten Willen
eines reichen Verstorbenen vor: „… Und schließlich ergeht
an Hubert, dem ich versprochen habe, ihn in meinem
Testament zu erwähnen, ein herzlicher Gruß:
Hallo, Hubert, altes Haus!"

Ta-taaa! Ta-taaa!

*

„Lieber einen Freund verlieren als eine **Pointe** verderben."
(Horaz, 65–8 v.Chr.; im Original: potius amicum quam
dictum perdere)

Samstags hat das Posthof-Beisl kein Mittagsmenü. Weil der Koch erst um 17 Uhr den Dienst antritt, gibt es an warmen Speisen nur Frankfurter Würstel oder Schinken-Käse-Toast.

Als Alternative schlägt die mitfühlende Kellnerin vor, sich vom nahen Italiener Pizzen liefern zu lassen. Aber sowohl die oberösterreichischen als auch die Wiener Polizisten lehnen dankend ab. Würstel und Toast sind eine willkommene Abwechslung, erklären sie. In den vergangenen Tagen haben sie massenhaft Sonderschichten geschoben und sich fast ausschließlich von Pizza ernährt. Eine alte Regel besagt, dass die ersten 48 Stunden einer Ermittlung die wichtigsten, oft die entscheidenden sind. Tatsächlich gilt das in der Mehrzahl der Fälle. Bei den Morden an Laimgruber, Buchta und – sehr wahrscheinlich – Yvonne Kalassnig kann jedoch aus mehreren Gründen von Beziehungstat und persönlichem Umfeld nicht die Rede sein.

Die Cobra-Taucher und die Journalisten sind bereits abgereist. Karin Fux und ihre Leute haben sich ihnen nicht angeschlossen, obwohl sie in Wien dringend gebraucht würden. Fux hat jedoch entschieden, dass sie mit der Rückreise noch so lange zuwarten, bis die Resultate der gerade laufenden Untersuchungen auf dem Tisch liegen. Knecht Rupprecht ist vorhin eine Andeutung bezüglich der Videoaufnahmen herausgerutscht. Falls sich dadurch endlich eine Spur ergäbe, möchte Fux unbedingt dabei sein.

Zuerst werden jedoch Gruppeninspektor Christoph Hirschmugl und sein Linzer Pendant aktiv, eine etwas pummelige Frau Anfang dreißig namens Sandra Öttl. Sie hat naturblondes, millimeterkurz geschorenes Haar und trägt ein schwarzes Tanktop, das auf der linken Schulter ein Tattoo freigibt. Es zeigt Ganesha, den indischen Gott mit dem Elefantenkopf, der auch „Herr der Hindernisse" genannt wird. Nun, Hindernisse wird sie in ihrer Karriere noch reichlich zu bewältigen haben.

Während die anderen Kriminalisten, locker durchmischt auf die Gastgartentische verteilt, die Spezialitäten des Hauses in sich hineinschlingen, stecken die beiden Computerspezialisten über ihren Laptops und Tablets die Köpfe zusammen. Ab und zu nehmen sie fast synchron einen Schluck aus den X-large-Kaffeebechern, nur um gleich wieder umso emsiger zu wischen und zu tippen. Schließlich macht Hirschmugl eine resignierende Geste, steht auf, geht mit hängenden Schultern zu Fux und sagt: „Tut mir leid. Wir konnten keinen Treffer verzeichnen."

„Gar nichts?"

„*Niente. Nada. Nischto.*"

Öttl und er haben die Ergebnisse der mittlerweile von allen beteiligten Landesgerichten gestatteten Funkzellenabfragen verglichen. Vergeblich. Unter den jeweils beim selben Sendemast eingewählten Telefonnummern fand sich nur eine Übereinstimmung, berichtet Hirschmugl. Und die hilft ihnen nicht weiter. „Dabei handelte es sich, wie zu erwarten war, um das von Tirol nach Salzburg transportierte Handy von Yvonne Kalassnig."

„Trotzdem danke", tröstet ihn Fux. „Gute Arbeit, Christoph. Immerhin wissen wir jetzt definitiv, dass der oder die Mörder keine Anfänger waren." Was die Theorie stützt, dass es sich um einen oder mehrere Profis handelt.

„Danke, Chefin. – Äh … Gibt's noch Würstel?"

Karin Fux vergisst nicht, auch der nunmehr vereinsamt einige Meter entfernt unter einem Sonnenschirm sitzenden, in einem Salat stochernden jungen Linzer Kollegin aufmunternd zuzuwinken. Das muss sein, schon aus Solidarität.

Frauen haben es nicht leicht in der Kriminalpolizei. Niemand weiß das besser als Fux. Sie ist erst die Zweite im ganzen Land, die es geschafft hat, sich zur Leiterin einer Gruppe der Abteilung Leib und Leben emporzuarbeiten. Dabei hatten bereits die Nazis 1938 die seit Anfang des 20. Jahrhunderts bestehende, wegen der zunehmenden Verwahrlosung von Kindern und Jugendlichen nach dem Ersten Weltkrieg personell aufgestockte

„Polizeifürsorge" in eine „Weibliche Kriminalpolizei" umgewandelt. Allerdings umfassten deren Aufgaben vor allem Amtshandlungen mit Kindern und Frauen. Bis Mitte der 1960er-Jahre änderte sich daran wenig, obwohl 1955 die erste Polizeioffizierin ihren Dienst antrat. Anna Vogel wurde Leiterin der Wiener Jugendpolizei und absolvierte nebenbei ein Jus-Studium. Aber auch sie hatte keine Exekutivgewalt und galt nicht als „richtige" Polizistin.

Erst der allgemeine Arbeitskräftemangel der 70er-Jahre und die Voraussagen der Demoskopen, es drohe ein besorgniserregender Rückgang männlicher Bewerber, eröffnete neue Betätigungsfelder für Frauen. Weniger ein Akt der Emanzipation als die notgedrungene Suche nach Lückenfüllern … Um die städtischen Sicherheitswachebeamten zu entlasten, wurden Frauen zur Überwachung des ruhenden Verkehrs eingestellt. Anfang der 80er-Jahre gab es in Wien etwa 200 solche weibliche „Parksheriffs", die bald die abschätzige Bezeichnung „Politessen" bekamen; quasi Stewardessen mit Strafzetteln. Ab Dezember 1990 hatten sie die Möglichkeit, eine einjährige Ergänzungsausbildung für den regulären Polizeidienst zu absolvieren. Rund vierzig ehemalige „Politessen" begannen anschließend in Wien, Graz und Linz ihren Dienst in der Sicherheitswache. Gleichzeitig startete ein regulärer zweijähriger Polizei-Grundausbildungslehrgang, an dem 25 weitere Frauen teilnahmen. Eine davon hieß Karin Fux … Sie war unter den Ersten, die danach ihren männlichen Kollegen in puncto Bezahlung, Ausrüstung, im Einsatz und bei den Aufstiegsmöglichkeiten gleichgestellt waren.

Theoretisch.

Die Wachzimmer und Kommissariate sind bis in die Gegenwart überwiegend männliche Bastionen geblieben. Bloß ein knappes Fünftel beträgt der Frauenanteil in der Wiener Polizei; bundesweit sieht es noch schlechter aus. Immerhin melden einige Grundausbildungslehrgänge bereits etwa gleich viele

Polizeischülerinnen wie -schüler. Die höchsten bisher errungenen Positionen sind die der Vizepräsidentin der Bundespolizeidirektion Wien, der Polizeidirektorinnen von Villach und Eisenstadt sowie der stellvertretenden Kärntner Landespolizeikommandantin.

Nicht weit dahinter kommt, wenn man das hohe interne Renommee der „Gewalt" einberechnet, dann schon Karin Fux, Chefinspektorin.

Den Respekt ihrer Kollegen hat sie sich hart erkämpft. Als sie angefangen hat, liefen in manchen Wachzimmern nächtens schon mal Pornofilme, und man ließ sie auch sonst spüren, dass sie als ungebetener Eindringling in die Männerwelt empfunden wurde. Ihre sportlichen Erfolge als Karateka halfen nur bedingt. Bei übergeordneten Stellen beschwert hat sie sich nie. Aber nachdem sie einem im hormonellen Überschwang zudringlich gewordenen Vorgesetzten einen perfekten *Ushiro-Geri*-Tritt mitten in die Familienplanung versetzt hatte, war Ruhe.

Ossi Machatsch, der bei den Linzern gesessen ist und ihnen während der frugalen Mittagsmahlzeit mit Witzen, wahrscheinlich wie üblich über Golfer, Taxifahrer und Burgenländer, bellende Lachstürme entlockt hat, reißt Fux aus ihren Erinnerungen.

„Der Knecht hat grad was entdeckt", sagt er. „Das solltest du dir anschauen."

Sie geht mit ihm zum Tisch, an dem Rupprecht thront. Generös deutet er auf den Laptop seiner Mitarbeiterin Sandra Öttl, als hätte er und nicht sie die wesentlichen Momente der lokalen Videoaufzeichnungen extrahiert und zusammengeschnitten. Fux sieht die junge Frau fragend an. Öttl antwortet mit einem Achselzucken. So ist das nun mal, bedeutet das. Ein kaum merkliches Zwinkern ihres linken Auges signalisiert jedoch, dass sie sich nicht auf immer und ewig damit abfinden wird.

Der Bildschirm zeigt einen großen, fülligen Mann, der eine mangelhaft beleuchtete Straße entlangstapft: Gerhard Laimgruber. Ein Auto überholt den Publikumsliebling, bremst sich einige Meter vor ihm ein und kommt zum Stillstand. Die Beifahrertür des Kleinwagens schwingt auf. Laimgruber läuft erstaunlich leichtfüßig hin, beugt sich zum Seitenfenster und steigt ein, nachdem er offenbar den Fahrer erkannt hat. Ruckartig zoomt das Video näher, wird dabei jedoch griesliger und pixeliger. Die kupferrote Mähne des Autolenkers leuchtet trotzdem heraus.

„Ist das … der Erzengel?", fragt Fux. Sie hat sich über die regionale Szene kundig gemacht. Ihr Jagdinstinkt springt an. Der Erzengel ist ein Musikkabarettist, ebenso talentiert wie exaltiert. Würde das Radio noch, wie zu Zeiten des Austropops, Lieder wie die seinigen spielen, wäre er längt ein Star. So aber grundelt er herum, als ewiger Geheimtipp.

„Sieht so aus, nicht wahr?", sagt Rupprecht. „Aber der echte Erzengel kann es nicht gewesen sein. Der ist nämlich zur selben Zeit in Bregenz aufgetreten, vor 200 Zeugen. Mitsamt seiner Gitarre und dem peinlichen geflügelten Kostüm."

„Laimgruber hat sich von einer Verkleidung täuschen lassen?"

„Nachvollziehbar, unter den gegebenen Sichtverhältnissen. Ein bisschen was haben wir noch. Ötterl?"

Die angesprochene Computerexpertin tippt eine Tastenkombination ein. Im schnellen Vorlauf sieht man, dass das Auto wendet und zurückfährt, Richtung Donauufer, wie der eingeblendeten Karte zu entnehmen ist. Dann stoppt das Video. Eine Vergrößerung springt plötzlich heran, sehr grobkörnig: Durch das halb heruntergelassene Seitenfenster erkennt man Laimgrubers rundes Gesicht. Die Augen sind geschlossen. Aus dem Mundwinkel tropft eine weißliche, leicht schäumende Flüssigkeit.

„Weggetreten", sagt Machatsch. „Betäubt. Vergiftet."

„Per Injektion, nehme ich an", sagt Knecht Rupprecht. „Ein Jaukerl, seitwärts intramuskulär verabreicht, ehe Laimgruber seinen Irrtum erkannte. Dass er auf eine kupferrote Langhaar-

Perücke hereingefallen ist, meine ich. Was danach kam, können wir uns inzwischen ausmalen."

„Von der Versenkung gibt es kein Filmmaterial?", fragt Karin Fux, nicht den Chefinspektor, sondern seine Computerspezialistin.

Sandra Öttl verneint. „Direkt am Wasser sind kaum Kameras installiert."

„Ich dachte, das ist ein Handelshafen?"

„Einer, der im Jahr dreieinhalb Millionen Tonnen Güter umschlägt. Nicht alles, was dort aus den Donauschiffen entladen oder in sie verfrachtet wird, ist für die Augen der Öffentlichkeit bestimmt."

Gallaun blickt von seinem Handy auf. „Der Erzengel, bürgerlicher Name Herwig Weidenrieder, ist selbst kein Klinik-Clown. Aber er hat einem Gutteil der oberösterreichischen ‚Rot-z-nasen' das Ukulelespielen beigebracht."

„Was leider nicht strafbar ist", sagt Rupprecht mit säuerlicher Miene. „Wir werden ihn trotzdem einvernehmen und uns ansehen, ob es weitere Verbindungen zu den Opfern gibt. Mit Laimgruber war er jedenfalls gut befreundet. Vielleicht stoßen wir ja über die Bande auf eine Spur."

„Die zwei waren in einer Bande?", fragt Ossi Machatsch.

„Ich rede von der Bande beim Billard, Kindskopf."

Fux hebt abwehrend die Hand. „Um Himmels willen, bitte nicht noch ein Kugerlspiel!" Das bringt sie allerdings auf eine Idee. „Gibt es in Mittersill einen Minigolfplatz?"

Hirschmugl googelt am schnellsten. „In Mittersill nicht, aber im nahe gelegenen Neukirchen am Großvenediger."

„Das trifft sich. Ich wollte ohnehin jemand dorthin schicken."

Sofort erhebt Machatsch Einspruch. „Wir haben weder die Zuständigkeit noch die …"

„Immer mit der Ruhe, Ossi. Niemand von uns. Ich denke an eine Art Spezialagent."

Siebente Bahn:
Doppelkeile/Sandkasten

Empfohlene Bälle: Twin 1, Twin 2, 3D 183, SUN BDV

*

„Herr Ober, in meiner Suppe schwimmt ein Hörgerät!" –
„Wie meinen, gnä' Frau?"

Ta-taaa! Ta-taaa!

*

Fernand Point (1897–1955) gilt als Vater der Nouvelle
Cuisine. Er war der Lehrer von Paul Bocuse und der erste
„Starkoch", der mit den Gästen im Speisesaal redete.
Seinen mächtigen Bauch, dessen Umfang 169 cm betrug,
nannte er „Magnum", nach den 1,5 Liter-Champagnerflaschen.
Die erste trank er jeden Morgen mit seinem Frisör,
die zweite mit dem Küchenchef beim Begutachten
der Tageslieferung. Besonders gefeiert wurde
Fernand Points Rezept für Spiegelei.

Der Zug ist voller Kabarettisten. Zumindest hat Peter Szily diesen Eindruck. Tatsächlich sind es nur einige Kleingruppen, über die Waggons verteilt. Aber sie erregen mächtig Aufsehen. Um jene Stars, die regelmäßig im TV vorkommen, haben sich schon kurz hinter St. Pölten Trauben von Selfie- oder Autogrammjägern gebildet. Bis Linz nehmen der Andrang und das allgemeine Hallo eher noch zu.

Pez ist davon nicht betroffen. Ihn fragt niemand um ein Foto oder eine Unterschrift. Das kränkt seine Eitelkeit keineswegs. Sein Gesicht ist nun mal nicht annähernd so bekannt wie seine Stimme. Würde er schnarrend schmettern, „Ich bin's, dein Geschirrspüler", hätte er wohl sofort einen Haufen Leute am Hals. Nein danke, muss nicht sein. Lieber bleibt er fein still, allein und unbehelligt. Deshalb gesellt er sich auch nicht zu den weniger berühmten Kolleginnen und Kollegen, die in der Überzahl sind und mangelnde Popularität durch Lautstärke und affektiertes Gehabe kompensieren.

Allen gemeinsam ist, dass sie um halb neun Uhr morgens, zu für ihresgleichen nachtschlafener Zeit, vom Wiener Hauptbahnhof aufgebrochen sind, um Yvonne Kalassnig die letzte Ehre zu erweisen. Der Verstorbenen zuliebe nehmen sie erhebliche Strapazen auf sich, vor allem insgesamt rund elf Stunden Zugfahrt. Aber sie ziehen es vor, nicht zu übernachten, und mit dem Auto wäre die Strecke am selben Tag hin und retour noch viel anstrengender. Last not least hatte Gabriel Tischler-Infeld, das berüchtigte Partybiest, angeregt, man könne ja auf der Heimreise im Speisewagen eine Art Leichenschmaus beziehungsweise -umtrunk veranstalten.

Das, lautete die einhellige Meinung, hätte Yvonne, die auch kein Kind von Traurigkeit war, sicherlich gefallen.

Pez für seinen Teil ist nicht gänzlich freiwillig mit von der Partie. Er hat zwar mit den KaLaschNix schon die eine oder andere Mixed-Show gespielt, eine enge Freundschaft ist daraus jedoch nicht entstanden. Darum hätte er sich nicht unbedingt bemüßigt gefühlt, Yvonnes Verabschiedung beizuwohnen.

Aber am späten Samstagnachmittag hat ihn Chefinspektorin Karin Fux angerufen. „Ich höre, Sie reisen morgen nach Mittersill beziehungsweise Neukirchen?"

„Äh … eigentlich nicht."

„Und wenn ich Sie sehr herzlich darum bitte, Herr Szily? Sie sind doch nicht etwa unabkömmlich? "

„Naja, ich wollte", hat er gestottert, „ich sollte, soll heißen, ich müsste …"

„Im Programm des Kultursommers scheinen Sie morgen Sonntag jedenfalls nirgends auf." Natürlich hatte sie nachgesehen.

Unaufschiebbare private Verpflichtungen vorzuschützen, hat er sich nicht getraut. Ein passabler Parodist und Stimmakrobat ist noch lang kein perfekter Lügner. Die Kriminalistin hätte wahrscheinlich gleich wieder Verdacht geschöpft.

Außerdem ist Pez ja selbst an der möglichst baldigen Aufklärung der unheimlichen Mordserie gelegen. In Summe spricht viel dafür, wie Fux so schön und fast ohne drohenden Unterton formulierte, „unverbindlich der Polizei behilflich zu sein".

Also hat er sich einverstanden erklärt und fein säuberlich die detaillierten Anweisungen mitgeschrieben, die sie ihm diktierte.

In Wörgl heißt es Railjet ade, hallo S-Bahn!

Nun versammeln sich die Kabarettisten auf benachbarten Sitzen. Pez zählt, sich selbst eingerechnet, zwölf Männer und vier Frauen, womit der weibliche Anteil deutlich über dem statistischen Szene-Durchschnitt liegt.

Die Stimmung ist aufgekratzt. Man überbietet sich gegenseitig mit den unvermeidlichen Tournee-Anekdoten. Vom Café Praxmair in Kitzbühel weiß jeder und jede Skurriles zu berichten. Dass es dort keine Künstlergarderobe gab, nur eine Eckbank vor der Küche im Oberstock. Dass die luftballonfaltenden

Schilehrer der „Roten Teufel" ihre auf derselben Bühne statt-
findenden Siegerehrungen so lange ausdehnten, bis an einen
vernünftigen Aufbau und Soundcheck vor Vorstellungsbeginn
nicht mehr zu denken war. Dass Schoberowa, die stimmgewal-
tige Sirene, sich in einen verdächtig gelb gesprenkelten Schnee-
haufen geschmissen hat und schwor, hier wäre es so schön, sie
wolle nie wieder weg.

Ha! Das waren Zeiten! Und erinnert ihr euch, wie Beppo
Mälzer, der notorische Frauenheld, eine schwedische Touristin
abschleppte und anschließend eine Massenschlägerei im nahen
„Engländer"-Pub auslöste? Wie ein steirischer Möchtegern, der
bei jeder Gelegenheit behauptete, das zeitgenössische Kabarett
praktisch im Alleingang erfunden zu haben, das Badezimmer
seines Quartiers zertrümmerte, weil er die Unterbringung im
Keller neben dem Schistall als persönlichen Affront empfand.
Wie nach der 20-Jahrfeier des örtlichen Kleinkunstvereins der
Bariton des überaus trinkfesten Goiserer Männerquartetts um
sechs Uhr früh seinen im Parkverbot vor dem „Prax" abgestellten Ami-Schlitten nicht mal dreißig Meter weiter zum Sport-
hotel Reisch kutschierte, prompt in eine schon länger auf der
Lauer liegende Alkoholkontrolle geriet und stolze 2,5 Promille
erzielte …

Wahre oder nicht ganz so wahre Heldentaten, deren Aufzäh-
lung Peter Szily relativ kalt lässt. Er hält nicht viel von derlei Re-
miniszenzen; schon gar nicht, wenn sie pseudo-rebellische Ta-
bubrüche und Ausschweifungen glorifizieren. Damit hat er sich
weiß Gott früher mehr als genug Probleme eingebrockt. Seit den
fatalen Geschehnissen um das Wettbüro am Wiener Dombrowski-Platz bemüht er sich um eine nüchterne Sicht der Dinge.

Aber selbstverständlich kichert er mit und täuscht heitere
Souveränität vor, wie alle anderen auch.

Am Kitzbüheler Bahnhof steigen sie um in einen Linienbus. Jetzt
verwandelt sich die Reisegesellschaft endgültig in einen Schul-

ausflug der sechsten, nein, eher fünften Klasse Gymnasium. Man hat die hinteren Reihen belegt, stimmt schlüpfrige Lieder an, erzählt besonders schlechte, „tiefe" oder surreale Witze.

Muss das so sein, fragt sich Peter Szily. Sind künstlerische Persönlichkeiten wirklich ewige Kinder? Liegt ihre, unsere Publikumswirksamkeit in erster Linie darin, dass so getan wird, als könne man alle Sorgen mit einer gut gesetzten Pointe hinweglachen?

„Ihr wisst schon", hört er plötzlich sich selbst sagen, „dass Yvonne letzten Dienstag genau dieselbe Route gefahren ist?"

Er erntet abruptes Schweigen. Aber nur kurz.

„Sei kein Spaßverderber, Szily, alter Mann", sagt Lilo Hojtek, die derselben aufstrebenden Generation angehört wie die KaLaschNix. „Wir trauern um unsere Freundin, klar? Aber auf unsere Weise. Sie hätte es nicht anders gehalten. Wem wäre damit gedient, wenn wir uns stattdessen in Sack und Asche hüllen und pausenlos jammern und schluchzen, wie vorsintflutliche Klageweiber?"

Pez zieht den Kopf ein, da er keine ähnlich geschliffene Erwiderung parat hat.

„Da wir grad von Asche reden. – He, Herr Chauffeur!", ruft Lilo nach vorn. „Besteht in sehr naher Zukunft die Chance auf eine Rauchpause?"

Ihr Wunsch wird erhört, wenn auch nicht direkt vom Buslenker.

Bei der Haltestelle auf der Passhöhe müssen sie länger als im Fahrplan vorgesehen verweilen. Eine Demonstration blockiert die Straße. Hinter Barrikaden aus Strohballen tummeln sich etwa sechzig, siebzig Leute. Transparente werden hochgehalten und eifrig geschwenkt.

Pez setzt seine Fernbrille auf. Trotzdem kann er nur Bruchstücke der Slogans lesen, wegen der Falten im Stoff. Immer wieder fahren Böen hinein, die das dünne Material noch mehr zerknittern.

„Rettet das Hochmoor!" entziffert er mit Mühe, und: „Keine Macht den Immo-Haien!"

Zwei schwarz gekleidete Gestalten mit Mund-Nasen-Masken im Stil der Piratenflagge springen über die Barriere. Sie schlagen Haken um die ein bisschen ratlos herumstehenden uniformierten Exekutivorgane, laufen zum Bus und pochen an die mittlere Einstiegstür.

„Aufmachen", fordert Lilo. „Reinlassen!"

„Rein-las-sen! Auf-ma-chen!", skandiert sogleich die Kabarettistenmeute. „Auf-ma-chen und rein-las-sen!"

Der Buschauffeur verdreht, gut sichtbar im Rückspiegel, die Augen. Ein Zischen ertönt. Die Flügeltüren gleiten auf, auch auf der Fahrerseite. Achselzuckend stellt er den Motor ab, steigt aus, gewinnt ein paar Meter Abstand und zündet sich eine Zigarette an. Dann gibt er Lilo, die wie hingebeamt neben ihm erschienen ist, Feuer.

Währenddessen verteilen die beiden erfolgreich eingedrungenen Demonstranten Flugzettel. Die wenigen anderen Fahrgäste im vorderen Bereich, fast ausschließlich ältliche Damen mit dicken Flechtkörben auf dem Schoß und graugesichtige, schnauzbärtige Männer in Trachtenanzügen, nehmen sie entgegen und legen sie sogleich ungelesen zur Seite.

Pez hingegen will wissen, was die Störenfriede antreibt. Wofür riskieren sie Anzeigen und etwaige gesalzene Verwaltungsstrafen?

Aus dem Flugblatt geht hervor, dass am Pass Thurn, auf der südlichen, Salzburger Seite ein Großbauprojekt geplant ist. Vorarbeiten wurden bereits durchgeführt.

Eine riesige Anlage soll errichtet werden, bestehend aus einem Hotel mit 77 Zimmern sowie 15 Villen und vier Apartment-Komplexen. Zwischen 1,4 und 8,5 Millionen Euro werden für die Wohnungen und Villenresidenzen veranschlagt. Die Betreibergesellschaft schwärmt von einer „unberührten Perle der Natur". Was ziemlich dreist ist, denn der Bauplatz grenzt an das Wasenmoos, ein torfhaltiges Feuchtgebiet und seit 1978 geschütztes Naturdenkmal. Trotz der Dimensionen des Projekts wurde keine Umweltverträglichkeitsprüfung durchgeführt: Eine solche sei, beschied die Salzburger Landesregierung im Oktober des Vorjahrs, nicht notwendig. Auch die zuständige, schon vielfach wegen ähnlich umstrittener Baubewilligungen kritisierte Bezirkshauptmannschaft Zell am See hat ihren Segen erteilt.

Dabei wird der Pinzgau, liest Pez, wie auch viele andere alpine Regionen, seit Jahren mit Chalet-Dörfern zugepflastert, die man als „Buy to let"-Modelle vermarktet. Private Investoren kaufen einzelne Einheiten. Eine Agentur vermietet sie dann weiter. Auf diese Weise hebelt man die Vorschriften bezüglich Zweitwohnsitzen aus, die den Flächenfraß gerade in Tourismusgebieten unterbinden sollten. Vom „Six Senses" betitelten Vorhaben existieren bisher nur eine Lärmschutzwand und eine karge Kraterlandschaft, wo ehedem Wald stand. Bald aber könnten Bagger und Kräne auffahren; daher die Protestaktion.

Das angehängte, noch kleiner Gedruckte überfliegt Pez nur mehr. Die Bundesforste, in deren Aufsichtsrat ein sehr gut vernetzter Immobilienunternehmer sitzt, haben das Areal für rund zweieinhalb Millionen Euro verkauft. Mittlerweile ist es über vierzig Millionen wert. Binnen weniger Jahre ein Zuwachs von … Prozentrechnung war noch nie Peter Szilys Stärke. Aber jedenfalls ein frappant hoher Gewinn.

Erschöpft von der anstrengenden Lektüre lehnt Pez sich zurück. Inzwischen sind die zwei Demonstranten wieder ausgestiegen. Andere haben mit der Polizei verhandelt und offenbar eine Einigung erzielt.

Eine Fahrspur wird freigeräumt. Die Uniformierten, die endlich etwas zu tun bekommen, womit sie sich auskennen, lassen zuerst eine Portion Gegenverkehr durch. Dann setzt sich auch der Autobus wieder in Bewegung.

Pez hat das Gefühl, auf etwas Bedeutsames gestoßen zu sein, kann es jedoch nicht konkretisieren. Naturschützer schießen gern mal übers Ziel hinaus. Und es gibt eine Schnittmenge mit Esoterikern, die überteuerte, wirkungslose Zuckerkügelchen einwerfen oder sich lieber die Innereien mit Reinigungsmitteln verätzen, statt sich impfen zu lassen. Kurz, es sind jede Menge Spinner unterwegs. Wer sich mit einer Piratenmaske tarnt, setzt vielleicht auch, in einer anderen Umgebung, eine Clownsnase auf.

Trotzdem ist es noch ein gewaltiger Schritt bis zum Entschluss, drei Morde zu begehen … Pez schreckt auf, weil die Gespräche verstummt sind. Irritiert dreht er sich zu Gabriel Tischler-Infeld um, der schräg hinter ihm sitzt.

„Wir passieren grad die Unfallstelle", flüstert GTI, wie er meist genannt wird. „Hier ist Yvonne von der Fahrbahn abgekommen. Daher: Schweigeminute. Sogar unsereins kennt so etwas wie Pietät."

„Ah ja." Mehr fällt Pez nicht ein.

Seine Gedanken waren woanders. Am geistigen Horizont hat sich ein Silberstreif abgezeichnet. Fern, flüchtig, nicht zu fassen.

Yvonne Kalassnig ist tot.

Der Bus fährt weiter.

Achte Bahn:
Winkel

Empfohlene Bälle: Big WAT, Blue Chips Merlin 12,
Osnabrügge Special 58, „R" Peter & Evi

*

Warum geht der Kannibale auf die Uni? –
Weil seine Mutter gesagt hat: „Iss was Gscheit's!"

Ta-taaa! Ta-taaa!

*

Obere Pointen ist der Name einer Ried, einer Hanglage
in der Wachau, bewirtschaftet von alteingesessenen
Winzerfamilien. Der Boden dort verleiht, da weniger
von der Donau als vom Erosionsmaterial geprägt,
den Weinen mehr Charakter.
Das althochdeutsche „Beunde", auf das der Begriff
zurückgeht, bezeichnete entweder ein kleines
Gütleranwesen oder eine umzäunte Flur im
alleinigen Besitz des Grundherrn.

Der Bravo hört Radio. Ö1, die Sendung „Tolle Titel, starke Stücke". Erstmals. Mit klassischer Musik hat er es normalerweise nicht so. Aber das alte, von der pedikürten Nonne „vergessene" Nokia hat zwei Textnachrichten empfangen. Die erste beinhaltete den Sendetermin.

„Sonntag, 8. August 2021, 13.16 bis 14 Uhr", hat der Bravo auf der ORF-Homepage nachgeschaut: „Auch in diesen Mittagsstunden begeben wir uns auf eine akustische Wanderung querfeldein durch die mannigfache Blütenpracht der Musikgeschichte. Den Proviant, mit dem der Rucksack für den jeweiligen Ausflug bestückt ist, können Sie, werte Hörerinnen und Hörer, selbst zusammenstellen."

Ein Wunschkonzert, bloß hochgestochener formuliert. Als der Bravo ein Kind war, kannte er ein ähnliches Programm, auf Ö Regional, vom Volksmund bezeichnet als „Erbschleicher-Sendung". Damals hieß es oft: „Wir gratulieren dem Opa zu seinem 70. Geburtstag und wünschen ihm Gesundheit und ein langes Leben sowie aus gegebenem Anlass viel Freude mit dem Gefangenenchor aus ‚Nabucco'."

Und sogleich setzte Verdi ein … „Flieg, Gedanke, auf goldenen Schwingen …" Meine Güte. Was für ein pathetischer, nationalistischer Schwampf! Nicht zuletzt, um dem sauren Geruch des Daheims zu entfliehen, ist der Bravo geworden, was er ist: rein, klar, aseptisch, für alle Zukunft desinfiziert. Kann es eine bessere Existenzform geben als totale Immunität gegen das, was die sogenannten menschlichen Gefühle angerichtet haben? Als führe die erdgeschichtlich so junge Spezies des Homo sapiens sapiens nicht seit je einen Vernichtungsfeldzug gegen den Rest des Planeten, die Zerstörung des eigenen Lebensraums inklusive!

Alle Menschen sind in diesem Sinne Killer, von Geburt an. Der Unterschied besteht bloß darin, dass die einen sich dessen bewusst sind, was sie tun, und die anderen nicht.

„Auf Wunsch eines Stammhörers", leitet der Radiomoderator über, „bringen wir nun ein Kleinod der dramatischen Musikhistorie: die Arie des Pisari aus dem ersten Akt der Oper ‚Il Bravo' von Saverio Mercadante. Der verbannte Patrizier Pisari ist inkognito nach Venedig zurückgekehrt, um seine Geliebte zu suchen. Er trifft Carlo, den Bravo, der dem Stadtrat als Auftragsmörder dienen muss. Pisari überredet ihn dazu, ihm für zwei Tage seine Maske zu leihen. Unser Ausschnitt stammt aus einer Inszenierung beim Festival von Martina Franca im Jahr 1990. Durch die von Publikum wie Kritik gefeierte Aufführung wurde neues Interesse für Mercadantes Werk geweckt."

Die nachfolgende Nennung von Orchester, Dirigent und Gesangssolisten schenkt sich der Bravo. Dass es diese Oper gibt, weiß er schon lange. Über die Parallelen zu seiner eigenen Geschichte hat er ebenfalls bereits ausgiebig sinniert. Aktuell beschäftigt ihn, welche Botschaft ihm der ominöse „Stammhörer" auf diesem ungewöhnlichen Weg schickt. Er kommt zum Schluss, dass damit just die Zweifel ausgeräumt werden sollen, die er tatsächlich seit dem Vortag hegt. Die Eminenz kommuniziert, wenn überhaupt persönlich, mit mechanisch unkenntlich gemachter Stimme. Das weiß man. Andererseits öffnet gerade diese Eigenheit Tür und Tor für Fälschungen. Peter Szily ist nicht der einzige Stimmenimitator im Lande.

Ergo bedeutet die Botschaft: Ich bin wirklich die Eminenz. Du musst nach meiner Pfeife tanzen. Wie Carlo, der Bravo in der Oper, der den Stadtvätern Venedigs verpflichtet war.

Und dessen Maske sich jemand anderer ausgeborgt hat ...

Die zweite kürzlich am *Burner-Phone* eingegangene Nachricht nennt Zeit und Ort für ein Rendezvous, nicht verschlüsselt, sondern klar und deutlich.

Der Bravo schaltet das Radio aus. Er legt eine Verkleidung an, die ihm optimal angemessen erscheint, weil sie viel Bewegungsfreiheit einräumt: älterer Mann, der sich ungeachtet der Gluthitze am wolkenlosen Sonntagnachmittag dazu aufgeschwungen hat, doch wieder einmal laufen zu gehen. Kaum benutzte Sportschuhe, etwas zu bunte Funktionswäsche aus der Kollektion vom vorvorigen Jahr. Obwohl er höchstens eine halbe Stunde schafft, stecken gleich zwei Trinkflaschen links und rechts in den Seitentaschen des ansonsten schlaffen Rucksacks. Eine traurige Gestalt, häufig im Wiener Stadtbild anzutreffen, jedenfalls keines zweiten Blickes wert. Gegen den ersten ist der Bravo sowieso gefeit. Dass Szily ihn trotzdem kürzlich schachmatt setzen konnte, nagt nach wie vor an ihm.

Gemächlich joggt der Bravo durch den Wurstelprater, den trotz des verniedlichenden Namens viel größeren, älteren Bruder des Böhmischen Vergnügungsparks. Von der Csardastraße kommend, biegt er in die Waldsteingartenstraße ein, vorbei an „Kolariks Luftburg", dem größten voll bio-zertifizierten Restaurant Europas. Seniorchefin Elisabeth Kolarik hatte vor einem halben Jahrhundert die Idee, aus dem Material von Heißluftballons weiche, elastische Spielwiesen zu gestalten. Sie ist also die Erfinderin der aufblasbaren, mittlerweile weltweit verbreiteten Kinderparadiese. Ihren Geschwistern gehört der benachbarte berühmte Stelzen- und Biertempel „Schweizerhaus". Hinter dem ausgedehnten Gastgarten, an dessen Eingang mehrere Dutzend Besucher Schlange stehen, befindet sich eine Station der Liliputbahn. Seit bald hundert Jahren ziehen Miniatur-Dampflokomotiven ihre luftigen, offenen Anhänger auf Schmalspur-Geleisen vom Riesenrad durch den Wurstelprater und den angrenzenden schattigen Auwald bis zum Ernst-Happel-Fußballstadion und retour. Die gesamte vier Kilometer lange Rundfahrt dauert etwa zwanzig Minuten. An Tagen wie diesem verkehren die Züge in einem viertelstündlichen Intervall.

„14.31 Rotunde" hat die Nachricht besagt. Der Bravo ist früher dran. Er löst ein Ticket am Schalter des Stationshäuschens und ergattert, nachdem der Zug fahrplanmäßig um 14.17 Uhr eingetroffen ist, einen freien Doppelsitz in einem der hinteren Waggons. Dort krakeelen nicht ganz so viele Halbwüchsige um die Wette.

Pünktlich um 14.18 fährt die Liliputbahn wieder ab, fauchend, schnaubend, quietschend, knarzend. Die Geräusche und der in der Nase beißende Geruch von Schmieröl, heißem Stahl und Kohlenfeuer versetzen den Bravo zurück in seine Kindheit. Kein luxuriöseres Vergnügen konnte er sich vorstellen, als so oft und lang mit diesem Zauberzug fahren zu können, wie er wollte ... Selbstverständlich lässt er sich davon nicht irritieren. Um 14.22 steigt er an der Station Rotunde aus.

Sie ist nach dem Gebäude benannt, das an diesem Platz 1873 als damals größter Kuppelbau der Welt errichtet worden war. Die darin stattfindende Wiener Weltausstellung stand unter keinem guten Stern. Sintflutartige Regenfälle, eine Choleraepidemie in den Elendsvierteln, ein Börsenkrach mitsamt nachfolgender Wirtschaftskrise ... Der Zuschauerstrom war daher ein dünnes Rinnsal und das Defizit der Schau mit rund 15 Millionen Gulden so hoch, dass nicht einmal mehr der vorab geplante Abriss des Bauwerks verwirklicht werden konnte. Zum Glück – denn in den folgenden Jahrzehnten mauserte sich die Rotunde zu einem vom Publikum gestürmten Veranstaltungsort, zum damaligen Wiener Wahrzeichen, das eine Vielzahl unterschiedlichster Attraktionen beherbergte, von Zirkusvorführungen über hochoffizielle Festakte bis zu den Präsentationen der ersten in Österreich gebauten Automobile. Leider brach 1937 ein Großbrand aus, der die Rotunde vollkommen zerstörte. Ob der vor einigen Jahren errichtete Campus der Wirtschaftsuniversität und das Red Bull Media House einen gleichwertigen Ersatz darstellen, entzieht sich der Beurteilungsfähigkeit des Bravos. Immerhin heißt das Rondeau an der Südportalstraße noch Rotundenplatz, und auch die Station der Liliputbahn hält das Andenken ehemaliger Glorie aufrecht.

Der Bravo war nicht zufällig verfrüht am Treffpunkt. Für ihn gibt es kaum ein von klein auf vertrauteres Terrain. Er ist fest entschlossen, diesen Vorteil zu nutzen, nicht zuletzt um die Scharte des unerquicklichen Erlebnisses mit Peter Szily im „Sanatorium Lazarus" auszuwetzen. Deshalb hat er während der kurzen

Etappe zwischen Schweizerhaus und Rotunde das alte Nokia unter seinem Sitz versteckt, sodass es nun ohne ihn weiterfährt.

Er schlenkert die Arme, schüttelt die Beine aus. Dann geht er über die Geleise auf die andere Seite, wo die Liliputbahn neun Minuten später, auf der Rückfahrt von der Wendeschleife beim Stadion, haltmachen wird.

Seiner Tarnung entsprechend joggt er noch ein Stück weit auf der Kaiserallee, kommt dann scheinbar drauf, dass er für diesmal genug hat, latscht zurück und vollführt ungelenke Dehnungsübungen an einem Laternenpfahl.

Vier, fünf Minuten vor der Ankunftszeit der Liliputbahn erscheint das Empfangskomitee. Es besteht aus drei grobschlächtigen Gestalten in den khakifarbenen Overalls einer Security-Firma und einer ebenso uniformierten, drahtigen Frau, die ihr Headset mit der Handfläche gegen die Umgebungsgeräusche abschirmt. Der Bravo fummelt eine Trinkflasche aus der Seitentasche und setzt sie an die Lippen, wodurch er das darin versteckte Richtmikrofon aktiviert.

„… die angewiesene Position bezogen", hört er mit. „Zielobjekt bewegt sich in der Bahn auf uns zu. – Ja, wir wissen, dass er vermutlich Stichwaffen bei sich trägt und auch damit umgehen kann. – Nach positiver Identifizierung ins Gespräch verwickeln, auf die Seite führen, unter die Bäume, dann hopsnehmen, wie besprochen. Keine Sorge, meine Leute und ich machen so was nicht zum ersten Mal. Pfefferspray, Decke drüber, eine auf die Rübe und danke. – Der Zug fährt gerade ein. Melde mich nach erfolgtem Zugriff, over."

Das klingt nach einer eingespielten Truppe. Eine getarnte Spezialeinheit der Polizei? Ein ausländischer Geheimdienst? Handlanger einer Mafiabande? So oder so beglückwünscht sich der Bravo zu den Vorkehrungen, die er getroffen hat.

Die Liliputbahn tuckert heran, stoppt und spuckt Horden von Touristen aus, deren Plätze gleich wieder besetzt werden.

Durchs Getümmel schieben sich die drei Schlagetots, ebenfalls die Hand am Ohr. Es ist 14 Uhr 31.

„Er fährt weiter", zischt die Einsatzleiterin mit Blick auf ihr Tablet, nachdem sich der Zug wieder in Bewegung gesetzt hat. „Ja, ich weiß auch nicht, wieso. Vielleicht hat er Lunte gerochen. Konnte nicht erkennen, wo er sitzt, die Peilung ist nur auf zehn Meter genau. Was nun?"

Was ihr Gesprächspartner erwidert, kann der Bravo nicht hören. Er sieht, dass sie den drei Wachmännern ein Zeichen gibt, worauf sie zu abgestellten Motorrädern eilen und der Liliputbahn hinterherfahren. „Ja, fürchte ich auch", sagt währenddessen die Frau ins Mundstück ihres Headsets, merklich frustriert. „Ich komme zurück."

Sehr gut, denkt der Bravo. Die Situation hat sich gewendet.

Jetzt ist wieder er der Verfolger. Das behagt ihm gleich viel mehr.

Eine Reihe von Fragen tun sich auf. Manche sind leicht zu beantworten, andere schwer oder zum gegebenen Zeitpunkt gar nicht. Aber der Reihe nach.

Erstens, in dem altertümlichen, nicht GPS-fähigen Telefon, das die angebliche Eminenz ihm hat zukommen lassen, muss ein Peilsender eingebaut sein. Die Reichweite solcher Funkwanzen beschränkt sich, auch wenn sie vom Akku des Handys versorgt werden, auf einen Umkreis von ein paar Hundert Metern. Zum Glück, sonst wäre der Bravo bereits in der vergangenen Nacht lokalisiert und überwältigt worden.

Zweitens hat ihn die Person, die sich als Eminenz ausgibt, getäuscht und mehr oder minder verraten. Vorerst ist er den Häschern entwischt. Aber man wird nicht aufhören, ihm nachzustellen; und vielleicht zugleich auch ihn nachzumachen, schimärenhaft.

Warum? Weil man ihm die Komikermorde in die Schuhe schieben will?

Der Bravo hasst Ungewissheit. Er kann, was sehr wenige können: Mitmenschen töten ohne Skrupel. Jemand erteilt und bezahlt einen Mordauftrag, dann führt der Bravo ihn aus, wie seine Namensvetter vor ihm. Und geht wieder seiner Wege. Nun aber ist er Jäger und Jagdwild zugleich. Beute? Opfer? Ha! Niemals! Auch wenn er sich sehr beherrschen muss, damit sein Zorn sich nicht auf dem Gesicht zeigt.

Die drahtige Security-Frau bewegt sich mit einem Elektroroller zur Hauptallee, vorbei am Ballpark Spenadlwiese und weiter entlang des Rasenhockeyplatzes.

Sie bemerkt nicht, dass sie verfolgt wird. Auf der beliebtesten Laufstrecke Wiens sind an einem Sonntagnachmittag bei Schönwetter noch Hunderte, nein eher Tausende andere Jogger unterwegs.

Obwohl der Bravo einen Zwischenspurt einlegt, fällt er zurück. Immer größer wird der Abstand zur Uniformierten. Er sieht gerade noch, wie sie hinter dem mexikanischen Restaurant nach rechts schwenkt, Richtung Schweizerhaus und Luftburg.

Es geht zurück dorthin, woher er gekommen ist …

Nicht ganz. Als er selbst um die Ecke biegt, verschwindet die Frau gerade in einem Container, der den Eingang zum Zuschauerraum von „Jedličeks Praterbühne" flankiert. Die Wände haben die gleiche Erdfarbe wie die Overalls, und das beige-braune Logo der Security-Firma, eine stilisierte Armbrust, prangt darauf.

Hinter einem Baumstamm verborgen, setzt der Bravo erneut das Richtmikrofon ein. Aber keine Chance zu verstehen, was im Container gesprochen wird, oder ob überhaupt. Auf der Bühne findet gerade die Probe einer siebenköpfigen Funk-Band statt. Die verstärkten Instrumente, darunter ein satter Bläsersatz aus Trompete, Posaune und Saxofon, sind so laut, dass sie alles andere überdecken. Der Bravo lockert seine Schultermuskulatur. Er wird sich, wie man so sagt, in Geduld üben müssen.

Nun, gerade darin hat er reichlich Übung.

Neunte Bahn:
Doppelwelle

Empfohlene Bälle: Caddy 0, ÖM 2015 Christian Gobetz,
Sportoase Salzburg „orangebraun"

*

Graf Bobby und Baron Mucki spielen Golf, als auf der
Straße hinter dem Platz die Prozession einer Beerdigung
vorüberzieht. Mucki unterbricht, nimmt die Kappe ab
und neigt den Kopf Richtung Sarg.
Hinterher meint Bobby: „Das war eine nette,
noble Geste von dir."
„Tja, es mag altmodisch wirken, aber ich finde,
so etwas gehört sich nach dreißig Jahren Ehe."

Ta-taaa! Ta-taaa!

*

Bei **Point-Katzen** ist das Körperfell aufgehellt,
während die kühleren Regionen wie Gesicht, Ohren,
Beine, Schwanz und ggf. Hodensack dunkler gefärbt sind.
Die Farbe dieser „Points" richtet sich nach der genetischen
Grundfarbe der Katze.

Nach der letzten Haarnadelkurve ruft GTI: „Fertigmachen zum Deboarding, Ladies!"

In Mittersill erwartet man sie bereits ungeduldig. Auf der kurvenreichen Strecke ließ sich die Verspätung kaum aufholen. Neben drei Kleinbussen, in die Pez und die restliche Meute umsteigen, parken zwei Pkws von Kollegen, die doch mit dem Auto gekommen sind. Der knallrote Audi Quattro gehört Harry „Noah" Viertel, der sich auch schon als Rallyefahrer versucht hat. Am mitternachtssilbrig schimmernden Tesla lehnt Jim, der riesenhafte, dunkelhäutige Roadie von Superstar Johann Zänker. Natürlich reist entspannter, wer sich einen solchen Schlitten samt Chauffeur leisten kann.

Zwei Streifenwagen vervollständigen den Konvoi, der sich flott in Bewegung setzt. „Polizeischutz?", fragt Lilo.

„Naja", sagt GTI, „völlig unmotiviert ist das nicht. Falls es jemand generell auf Kabarettisten abgesehen hat, könnte er heute einen ganzen Haufen auf einmal erwischen."

Prompt bekommt Pez eine Gänsehaut. „Warum wird Yvonne eigentlich nicht am Friedhof von Mittersill beigesetzt", fragt er, „sondern in Neukirchen?" Das liegt 17 Kilometer entfernt vom Wohnort und der Apotheke der Eltern.

„Hast du denn die Einladung nicht durchgelesen?"

„Ehrlich gesagt, nein. Es war ein sehr spontaner Entschluss, hierherzukommen." Da lag der Partezettel samt Anhang bereits im Papiermüll. Aber das sagt Pez natürlich nicht dazu.

„Yvonnes sterbliche Überreste", erklärt Lilo, „und das waren, ähem, wirklich nur Überreste, wurden in Kramsach eingeäschert. Deshalb kommt die Familie aus der Gegenrichtung. Die Verabschiedung, zu der wir geladen sind, erfolgt am Friedburg Anger in Scheffau bei Neukirchen. Wo die biologisch abbaubare Urne dann auch beigesetzt wird."

„Ah ja. Ich hatte keine Ahnung, dass es so was gibt."

„Wird von einem Mittersiller Bestattungsunternehmen angeboten", sagt GTI. „Ellen hat sich das für ihre Schwester so gewünscht. Auf diese Weise kommen die Partikel schneller wieder in den Kreislauf der Natur. Wusstet ihr, dass ein menschlicher Körper aus cirka sieben mal zehn hoch 27 Atomen besteht? Jedes davon hat zuvor höchstwahrscheinlich mehrere Sonnen durchflogen und war bereits Bestandteil von Millionen von Organismen."

„Irgendwie tröstlich", sagt Pez. „Apropos …"

Aber wenn Gabriel Tischler-Infeld erst mal in Fahrt ist, hält ihn nichts so leicht auf. „Rund eine Milliarde dieser Atome gehörten früher einmal zu Leonardo da Vinci, Dschinghis Khan, Kleopatra, Shakespeare, Jeanne d'Arc, Buddha oder Beethoven oder jeder beliebigen anderen historisch verbürgten Gestalt. Nicht jedoch zu Elvis Presley, Kurt Cobain oder Amy Winehouse – bei denen dauert es noch ein paar Jahrzehnte, bis ihre Atome wieder im Umlauf sind. Faszinierend, findet ihr nicht auch?"

„Ich weiß nicht." Lilo zieht ein Gesicht und boxt ihm gegen den Oberarm.

„Au! Wieso …?"

„Du bist schuld, wenn ich heute Nacht schlecht schlafe, weil mir Dschingis Khan im Traum erscheint und eine Milliarde Atome zurückfordert."

Der Friedburg Anger entpuppt sich als recht steile, blühende Almwiese mit einigen wetterfesten Bänken, einem Brunnen und einer kleinen, gemauerten Kapelle. Davor hat ein Blechbläsertrio Aufstellung genommen. Die Burschen wirken äußerst kernig und tragen kurze Lederhosen, was Pez ein wenig seltsam vorkommt; aber gut, man ist halt am Land. Immerhin intonieren sie keine Polka, sondern eine Art Choral.

Etwa fünfzig Personen bilden die Trauergemeinde aus Verwandten und Bekannten der Verstorbenen. Ellen Kalassnig ist dicht umringt von Familienangehörigen, darunter ein hochgewachsener, bärtiger junger Mann mit einem Kleinkind auf dem

Arm, wohl der Witwer. In ihrem dünnen schwarzen Kleid wirkt Ellen noch fragiler als ohnehin schon. Ein Schleier bedeckt das schmale Gesicht, ohne die Blässe und Anspannung zu kaschieren. In den Händen hält sie die Urne.

Ehe die Hinzugekommenen eine Chance haben, ihr Beileid auszudrücken, ergreift ein rundlicher Mann im Priesterornat das Wort. „Da wir nun endlich vollzählig sind", sagt er mit weichem, leicht singendem Tonfall, „können wir beginnen. Für diejenigen, die mich nicht kennen: Ich bin der Kaplan der Pfarre Mittersill. Normalerweise nehmen wir keine Begräbnisse am Sonntag vor, aus Rücksicht auf die Mitarbeiter der Bestattung. Wir sind an eine diesbezügliche Weisung des Bischofs gebunden, dürfen allerdings in besonderen Fällen eine Ausnahme machen, insbesondere wenn keine Sargträger benötigt werden. Daher ist es mir möglich, die Bitte der Familie nach einer kirchlichen Einsegnung zu erfüllen. – Lasset und beten: Im Namen des Vaters, des Sohnes und des Heiligen Geistes …"

„Ich dachte, Ellen und Yvonne wären längst ausgetreten?", flüstert GTI.

„Eh", gibt Lilo zurück. „Ich bin auch sicher, dass es Ellen gar nicht recht ist, dass sich der Pfaffe wichtigmacht. Wahrscheinlich hat er sich den Eltern aufgedrängt, und gegen den familiären Druck war sie auf verlorenem Posten."

„Verständlich, in dieser Situation."

Nach dem Vaterunser kommen Fürbitten, gelesen von örtlichen Honoratioren und den engeren Familienmitgliedern; allen außer Ellen. Der Kaplan leiert das Glaubensbekenntnis an. Murmelnd stimmt der Großteil der Gemeinde ein. Es fällt auf, dass die Abordnung der Kabarettisten schweigsam bleibt, ob aus Überzeugung oder weil sie, wie Pez, den Text nicht präsent haben. Jedenfalls ernten sie tadelnde Blicke. Einzig Noah Viertel brilliert mit seiner markanten, aus Film, Funk und Fernsehen bekannten Stentorstimme.

Als das ausgestanden ist, tritt Ellen Kalassnig vor und versenkt die Urne in einem ausgehobenen Erdloch. Mit zittriger Hand wirft sie ein rotes Bällchen hinterher, eine Clown-Nase. Dann wendet sie sich schluchzend ab.

Klavierakkorde ertönen. Alle sehen sich irritiert um. Am Vorplatz der Kapelle, auf dem Keyboard, das sein treuer Jim den Hang heraufgeschleppt hat, spielt Johann Zänker. Leise singt er: „Somewhere over the rainbow, bluebirds fly, and the dreams that you dare to. Oh why, why, oh why?"

„Macht er das, weil Ellen ihn darum gebeten hat?", fragt Pez.

„Ja", antwortet Lilo. Sie hat einen Kloß im Hals, und sie ist nicht die Einzige.

Zänker singt unprätentiös, ohne jegliches Vibrato oder sonstige Sperenzchen. Es herrscht atemlose Stille, nur durchbrochen von unterdrücktem Schniefen. Der Mann hat einfach eine monumentale Bühnenpräsenz. Wahrscheinlich könnte er einen heulenden Tornado zum Verstummen bringen, bloß indem er ihm das Telefonbuch vorliest.

Der Schlussakkord verklingt. Niemand, der nicht Tränen in den Augen hätte. Viele weinen lauthals. Aber nur die Kabarettisten applaudieren, wie sie es gewohnt sind.

Johann Zänker steht nicht auf, um sich zu verbeugen. Sondern er fängt, über die Tasten gebeugt, ein zweites Lied an, noch leiser als zuvor: „Some things in life are bad. They can really make you mad ..."

Diesen Text kennen Pez und seine Kollegen auswendig. Es ist die heimliche Hymne aller Komikerinnen und Komiker dieser Erde. Geschrieben hat den Song Eric Idle von den Monty Pythons gegen Ende der 80er-Jahre. Da war Yvonne Kalassnig noch nicht auf der Welt. Und jetzt ist sie es nicht mehr ...

Ihre Schwester Ellen fällt als Erste ein, mit bröckligem, von Ton zu Ton immer fester werdendem Sopran. Lilo singt mit, GTI, Peter Szily, die gesamte Meute. „Always look on the bright side of life ..."

Der Kaplan war nicht amüsiert. Auch die Eltern und viele andere Trauergäste reagierten konsterniert. Aber die Kabarettisten haben ihre Kollegin so feierlich verabschiedet, wie sie es sich gewünscht hätte.

Irgendein Onkel verkündet, in welchem Mittersiller Gasthof die Tafel für den Leichenschmaus gedeckt wäre. „Schön für euch", sagt GTI, „aber wir müssen zum Bus, der um 17 Uhr 36 vom Stadtplatz abfährt. Damit wir den Zug um 18.16 ab Kitzbühel erwischen, der uns heim nach Wien bringt."

Zänker hebt den Arm. „Sollte jemand Richtung Südtirol müssen, gäbe es bei Jim und mir eine Mitfahrgelegenheit. Wir haben morgen einen Auftritt in Bozen."

„Gleiches gilt für Vorarlberg", sagt Viertel. „Kammgarn Hard, wer's kennt."

Wie vermutet steigt niemand auf die großzügigen Angebote ein. Die Gesellschaft löst sich auf. Bevor die Kabarettisten wieder den Kleinbussen zustreben, liefern sie ihre Beileidsbekundungen ab.

Als Szily an der Reihe ist, zieht ihn Ellen Kalassnig zur Seite, in den Schatten der Kapelle. „Soviel ich weiß, hast du einen Führerschein, Pezi. Ja?"

„Ja, sicher. Kein eigenes Auto, aber gelegentlich nehme ich mir Leihwagen. Unfallfrei seit meiner Geburt. Warum?"

„Ich halte das hier keinen Tag länger aus. Diese Scheinheiligkeit. Die Bigotterie. Die unausgesprochenen Vorwürfe, dass ich besser auf meine Schwester hätte aufpassen sollen."

„Hä? Wie hättest du …?"

„Brave Mädchen tschechern nicht nach der Vorstellung mit den Veranstaltern bis in die frühen Morgenstunden. Egal. Meine Mutter borgt mir bis auf Weiteres ihr Auto. Den Zweitwagen, einen brustschwachen Clio. Ich möchte damit noch heute zurück nach Wien fahren. Jedoch nicht allein, in meiner Verfassung. Würdest du mich begleiten und für einen Teil der Strecke das Lenkrad übernehmen?"

„Das kommt … überraschend", gesteht Pez. „Wieso ich?"

„Schau, dich kenne ich. Nicht sonderlich gut, aber besser als die meisten anderen hier. Ich weiß, dass man sich auf dich verlassen kann. Du hast doch nichts getrunken?"

„Nur Wasser." Er leckt sich über die Lippen. „Zu wenig."

„Wir machen unterwegs Pausen, müssen ja auch was essen. Zusammengepackt habe ich schon. Trotzdem sind wir vermutlich ein bisschen später in Wien als der Rest der Bande."

„Ich habe morgen nichts vor." Wie auch übermorgen und überübermorgen, denkt Pez bei sich. Außer, nicht zwischendurch ermordet zu werden.

„An deiner Begleitung wäre mir sehr gelegen. Ich bin ziemlich durch den Wind."

„Klar."

„Nein, total unklar. Alles verschwimmt mir. Yvonne … Wir waren immer zusammen, schon vor der Geburt. Jetzt ist es, als hätte man mir eine Körperhälfte abgesägt, wie mit einer Kreissäge. Das tut so wahnsinnig weh. Ich kann nicht fassen, was ich verloren habe. Verstehst du das?"

„Nur ungefähr. Ich bin ein Einzelkind."

Sie lacht spitz auf. „Und ehrlich. Siehst du, deswegen hätte ich dich gern heute an meiner Seite. Du bist ein unverbesserlicher Luftikus, Peter Szily, auf deine, pardon: stupide Art ein permanenter Sonnenschein. Was ist, fährst du mit mir?"

„Wohin auch immer du willst. – Oh, habe ich das gerade gesagt?"

„Pathos ist allemal erlaubt. Dezenz hingegen ist Schwäche."

„Amen."

Drei Stunden später steuert Pez, der als Gentleman gleich die erste Etappe übernommen hat, den Renault Clio über die A 10 Tauernautobahn.

Dass er eingewilligt hat, beruht nicht allein auf Hilfsbereitschaft. Er ist froh, sich das angekündigte Gelage im Speisewagen des Intercitys zu ersparen. Wenn man selbst nichts trinkt, verwandeln sich die geschätztesten Zeitgenossen allzu bald in lallende Kreaturen, deren Behauptungen, sie wüssten, wie die Welt wirklich funktioniert, schwer zu ertragen sind.

Vor allem aber konnte Pez schon einige Punkte auf der Liste abhaken, die ihm Chefinspektorin Fux mitgegeben hat. Kontakt zu Ellen Kalassnig aufnehmen – gecheckt. Gewisse Themen ausloten, detto. Beispielsweise mit dem Minigolfplatz in Neukirchen verbindet Ellen so gut wie nichts, bloß ein paar Kindheitserinnerungen an Wochenenden, an denen die Zentralanstalt für Meteorologie vor Gewittern gewarnt und von Wanderausflügen abgeraten hat. Mit den Turnierspielern des dortigen Vereins hatte sie niemals zu tun.

An einer Raststätte am Mondsee verköstigen sie sich mit Mineralwasser, Lasagne und Salat. Danach, wieder auf der Straße, spricht Ellen das Thema an, das sie beide am meisten beschäftigt. „Was denkst du, Pezi? War es ein Unfall, Selbstmord oder …?"

„Mord? Hm. Unfälle kommen vor. Sekundenschlaf, Fehlreaktionen. Das falsche Pedal betätigt. Könnte sein, oder?"

„Yvonne war eine hervorragende Autofahrerin. Deshalb saß meistens sie am Steuer. Übrigens danke, dass du weiterhin fährst."

„Kein Problem, ich bin noch nicht müde."

„Wir haben etliche Tourneen abgewickelt, kreuz und quer über den Alpenhauptkamm. Nie gab es ein Problem mit Yvonne. Und suizidgefährdet war sie genauso wenig."

„Ah ja. Bleibt übrig …"

Pez erschrickt, weil Ellen mit der geballten Faust auf die Abdeckung des Handschuhfachs drischt. „Mir will nicht in den Kopf, weshalb jemand sie – und mich – eliminieren sollte. Ja, wir hatten ab und zu Lieder über aktuelle Skandale im Programm. Herrgott, aber doch nie etwas, das nicht sowieso landauf-landab bekannt war. Auch in der Nacht von Yvonnes Tod haben ein paar Kitzbüheler Fans tüchtig aus der Schule geplaudert. Du kennst das ja. Dritte Halbzeit: Wenn man den Leuten nach der Show noch die Beichte abnehmen und die Absolution für ihr spießig-angepasstes Leben erteilen muss."

„Oh ja, allerdings. Kann aber auch lustig sein. – Worüber haben sie gelästert?"

„Ach, das Übliche. Was eh jeder weiß, der es wissen will. Längst Allgemeingut, ergo irrelevant. Kitz ist ein Synonym für Connections. Dort treffen sich die Reichen und Schönen der Welt. Aber stets unter der folkloristischen Tuchent. Eine russische Milliardärin hat aus Dankbarkeit dafür, dass sie in Kitzbühel ohne eine Armada von Bodyguards einkaufen gehen kann, den Einheimischen Gratis-Konzerte im Tennisstadion gestiftet, mit absoluten Weltstars wie Carlos Santana. Verstehst du? Der Schnee auf den Pisten deckt alles zu. Da wird aus dem Schiläufer ein Schlagerstar, der Ex-Finanzminister zwecks Umgehung der Flächenwidmung zum Landwirt, und der umstrittene Urologe kriegt einen millionenschweren Auftrag für Covid-19-Tests im ganzen Land. Hokuspokus, der Country-Club macht's möglich."

„Was für ein Club?"

„Hast du das nicht mitgekriegt? Wo lebst du?"

„In Wien Neubau."

„Siebenter Bezirk. Gratulation."

„Aber nah am Gürtel. Ich bin kein Bobo! Unsere Gasse wird als Hundezone missbraucht. Sobald ich aus dem Haus gehe, muss ich extrem aufpassen, dass ich nicht in Tretminen steige."

„Mein Mitleid hält sich in Grenzen. Ich wohne in Simmering."

„Zurück zu diesem Country-Club. Was läuft dort ab?"

„Hast du schon mal von der Adlerrunde gehört?"

„Warte … Das soll so eine Art Tiroler Mafia sein, oder? Wird aber überschätzt, hat sich als reiner Geselligkeitsverein erwiesen."

„Sagt wer?"

„Habe ich gelesen. Im ‚Kurier‘, glaube ich."

„Pezi-Bärli, ich liebe deine Naivität. Glaubst du an warme Eislutscher?"

„Nein."

„Aber an eine unabhängige Presse schon?"

„Äh …"

„Tirol ist gebirgig, in Wahrheit jedoch ein einziges enges Tal, überflutet von Brackwasser. Seit Jahrhunderten tief eingesunkener Morast. Die Bewohner lernen von Geburt an, dass sie immer noch weiter alles mit Schlamm zuschütten müssen. ‚Flood the zone with shit!‘ steht im Handbuch aller Rechtspopulisten. Erfunden haben diese Methode aber schon vor langer Zeit die Tiroler."

Ellen hat sich in Rage geredet.

Auf Pez wirkt sie verbittert, aber auch eigenartig attraktiv durch ihre Eloquenz.

Die eisblauen Augen blitzen vor Temperament. Müsste er sich nicht auf die Straße konzentrieren, wäre er versucht, länger hineinzustarren, als sich angesichts des erlittenen Schicksalsschlags ziemt. „Dieser ewige Chauvinismus ist schon ziemlich arg. Wir Steirer können's auch gut, doch an die Tiroler kommen wir nicht heran."

„Meine Familie ist aus Kärnten zugewandert. Aber Korruption wird am besten tirolerisch ausgesprochen: Chkorruption. Wie auch Chkountry-Chklub. Über die eng verbandelte Adlerrunde besteht ein direkter Draht zur Regierungsspitze. Man hat tüchtig gespendet. Da sitzen nicht nur Hoteliers, Seilbahn- und Immobilienunternehmer drin, sondern auch der Lienzer Speckmagnat, die Inhaber von Handelsketten und diverse Industrielle bis hin zum Hauptaktionär eines der größten österreichischen Baukonzerne. Gendern zahlt sich übrigens nicht aus, es sind praktisch ausschließlich Männer."

„Ah ja."

Sie plaudern munter dahin, kommen vom Hundertsten ins Tausendste und auf diese Weise verblüffend bald zur Wiener Westeinfahrt.

„Hast du eigentlich Familie?", fragt Ellen.

„Eine zwölfjährige Tochter namens Li Si."

„Wie die Prinzessin aus Jim Knopf?"

„Genau. Also, offiziell Elisabeth. Sie lebt bei meiner Ex-Frau. Aber wir sehen uns regelmäßig. Ansonsten bin ich Single."

„Ich auch."

„Ah ja."

„Feste Beziehungen haben nie lange gehalten, und Kinder wollte ich sowieso nicht. Mir war die holde Kunst immer wichtiger."

„Mhm."

„So ziemlich die beste Ablenkung von trüben Gedanken ist Sex."

Beinah hätte Pez das Lenkrad verrissen. Hat sie das wirklich gerade gesagt? Und will sie damit andeuten …?

Ihm ist schon vorgekommen, dass es zwischen ihnen ein bisschen zu britzeln begonnen hat. Aber offensiv zu flirten, hätte er sich niemals erlaubt. Das wäre ihm pietätlos erschienen, als Ausnützen einer Notlage, in der eher die freundschaftliche Schulter zum Ausweinen gefragt ist.

Ellen lacht perlend, glockenhell. „Man kann fast mitlesen, welche Gedanken dir durch den Kopf gehen, Pezi. Fahren wir erst mal zu dir."

Zwischenspiel

Dies ist ein Geständnis.

Man könnte auch sagen eine Beichte. Obwohl ich nicht sehr religiös bin. Oder doch?

Jedenfalls nicht kirchlich. Ohne Orgel, Weihrauch und Ministranten. Vielleicht gläubig, in manchen Punkten; aus bitterer, selten süßer Erfahrung.

Ich habe schwer gesündigt. So viel steht fest. Die ursprüngliche Tat ist nicht mehr ungeschehen zu machen.

Aber die Erinnerung daran kann ich tilgen. Drei Zeugen der Schande sind bereits ausgelöscht. Einmal muss nachgebessert werden. Zunächst kommt jedoch der Fünfte dran.

Bei ihm fällt es mir leicht. Um ihn wird man nicht lange trauern. Eine neue Stimme des Geschirrspülers wird sich rasch finden …

Wie ich es erhofft habe, sehe ich von Mal zu Mal klarer. Die Phasen der Orientierungslosigkeit treten nun seltener auf und in größeren Abständen. Mit den Gedächtnislücken verhält es sich ähnlich. Manche der Stunden und Tage, die mir fehlen, sind nicht länger ausgestanzte, absolut schwarze Löcher in meinem Hirn. Aus dem tiefen Abgrund tauchen Bilder auf, einstweilen noch schemenhaft und neblig, aber sie werden schärfer.

Ein bisschen lässt sich schon erkennen. Da ist der Kugelschreiber, der aussieht wie eine der Spritzen, die sonst ich bekomme. Damit habe ich den Fetten markiert, bezeichnet, gezeichnet. Ihm das Schandmal übertragen und es danach weggeputzt, ausradiert, abgewaschen, fortgespült.

Schau mal: Schandmal, Schandmaul. Nur ein Buchstabe macht den Unterschied aus.

Faszinierend, denke ich, fast sinnierend. Haha, wie verwandt und doch verwandelt das klingt! Lustig, irgendwie.

Ein Spaß ist das alles trotzdem nicht. Sondern eine Hetz, eine Hetze, eine Hatz.

Da sind die Clowns, die viel zu vielen Clowns, überall auf der grünen Wiese.

Eigentlich hasse ich sie wie die Pest, seit sie mich im Spital belästigt haben, gepeinigt, meine Ruhe gestört. Ungebeten, versteht sich. Ihre dumme Maskierung, die aufgesetzte Fröhlichkeit, die unsauber gestimmten Instrumente.

Grässlich!

Einmal immerhin waren sie mir von Nutzen. Als ich dem Zweiten, dem Obergescheiten, das Schandmaul gestopft habe. Da boten sie die ideale Kulisse, in der ich mich bewegen konnte wie ein wandelnder Geist, unkenntlich, weil gleichermaßen lächerlich verkleidet, als einer von vielen Bäumen im Wald.

Ich sehe es wieder vor mir. Allerdings zeitlupenhaft gedehnt, verzerrt zu schematischen, flirrenden Konturen, komisch, comicartig. Zack! mitten drauf auf die Stirn, die mir der Komiker bietet. Hat er die Stirn, sich mit mir anzulegen, mich aufzudecken?

Jetzt nicht mehr.

Ha! Wer zuletzt lacht, lacht am besten gar nicht.

Die Waffe, den Schläger, habe ich noch und halte ich in Ehren. Allzeit bereit. Gut möglich, dass ich ihn nochmals einsetzen muss, gegen den vorlauten Geschirrspüler.

Mein Engel bestärkt mich in der Zuversicht. Je mehr ich mich erinnere, desto schneller wird die Welt vergessen.

Ist dann, bald, auch die Petersilie verwelkt – dieses krause, sinn- und geschmacklose Grünzeug, mit dem sie hierzulande glauben, jedes Essen dekorieren zu müssen –, bleiben nur noch zwei übrig.

Auf den einen muss ich warten, bis er zurückkommt aus Kroatien. Der Herr Kapitän, oder sagt man Skipper? Egal. Mit der anderen, haucht mir mein Engel zu, hat es ebenfalls keine Eile.

Gemach, gemach.

Geduld. Geduld.

Die gefährlichere, schwatzhafte Hälfte habe ich ja bereits erlegt. Erledigt. Mich ihrer entledigt.

Da ist die Fernsteuerung. Der Bildschirm des Tablets. Das Auto, das meinen Befehlen gehorcht. Ein Computerspiel. GTA-V, produziert von *Rockstar Games*. Wie ein Rockstar fühle ich mich auch, als ich den Wagen dirigiere, unbarmherzig geradeaus und hinunter in die Schlucht.

Bamm! Puff, spritzel-spratzel, ratteratatt fliegen die Funken. Ein Feuerwerk, herrlich. Super animiert und animierend.

Und … Highscore!

Ich fliege, auf mächtigen Schwingen, über alle Berge, hoch zum Firmament. Binnen eines einzigen Lidschlags bin ich wieder in meinem Zimmer, vor der Playstation. Befriedigt, aber nicht zufrieden. Mich auf den erworbenen Lorbeeren auszuruhen, wäre verfrüht.

Drei sind abgehakt, drei noch offen.

Halbzeit.

Neun von 18 Bahnen gespielt. Mit einem tadellosen Schnitt, dank meines überlegenen Arsenals an Bällen. Ich liege in Führung. Jetzt die Konzentration aufrechterhalten, dann bringe ich das ins Ziel.

Ich werde gewinnen.

He, seien wir uns ehrlich: Ich kann gar nicht verlieren. Denn mein Engel, mein lieber Engel lenkt und leitet mich.

Zehnte Bahn:
Mittelhügel

Empfohlene Bälle: BDV, Tiffany 3, Bernd Kunz Kiel

*

Der Oberrabbiner von Schottland wacht beim ersten Hahnen-
schrei auf und sieht, dass die Sonne lacht. Ein Tag, wie geschaffen
zum Golfspiel! Allerdings ist Jom Kippur, der höchste jüdische
Feiertag, an dem außer Beten und Fasten alles verboten ist.
So früh am Morgen, denkt sich der Rabbi, wird mich keiner
entdecken. Er geht also hurtig zum Abschlag.
Im Himmel sagt Petrus zu Gott: „Schau, was der Oberrabbiner
am Jom Kippur macht! Solltest Du ihn dafür nicht züchtigen?"
Gott nickt. Der Rabbi holt aus, schwingt durch und trifft das
Green. Der Ball rollt weiter bis ins Loch: ein Hole-in-one!
„Hä? Ich dachte, du wolltest ihn bestrafen", sagt Petrus.
„Habe ich doch. Wem kann er davon erzählen?"

Ta-taaa! Ta-taaa!

*

Erstmals schriftlich im deutschen Sprachraum taucht der
Begriff **Pointe** 1771 in Gotthold Ephraim Lessings Sammlung
„Zerstreute Anmerkungen über das Epigramm" auf.
Er verwendet ihn gleichberechtigt neben „acumen", sinngemäß
für Witz, Scharfsinn, Zuspitzung, Gipfel- und Höhepunkt.

Montagmorgen und dicke Luft im Landeskriminalamt Wien. Die Ermittlungen stocken. Nach wie vor gibt es keine brauchbare Spur, stattdessen dunkle Ringe unter den Augen und allgemeine Frustration.

Chefinspektorin Karin Fux hat sich und ihren Leuten – außer dem planmäßig zum Wochenenddienst eingeteilten Benedikt Gallaun – den Sonntag freigegeben. Aber nicht einmal ein paar Stunden Erholung waren ihnen vergönnt. Um 14.35 Uhr schlug Gallaun Alarm: Bei der Polizeidirektion war die Warnung vor einem Bombenattentat eingegangen.

Normalerweise betrifft so etwas die zuständigen Einheiten, nicht die Mordgruppe Fux. Aber nichts ist mehr normal. Als Ziel des Anschlags wurde nämlich das „Globe Wien Open Air" genannt, aktuell die größte Freiluftbühne der Stadt. Eine Bühne, die einer der beliebtesten Kabarettisten Österreichs gegründet hat und auf der auch internationale Stars gastieren, bis hin zum „Monty Python"-Veteranen John Cleese.

Insofern war Gruppeninspektor Gallaun völlig im Recht, seinen Kollegen die wohlverdiente Freizeit gleich wieder zu rauben. Fux hat die Entscheidung ausdrücklich bestätigt, das gesamte Team einberufen und nach St. Marx bestellt. Alle kamen unverzüglich.

Fast alle. Oswald Machatsch erschien als Letzter, gut eine Viertelstunde verspätet. Provokant schlendernd, trug er, hoch erhoben wie eine Fahne, ja, wie die Fackel der amerikanischen Freiheitsstatue, einen angeknabberten panierten Hendlhaxen vor sich her. „Dieses Fanal", posaunte er, „gebührt den Trotteln, derentwegen ich vom Mittagstisch aufstehen musste." Dabei sah er ostentativ an Gallaun vorbei. „Bloß, weil sich jemand wichtigmachen wollte. Und weil vielleicht, lustig wie hier alle sind, eine Packung Schwedenbomben versteckt worden ist."

Umso bitterer, dass Machatsch recht behalten sollte.

Nach der Absperrung und gründlichen, viele Stunden dauernden Durchsuchung des Geländes, das bis zu 1500 Besucher fasst, fand man tatsächlich eine Sechserpackung des beliebten Schaumgebäcks, jeweils zur Hälfte mit Schokoglasur oder zusätzlichen Kokosstreuseln bedeckt, eingeklemmt hinten unten in einem Klappsitz. Das eingedellte Plastikgebinde kann jemand während der samstägigen Abendvorstellung absichtlich platziert oder auch schlicht vergessen haben. So genau sehen unterbezahlte Reinigungstrupps nicht nach.

Fux und ihre Leute haben die Handvoll Bühnenarbeiter befragt, die Technik und Kulissen für die ausverkaufte Abendshow des „Simpl"-Ensembles umbauen sollten, sowie die Produktionsassistentin, die einzige erreichbare Vertreterin der Direktion. Herausgekommen ist dabei rein gar nichts.

Außer, dass der Sonntag im Eimer war.

Hat es etwas zu bedeuten, fragt sich Fux am Tag danach, dass Machatsch mit seinem „Schwedenbomben"-Wortspiel so punktgenau ins Schwarze getroffen hat? Wohl kaum. Zufälle gibt es nun mal.

Ossi ist der Letzte, dem an Komplikationen gelegen wäre. Wenn er sich jemals hervortut, dann dadurch, dass er hochfliegende Spekulationen trocken zurück auf den Boden der Realität holt. Wofür Fux ihn schätzt und nicht missen möchte. Innerhalb des Teams erfüllt er seit Langem eine wertvolle Funktion. Auch so jemand braucht man.

Am frühen grauen Morgen des Montags freilich geht er ihr auf die Nerven.

„Ich habe ja gleich gesagt, an der Sache ist nichts dran", nörgelt Machatsch, nicht zum ersten Mal. „Jeder Depp kann heutzutage einen Bombenalarm auslösen, ohne Gefahr zu laufen, hinterher dafür belangt zu werden. Anruf genügt. Analoge Botschaft, übermittelt per digitaler Vorlese-App. Siri-Stimme oder dergleichen. So kurz gehalten, dass keine Chance auf Fangschaltung besteht. Habe ich recht, Hirschi, oder habe ich recht?"

„Ja", sagt Christoph Hirschmugl missmutig. „Genau das bestätigen die Kollegen vom Technischen Hilfsdienst. Zuzüglich Rufnummernunterdrückung, versteht sich."

„Also nichts, was auf die Urheber des Fehlalarms schließen ließe?", fragt Fux. „Hat sich jemand einfach einen blöden Spaß erlaubt?"

„Höchstwahrscheinlich. Wundert dich das?"

„Nein."

Im Grunde waren solche Aktionen absehbar. Wann immer spektakuläre Morde bekannt werden, fühlen sich manche Leute bemüßigt, ihre Chance auf fünf Minuten Pseudo-Berühmtheit zu ergreifen. Dann strotzt das Internet vor Mutmaßungen und fingierten Bekennerschreiben. Hirschmugl hat sich seine Beförderung zur „Gewalt" dadurch erworben, dass er meistens fähig ist, die Spreu vom Weizen zu trennen.

„Dumme Buben", grummelt Machatsch.

„Sieht so aus. Hundertprozentig sicher kann man leider nie sein. Seit die KI-Simulationen so perfektioniert wurden, dass man sie in der Praxis kaum mehr von echten Quantencomputern unterscheiden kann, und die Verschlüsselungen nicht zuletzt der Blockchain-Technologie …"

„Stopp. Was heißt das?", unterbricht Fux. „In einfachen Worten, für eine Frau, die noch eine Olympia-Schreibmaschine zu Hause hat."

„Das Problem ist, dass übermütige 13-Jährige teilweise mit denselben hochgezüchteten Apps fuhrwerken wie die mächtigsten ausländischen Geheimdienste. Die sich ihrerseits wieder gern als Hacker-Kids tarnen." Fux seufzt und wendet sich an Gallaun. „Irgendwas in den sozialen Medien?"

„Keine signifikante Veränderung zu den letzten Tagen. Natürlich hat die Meldung vom Bombenalarm ein paar Trolle dazu ermutigt, Dinge zu posten wie, es gehöre ohnehin das gesamte linke Nestbeschmutzer- und Staatskünstler-Gesocks in die Luft gesprengt."

„Maulhelden, die sich in der Anonymität des Internets aufgeilen", ergänzt Hirschmugl. „Die Mittel, sie auszuforschen, zum Schweigen zu bringen und gegebenenfalls abzustrafen, gäbe es längst. Zuckerberg, Page, Bezos und die anderen Gurus aus dem Silicon Valley hüten sich jedoch, darauf zurückzugreifen. Sonst würden sie vielleicht ein paar Milliarden weniger anhäufen. Und wozu?"

„Frag ihn das bitte nicht", warnt Machatsch.

„Wozu?", sagt Fux prompt.

„Diese Typen, die wollen den Tod besiegen", sagt Hischmugl. „Unsterblich werden. Zu Göttern."

„Wer nicht?"

„Ha! Ich, du, eh alle. Aber die, die haben im Unterschied zu uns und 99,99 Prozent der Weltbevölkerung tatsächlich die geballte kapitale Macht, um die Forschungen in die von ihnen gewünschte Richtung zu lenken. Sie lassen ein Habitat im Weltall planen, wo selbst uralte Körper unbeschwert von Gravitation überleben können. Zugleich tüfteln sie am Transfer ihrer Bewusstseine ins globale Netzwerk. Ob währenddessen unser Planet für alle anderen Menschen unbewohnbar wird, kümmert sie einen Scheißdreck. Wir jagen Einzeltäter, aber die wahren Mörder …"

„Christoph, komm runter! Das klingt mir sehr nach einer Verschwörungstheorie."

„Nur, weil jemand ein Paranoiker ist …"

„Heißt noch nicht, dass ihm nicht ein anderer nach dem Leben trachtet. Den Spruch kenne ich." Fux klopft mit der Faust auf den Tisch. Die Situation ist unangenehm, aber nicht neu für sie. Interner Stress, weil sie nicht weiterkommen, im Kreis rotieren, auf der Stelle treten. In solchen Momenten ist sie als Führungskraft gefordert. „Zur Sache. Kann mir bitte jemand etwas Positives liefern?"

„Ja und nein", sagt Gallaun, auf seinen Laptop deutend. „Positiv, weil negativ. Eben hat das ‚Österreichische Kabarettarchiv' meine Anfrage beantwortet. Soll ich euch die E-Mail vorlesen?"

„Ich bitte darum."
Selbstverständlich haben sie ausgehoben, ob irgendwer aus der kaum zu überblickenden Masse der Kabarettisten und sonstigen, genreverwandten Bühnenkünstler einschlägig vorbestraft wäre, etwa wegen angedrohter oder tatsächlicher Anwendung körperlicher Gewalt. Ergebnis: niemand, kein einziger. Offenbar handelt es sich um lauter Hunde, die zwar bellen, aber nicht beißen.

Gallaun war beauftragt, in der Geschichte nachzuwühlen.

„Frau Dr. Iris Fink vom ÖKA in Graz schreibt uns: In der gesamten dokumentierten Historie der österreichischen Komödiantik, abgesehen vom Vorvater Johann Nepomuk Nestroy, der 1836 eine fünftägige Haftstrafe wegen Extemporierens ausfasste …"

„Extempo-was?", unterbricht Ossi.

„Das bedeutet, vom der Zensur vorliegenden Text abweichen. War zu Nestroys Zeit verboten. Was ihn recht wenig gekratzt hat."

„Weiter" sagt Fux.

„Also, es gab nur einen nennenswerten Kriminalfall. 1928 stand in Leitmeritz ein Mann namens Hermann Chajm Steinschneider vor Gericht, weil er sich als Hellseher ausgab. Er benutzte das Pseudonym Erik Jan Hanussen. Der Prozess dauerte zwei Jahre und endete mit einem Freispruch. Hanussen/Steinschneider, der etliche beliebte ‚Brettl-Lieder' verfasste, trat auch als Kunstreiter, Reckakrobat, Fakir, Hypnotiseur sowie ‚Experimental-Psychologe' auf und betrieb in Wien das angeblich ‚erste elektrische Kettenkarussell der Welt', das in Wirklichkeit von verborgenen Kindern bewegt wurde. Außerdem versuchte er sich mehrfach als Zeitungsherausgeber und Gesellschaftsreporter, presste betuchten Bürgern mit der Androhung, in seinen Klatschblättern intime Geheimnisse zu veröffentlichen, beträchtliche Summen von Schweigegeld ab und beeinflusste durch ‚astrologische Börsentipps' der kurzfristig auflagenstarken ‚Berliner Wochenschau' sogar die Aktienkurse."

„Klingt nach dem erfüllten Leben eines wahren Schätzchens", kommentiert Machatsch.

„Trotz seiner jüdischen Herkunft tat er sich", liest Gallaun weiter, „als glühender Sympathisant der Nationalsozialisten hervor. Gerettet hat ihn das nicht. 1933, wenige Wochen nach Hitlers Machtergreifung, wurde er in seinem ‚Haus des Okkultismus' verhaftet und tags darauf erschossen."

„Die Nazis hatten eigene Esoteriker. ‚Schwarze Sonne', ‚Thule-Gesellschaft' und so weiter. Deshalb haben sie einen störenden Kollegen beseitigt."

„Nichts an seiner Geschichte, was einen Nachahmungstäter reizen könnte", sagt Hirschmugl. „Oder, Chefin?"

„Nein. Ähnliche Hochstapler haben wir im Überfluss, bis hinauf in die Regierungsspitze. – Aber ich möchte woanders einhaken. Ossi, du hast die Formulierung gebraucht, dass störende Kollegen beseitigt wurden."

„Damals."

„Hm. Wer stört in heutiger Zeit? Laimgruber, Buchta, Yvonne Kalassnig? Sogar Peter Szily? Und falls ja, wen?"

„Ach geh", sagt Benedikt Gallaun. „Alle Mordopfer waren unterschiedlich gut im Geschäft, aber sie haben weder einander noch anderen viel weggenommen. – Moment." Sein Handy bimmelt. „Wie auf Stichwort. Soll ich?"

Fux nickt. Gallaun schaltet den Lautsprecher zu. „Hallo?"

„Agentur Be und Ha, Gregor Heinzelmann am Apparat. Bin ich verbunden mit …?"

„Landeskriminalamt Wien, Gruppe Fux, ja. Gallaun mein Name. Danke für den Rückruf. Wir möchten gern bei Ihnen vorbeikommen, um ein paar kürzlich aufgetretene Fragen zu klären, primär wegen der Bombendrohung. Wann würde das denn passen?"

„Jederzeit. Ich bin im Büro. Die Adresse lautet …"

Das Büro liegt an der Linken Wienzeile. Zwei Stockwerke eines Gründerzeitbaus, nachträglich verbunden durch eine Wendeltreppe. Verstaubte Girlanden aus Plastik-Efeu umranken das Geländer.

Die Agentur B&H, was für „Berndt und Heinzelmann" steht, betreibt nicht nur mehrere Bühnen, sondern vertritt auch etliche der populärsten Kabarettisten. Während der Herfahrt hat Gallaun seiner Chefin erläutert, dass B&H den hiesigen Markt dominieren. Überdies kooperieren sie mit vergleichbaren Managern in München, Köln, Berlin und Hamburg. „Sie tauschen untereinander die besten Leute aus und promoten sie entsprechend."

„Klingt nicht verboten", sagt Karin Fux.

„Ist es eh nicht. B&H unterstützen seit Jahren auch immer wieder die Nachwuchsbühnen. Sei es durch die Stiftung von Förderpreisen oder indem ihre Stars dort Vorpremieren abhalten."

Gregor Heinzelmann, ein schlaksiger Mittfünfziger, empfängt sie im Obergeschoß, einem ausgebauten Dachboden. Die schiefen Wände sind mit Ankündigungsplakaten tapeziert. „Echte Polizeikommissare in unseren bescheidenen Hallen!", sagt er, übers ganze Gesicht strahlend. „Das hatten wir noch nie. Womit kann ich dienen?"

„Kommissare gibt es in Österreich nicht, bloß im von Deutschland beeinflussten Fernsehen", sagt Fux.

„Oh. Ich dachte ‚Inspektor gibt's kan'. Wie soll ich Sie stattdessen anreden?"

„Mich müssten Sie offiziell als Chefinspektorin titulieren, meinen Kollegen als Gruppeninspektor. Sie können aber auch einfach Frau Fux und Herr Gallaun sagen."

„Wieder was gelernt. – Darf ich Ihnen etwas zu trinken anbieten, einen Kaffee vielleicht oder einen Saft? Ich hätte auch einen sehr guten Schnaps aus Kukmirn vorrätig."

„Kaffee wäre nett. Schwarz, ohne alles, bitte."

Der quirlige Mann, aufgrund seines schleifenden Akzents unschwer als Südburgenländer zu erkennen, faltet die Hände vor der Brust und verneigt sich. Dann hantiert er an der Kaffeemaschine auf dem Tresorschrank hinter dem Schreibtisch. „Was wollen Sie wissen? Kommen Sie wegen des gestrigen Vorfalls? Oder wegen ...?"

„Wir untersuchen primär den Mord an Lorenz Buchta. Zieht er Folgewirkungen in der Szene nach sich?"

„Ich gebe zu, auf der Leitung zu stehen. Was genau meinen Sie?"

„Profitiert jemand von Buchtas Tod?"

„Ach so. Hm. Nun, ein paar Auftrittstermine werden frei, ein paar Sendeplätze im Spätabendprogramm, und anstelle von Buchta – und übrigens auch Laimgruber – darf jemand anderer bei ‚Was gibt es Neues?‘ mitblödeln. Da reißen sich mehr als genug Leute darum, das kurzfristige Vakuum auszufüllen. Insgesamt entstehen aber keine gröberen Verschiebungen. – Keine Milch, kein Zucker, sagten Sie?"

„Genau. Herzlichen Dank."

„Gern geschehen." Er stellt die Tassen vor ihnen ab. „Am härtesten trifft es wahrscheinlich Ellen Kalassnig. Ein Zwilling allein verkauft sich schlecht. Während der Karenzzeit ihrer Schwester hat sie versucht, eine Solokarriere zu starten, aber mit sehr mäßigem Erfolg. Die Kabarettfans sind Gewohnheitstiere. Wen sie als Duo kennen, wollen sie nicht alleine sehen, und umgekehrt."

Gallaun bläst mit gespitzten Lippen über seinen Kaffee. „Wissen Sie, woran Buchta zuletzt gearbeitet hat? Welche Themen für die nächsten Fernsehsendungen geplant waren?"

„Leider nein. Am besten fragen Sie die Leute von ‚Convolut‘."

Das ist, weiß Fux, eine kleine, unabhängige Redaktion, die investigativen Journalismus betreibt. In den letzten Jahren hat Buchta häufig auf sie zurückgegriffen. „Wir haben versucht, sie zu kontaktieren. Sie sind erst wieder ab morgen erreichbar. Betriebsurlaub."

„Klar, Sommerloch. Beneidenswert. Ich schaff's maximal bis Güssing."

„Abgesehen von heißen Eisen – was sonst könnte Buchtas Mörder angetrieben haben?"

„Wir rätseln ebenfalls schon seit Tagen. Um Geld geht es jedenfalls nicht. Es sind ja meist keine hohen Summen im Umlauf. Sicher, Hansi Zänkers Spielserie im Schutzhaus ist noch bis weit in den Herbst ausverkauft. Aber er hat auch 17 Jahre lang kein neues Programm auf die Bühne gebracht, dafür eine ganze Reihe von Filmen auf die Kinoleinwand. Den Erfolg vergönnt ihm jeder."

„Von welchen Summen reden wir?"

„Das ist kein Geheimnis, man kann es sich leicht ausrechnen. Multiplizieren Sie den Eintrittspreis mit der Zahl der Sitzplätze, dann haben Sie die Tageseinnahmen. Früher war die Verteilung von 70:30 üblich, 70 Prozent für den Künstler. Als ich angefangen habe, brutto. Später hat man sich auf netto geeinigt, noch später an manchen Spielorten das Verhältnis auf 60:40 angepasst, wegen der gestiegenen Nebenkosten. Beispielsweise bietet die Post keine begünstigten Massenaussendungen mehr an. Wie auch immer, wir kommen durch. Falls nicht, wie geschehen, die ganze Hütte abbrennt."

„Vor zwei Jahren", wirft Gallaun ein.

„Richtig. Ein Liebespärchen hat sich nach der Vorstellung im Globe versteckt, am Dachboden vergnügt und ist danach weggedämmert, mit mangelhaft ausgedämpften Stummeln von lustigen Zigaretten. Sie kamen grade noch raus, zum Glück. Aber der Brand: Totalschaden. Ohne die Einnahmen unserer Open-Air-Bühne wären wir schon lange bankrott."

„Will das jemand?", fragt Fux. „Euch vernichten?"

„Ernsthaft? Glaube ich nicht. Sicher sind wir manchen Leuten ein Dorn im Auge. Aber niemand von unseren Künstlern, auch nicht Lorenz Buchta, hat jemals etwas auf die Bühne gebracht, was nicht bereits zuvor andernorts veröffentlicht worden wäre. Da haben wir immer extrem aufgepasst. Wir können uns schlicht und einfach keine so teuren Anwälte leisten wie die Gegenseite."

„Wer könnte trotzdem eine solche Wut auf Kabarettisten haben", fragt Fux, „dass er, gezielt oder wahllos, der Reihe nach drei ermordet?"

„Keine Ahnung." Heinzelmann zuckt die Achseln. „Mir fällt beim besten Willen niemand ein."

„Jemand aus der Szene?"

„Nein. Natürlich gibt es einen Konkurrenzkampf, aber deswegen jemand umbringen? Zumal drei Mitbewerber mehr oder weniger praktisch keinen Unterschied machen. Okay, ein uralter, immer noch kursierender Spruch lautet: Wer nicht dafür töten würde, vorn an der Rampe stehen zu dürfen, hat seinen Beruf verfehlt. Aber das ist rein metaphorisch gemeint. Kennen Sie den Film von Woody Allen, ‚Bullets over Broadway'?"

„Nein", gesteht Fux.

„Sehr lustig. Enthält viel Wahrheit übers Theater und einen überraschenden Plot-Twist. Schauen Sie ihn sich an. Und ‚Broadway Danny Rose'. Darin finden Sie alles, was man über unser Geschäft wissen muss."

„Mach ich", verspricht Fux. „Sobald ich Zeit habe."

Ihr Handy hat vibriert. „Kommt rein", besagt die SMS. „Die Linzer haben einen Verdächtigen. Wir haben aber auch was. Etwas Besseres."

Zurück in der Berggasse berichtet Ossi Machatsch: „Der Knecht hat jemand in polizeilichen Gewahrsam genommen."

„Wen? Auf was hinauf?"

„Einen Sandler, pardon Obdachlosen. Ein stadtbekanntes Individuum, schlägt sich mehr schlecht als recht unter den Brücken von Linz durch. Nah am Geschehen war er in der Nacht vom Mittwoch auf Donnerstag der vorvorigen Woche, das stimmt schon. Er hat auch einen rot-weiß-roten Ringelsocken gefunden, an der Kaimauer, und diesen verwendet, um aufgelesene Zigarettenstummel darin zu verstauen. Bei einem davon wurde Laimgrubers DNA nachgewiesen."

„Hat er geraucht? Laimgruber, meine ich."

„Nein. Vor vielen Jahren damit aufgehört."

„Auch nicht gelegentlich, beim Trinken?"

„Könnte natürlich sein. Alkohol löst die Hemmungen, unterläuft die besten Vorsätze. Aber wenn du mich fragst, will Rupprecht bloß den Akt an sich ziehen. Indem er einen Schädel präsentiert, und wäre es ein hoffnungslos verwirrter potenzieller Zeuge."

„Was haben wir im Gegenzug aufzubieten?"

„Ein Foto", sagt Hirschmugl. „Ich bin darauf gestoßen mittels einer, ähm, nicht im freien Handel erhältlichen App, durch die sich die normale Bildersuche mit einer Art inoffiziellem Facebook-Archiv koppeln lässt."

„Zeig her."

Er dreht den Monitor des Laptops zu ihr. Auf dem Foto, einem Handy-Schnappschuss, sind sechs, sieben, nein, acht Personen abgebildet, vor diffusem Hintergrund. Sie sitzen eng nebeneinander an einem Biertisch voller Halbliterflaschen.

Vier identifiziert Fux sogleich: Gerhard Laimgruber, breit grinsend übers glänzende Gesicht. Zu seinen beiden Seiten, die Arme bei ihm untergehakt, die Zwillingsschwestern Kalassnig. Rechts außen macht Peter Szily, zwangswitzig wie stets, mit gespreizten Fingern den aus Star Trek bekannten Vulkanier-Gruß. Zum Überdruss hat er ein hellblaues T-Shirt an mit dem Aufdruck, „Live long and prosper". Neben beziehungsweise schräg hinter ihm steht, als würde er Distanz wahren wollen, geziert lächelnd, die Hände in den Sakkotaschen, Lorenz Buchta. In der Mitte breitet ein gut aussehender Mann mit blonden Koteletten und markantem Kinn seine muskulösen Arme über die Gruppierung aus, wie beschützend oder triumphierend. Zwei weitere Männer sitzen an seiner Seite, die Gesichter im Schlagschatten.

„Unsere drei Opfer", sagt Karin Fux. „Sowie die mit Glück davongekommene Zwillingsschwester und der Stimmenimitator.

Wer sind die anderen? Und wo und wann wurde die Aufnahme gemacht?"

„Anfang Juli 2019, in Haringshausen, einer Kleingemeinde im Marchfeld", sagt Hirschmugl. Seine Finger fliegen über die Tastatur. Quadratische Fenster voller Zahlen und Buchstaben poppen auf und verblassen gleich wieder. „Der in der Mitte ist Beppo Mälzer, ein Kabarettist und Bio-Bauer. Er bewirtschaftet dort drei Äcker und liefert das geerntete Gemüse wöchentlich in Pappkisten an private Besteller aus. Obwohl bereits über fünfzig, kickt er immer noch in der Reservemannschaft des örtlichen Fußballvereins, Seite an Seite mit seinen zahlreichen Söhnen. Derzeit befindet er sich, einem zehn Tage zurückliegenden Twitter-Posting zufolge, auf einem Segeltörn in der Adria, genauer den Kornaten, mit striktem Handy-Verbot."

„Nachprüfen. – Wer sind die zwei anderen?"

„Links, das ist Ronald Ratakovits, Künstlername ‚Ron von Donauland', einer der wenigen deklariert schwulen Kabarettisten im Land. Er weilt allerdings nicht mehr unter uns. Im August 2019, wenige Wochen nach diesem Foto, kam er bei einem Bergunfall ums Leben. Am Großvenediger."

„Soso. Rein zufällig am Großvenediger. An dessen Fuß gestern Yvonne Kalassnigs Urne bestattet wurde! Könnte an seinem Tod etwas faul gewesen sein?"

Hirschmugl wiegt den Kopf hin und her. „Eher unwahrscheinlich. Ratakovits ist in eine Gletscherspalte gestürzt. So was kommt dort oben immer wieder mal vor. Er war allein unterwegs, wurde vom Wettersturz überrascht, konnte deswegen erst einen Tag später tot geborgen werden."

„Trotzdem reicht's schön langsam mit den Zufällen", sagt Benedikt Gallaun. „Wieso ist uns diese traute Runde", er tippt auf das Bild, „nicht schon früher aufgefallen?"

„Wie gesagt, es war nur kurz auf Facebook, und auch nicht öffentlich, sondern für einen begrenzten Personenkreis. Das von Mälzer organisierte Mini-Festival fand wie jedes Jahr in einem Bierzelt am Sportplatz des erwähnten Vereins statt. Es wurde nicht überregional beworben und schien kaum in Veranstaltungskalendern auf. Die Mundpropaganda sorgte ohnehin für ein volles Haus."

„War nur eine Frage, Hirschi, kein Vorwurf. – Wer ist der achte im Bunde?"

„Tja, an ihm scheitert meine Gesichtserkennung. Kein Treffer. Man sieht nicht sehr viel von ihm. Die obere Hälfte ist abgeschattet, das Unterteil verschwommen, als hätte er gerade den Mund bewegt, um etwas zu sagen."

„Ist das ein Kopftuch?"

„Eine Bandana, ja."

„Schwarz mit kleinen gelben Sternen drauf?"

„Gutes Auge, Chefin! Hilft uns aber auch nicht weiter. Die von der App vorgeschlagenen Ähnlichkeiten schwanken zwischen Buster Keaton und Jack Nicholson. Da hat fast jeder Platz."

„Im Line-up des Festivalprogramms …"

„Taucht neben Buchta, Laimgruber, Ratakovits, den KaLasch-Nix, Szily als Conférencier und Mälzer selbst kein weiterer Name auf."

Fux spürt ein Kribbeln zwischen den Schulterblättern. Der mysteriöse Unbekannte könnte irgendein vorbeigeschneiter Kollege, Freund oder Fan sein – oder der Mörder, den sie suchen.

Eventuell gar … der Bravo?

Elfte Bahn:
Pyramiden

Empfohlene Bälle: Grenchen 92, M&G Return of the Yudas,
Grand Slam 1, Dreifarbiger Luxemburg

*

Treffen sich zwei Kerkermeister. Fragt der eine:
„Und, wie viele hast Du grad in Deinem Verlies?" –
„Zehn und ein paar Zerquetschte."

Ta-taaa! Ta-taaa!

*

Beim **Pointen** benutzen Friseurinnen an den Haarspitzen
eine Zick-Zack-Technik. Die Schere wird unregelmäßig
angesetzt, was einen leicht „zerrupften" Look ermöglicht.
Auf diese Weise wirkt die Struktur des Haares lebendiger,
man kann fransige Schnittlinien verleihen und gleichzeitig
Volumen und Länge wegnehmen.

Das Telefon, ein Sammlerstück aus dunkelrotem Bakelit, ist einige Jahrzehnte älter als der Bravo: ein „Tischapparat 121", hergestellt von der Wiener Firma Schrack. Zur Originalausführung gehört der durchdringende, metallisch scheppernde Klingelton.

Der Bravo hebt ab. „Ja?"

„Essen ist da."

„Vor die Tür stellen, bitte. Sie, nicht der Lieferant."

„Wie besprochen."

Wenig später ertönen Schritte auf der knarrenden Treppe. Durchs Guckloch beobachtet der Bravo, wie die junge Rezeptionistin ein Tablett auf dem Sideboard gegenüber seiner Zimmertür absetzt, an diese klopft und, ohne eine Reaktion abzuwarten, wieder hinunter in die Lobby huscht. Nachdem dreißig Sekunden lang alles ruhig geblieben ist, holt er das Tablett herein. Neben den Kartonschachteln mit dem Moussaka und dem Bauernsalat liegen Messer und Gabel, aber echtes Besteck, nicht das mitgelieferte aus Plastik, außerdem ein Apfel und eine Mini-Schokolade. Der Bravo fühlt sich ein weiteres Mal in der Wahl dieser Unterkunft bestätigt.

Im Haus Ecke Esterhazygasse und Damböckgasse war früher ein Stundenhotel untergebracht, mit der angeblich schönsten, geräumigsten und bestbestückten „strengen Kammer" Wiens. Ob es sie noch gibt, weiß der Bravo nicht. Es ist für ihn nicht relevant. Mittlerweile werden die meisten Zimmer per Airbnb vermietet. Erhalten geblieben sind das überdimensionierte Cognacglas voller Präservative am Tresen der Portierloge und ein hoch entwickeltes Verständnis für den Wunsch nach Diskretion.

Wegen der Ereignisse der vergangenen Tage erachtet der Bravo es für ratsam, vorläufig in keine seiner Wohnungen zurückzukehren. Erst Szilys Falle, in die er nichtsahnend getappt ist, dann der Hinterhalt, dem er an der Station der Liliputbahn gerade noch ausweichen konnte … Bis er geklärt hat, was es mit den toten Spaßmachern auf sich hat und inwieweit eine Verbindung zu ihm besteht, und solange möglicherweise mehrere

Parteien ihm auflauern, muss er auf höchster Sicherheitsstufe agieren.

Tags davor, am Sonntagnachmittag bei „Jedličeks Praterbühne", hielten sich die Erkenntnisse in Grenzen. Der Lärm der Bandprobe erstarb nie länger als für ein paar Sekunden, in denen das Richtmikrofon zusammenhanglose Silben aus dem Container aufschnappte.

Allzu lange durfte der Bravo nicht auf der Parkbank sitzen bleiben, da er sein Äußeres im Vergleich zur Jogger-Rolle nur leicht verändert hatte, mit einem dem Rucksack entnommenen bügelfreien Kurzarmhemd, Baseballkappe, Sonnenbrillen und einer Zeitung, in der er zu lesen vorgab. Weder einer der uniformierten Motorradfahrer noch deren Anführerin ließen sich erneut blicken. Dafür trat nach einer knappen Stunde, als der Bravo seinen Spähposten schon aufgeben wollte, aus der Tür des Containers ein Mann, den er auf Anhieb erkannte.

Mit diesem Subjekt hatte er schon das eine oder andere Mal zu tun. Gerfried Müller ist konzessionierter Privatdetektiv, zwar garantiert nicht die hellste Kerze am Luster, aber doch schon seit geraumer Zeit aktiv und äußerst umtriebig. Kaum eine große Affäre der letzten Jahre, bei der er nicht versucht hätte, sich einzuklinken, von den Silberstein-Enthüllungen über das Ibiza-Video bis hin zum jeweils gerade aktuellsten Bankenskandal. In allen diesen Fällen haben sich seine vollmundigen Behauptungen als heiße Luft erwiesen. Trotzdem ist er gewissermaßen vom Fach. Deshalb entschied sich der Bravo dagegen, ihn zu verfolgen. Zum einen könnte Müller als Lockvogel ausgeschickt worden sein; zum anderen sollte man ihn ohnedies leicht wiederfinden. Drittens musste der Bravo zuerst mehr über die Hintermänner der Praterbühne und der Security-Firma in Erfahrung bringen.

Nach einer weiteren halben Stunde hörte die Musik endlich auf. Aber auch im Container herrschte Stillschweigen. Falls ein Report abgestattet und neue Anweisungen erteilt worden waren, dann zuvor. Der Bravo sah keinen Grund mehr, noch länger zu verweilen.

Für Notfälle wie diesen hatte er in einem nahe der Mariahilfer Straße gelegenen, rund um die Uhr zugänglichen Selfstorage-Lager, das Stauraum per Kubikmeter vermietet, eine vollständige Grundausrüstung gebunkert, bestehend aus nie zuvor benutztem Gewand, Bankomatkarten und anderen Ausweisen sowie diversen Kleingeräten. Die holte er sich, nicht ohne auf dem Weg mehrmals das Verkehrsmittel gewechselt zu haben.

Dann quartierte er sich im ehemaligen Hotel Burgenland ein; wo erfahrungsgemäß keine Fragen gestellt werden, wenn man den für diese Kategorie weit überteuerten Zimmerpreis im Voraus bezahlt.

Das Moussaka schmeckt nicht übel. Hingegen ist der Schafkäse im Choriatiki ein bisschen sehr mild und erfüllt eher dekorative Zwecke. Schaumgummiwürfel würden nicht viel weniger Nachgeschmack hinterlassen.

Der Bravo isst langsam, jeden Bissen gründlich kauend. Hunger macht ihm nichts aus. Er fastet regelmäßig, um sein Idealgewicht zu halten. Andererseits ahnt er, dass er in nächster Zeit alle mobilisierbaren Kräfte benötigen könnte.

Während er sich stärkt, browst er mit dem anonymisierten Laptop durch allgemein und weniger allgemein zugängliche Bereiche des Internets. Die Ende Juni eröffnete Praterbühne ist zwar nach einem Publikumsliebling benannt, Vico Jedliček – der böhmische Name bedeutet „Tannenbäumchen" – fungiert jedoch mehr oder minder nur als Gallions- und Identifikationsfigur. Das operative Geschäft führt Paul Kolarik aus der „Schweizerhaus"- und „Luftburg"-Dynastie, zusammen mit denselben Leuten, die das „CasaNova" im ersten Bezirk betreiben. Dabei handelt es sich um eine Kellerlokalität, in der schon Josephine Baker auftrat und auch einige Filmszenen für den „Dritten Mann" gedreht wurden.

Die Bewachung und Zugangskontrolle hat man an den Sicherheitsdienst „Protector" ausgelagert, dessen beige-brauner Wappenschild eine Armbrust zeigt. Und da wird es, als der Bravo tiefer gräbt, interessant.

Laut etlichen voneinander unabhängigen, glaubwürdigen Quellen im Schattennetz gehört Protector, über ein raffiniert verschachteltes Konstrukt von Sub- und Subsub-Gesellschaften, zur „Sagittarius Holding". Sie wird dem Multimillionär Gaston Schirmer zugordnet. Seine Familienstiftung verwaltet unzählige Investments. Von einer Privatbank in Liechtenstein über brasilianische Ackerflächen, den Abbau seltener Erden in Afrika, Anteile an Waffenhändlern und Erzeugern homöopathischer Artikel bis zu Start-ups im Bereich der Cybersecurity: Schirmer ist überall dabei. Zu seinem ausgedehnten Immobilienbesitz zählen unter anderem ein Schloss an der Peripherie eines Wiener Nobelbezirks sowie eine Luxusvilla, vermietet an einen russischen Oligarchen, der sich seit Jahren gegen die Auslieferung an die USA wehrt.

Auch in der Medienbranche mischt die Familie mit, genauer gesagt Schirmers Gattin. Die studierte Juristin hat ein Online-Portal namens „ExxxtraTV" gegründet, eine Art österreichische Melange aus „Breitbart" und „Fox News". Ein übel beleumundeter Boulevard-, manche meinen: Trottoirjournalist hetzt auf dieser Plattform tagtäglich gegen Klimaschützer, Arbeitnehmervertreter, Frauenrechtlerinnen und sonstige Aktivisten.

Die Schirmers unterhalten beste Beziehungen zur „türkisen Familie" der Kanzlerpartei: Frau Schirmer war Bürochefin just jenes Ministeriums-Generalsekretärs, dessen mangelhaft gelöschte Chats, wie man raunen hört, demnächst eine veritable Regierungskrise auslösen könnten. Der Herr Gemahl soll als Großspender den Aufstieg des bubenhaften Kanzlers mitfinanziert und dadurch zur dreisten Überschreitung der gesetzlich limitierten Wahlkampfkosten beigetragen haben …

Den Bravo schaudert. Ihn ekelt vor diesem politischen Sumpf und dessen Repräsentanten. Arrogant, präpotent, unverfroren selbstherrlich. Immer im feinsten Tuch, mit scheinbar makellos weißer Weste. Während sie sich unter der Hand Posten und abgezweigte, vom Gemeinwesen gestohlene Geldsummen zuschieben, für die jemand wie die Mutter des Bravos oder seine Großtante zehn Leben lang schuften müssten!

Er tadelt sich für den Gefühlsausbruch und konzentriert sich wieder auf die Nachforschungen. Denn da ist noch mehr.

Gaston Schirmer war – warum überrascht den Bravo das nicht? – auch in den Wirecard-Skandal verwickelt.

Als Aufsichtsrat der Deutschen Bank ist er im März „aus freien Stücken" zurückgetreten. Wegen seines unleugbaren Naheverhältnisses zum inhaftierten Oberboss des bis in höchste Weihen der Börse aufgestiegenen Zahlungsabwicklungs-Instituts – das sich am Ende als Kartenhaus und, den Schatten-Informanten zufolge, als globales Geldwäsche-Vehikel der Glücksspiel- und Pornobranche entpuppt hat. Man munkelt, die Luftgeschäfte des Konzerns wären nur deshalb nicht schon früher aufgeflogen, weil ihn westliche Nachrichtendienste deckten, die sich davon Zugriff auf Kundendaten versprachen.

Der zweitwichtigste Manager, ebenfalls ein Österreicher, hat sich der Strafverfolgung gerade noch rechtzeitig entzogen und ist seither flüchtig. Er prahlte gern mit Kontakten zu internationalen Geheimdiensten, soll sogar die Formel für das berüchtigte russische Nervengift „Nowitschok" ergattert und weitergegeben haben, das als weltweiter Goldstandard der chemischen Mordwaffen gilt. Weil die mittlere letale Dosis bei nur einem Milligramm liegt und es deshalb so leicht zu applizieren ist. Aber extrem exklusiv – nicht einmal der Bravo konnte es bisher erwerben. Parathion hingegen, ebenfalls ein über Hautkontakt übertragbarer Acetylcholinesterase-Hemmer, bekannt als Insektizid „E 605", hat er schon das eine oder andere Mal erfolgreich eingesetzt.

Er greift nach der Schokolade ... und beißt dann doch in den Apfel. Die Säure betäubt seine Zunge, die unangenehm pampig wird. Bei nächster Gelegenheit einen Allergie-Test machen!, ermahnt er sich.

Egal. Weiter.

Auch Gaston Schirmer hat ein Faible für Geheimdienste. Unter anderem bediente er sich eines ranghohen österreichischen Militärexperten und einer ehemaligen Stasi-Agentin, die später in Deutschland eine Haftstrafe ausfasste, weil sie Beamte des Landeskriminalamts bestochen hatte. Es wird daher wohl kein Zufall sein, dass der von der CIA gesuchte Oligarch just in Schirmers Villa logiert.

Insgesamt ergibt sich eine überaus brisante Gemengelage. Der Bravo hat klug gehandelt, dass er noch tiefer untergetaucht ist als üblich.

Aber sich in diesem Hotel und ähnlichen Schlupfwinkeln zu vergraben, ist keine Lösung. Die Eminenz – oder die Person, die sich am Telefon dafür ausgegeben hat, ohne sich namentlich zu deklarieren – hat gesagt, dass die mutmaßlichen Morde an gleich drei Gauklern Unruhe bewirkten und dadurch „die Geschäfte stören". Welche Geschäfte? Illegale Finanztransaktionen, die durch den Ausfall der großen Waschmaschine Wirecard ins Stocken geraten sind? Die echte Eminenz hätte garantiert die Finger drin. Und wer hat den Bravo in den Prater zur Liliputbahn gelotst? Eben.

„Gib acht, dass du mir nicht versehentlich in die Quere gerätst" ... Die abschließende Warnung könnte dazu gedient haben, ihn kurzfristig in Sicherheit zu wiegen. Waren die Protector-Muskelmänner und ihre möglicherweise geheimdienstlich ausgebildete Führungsoffizierin beauftragt, den Bravo gefangen zu nehmen, um ihn danach, entsprechend hergerichtet, als Kabarettisten-Killer auszuliefern?

Chefinspektorin Fux wäre wohl darauf eingestiegen. Die Kriminalpolizisten stehen unter hohem Erfolgsdruck. Je prominenter die Opfer, desto unerbittlicher die medialen Angriffe, die Ermittler brächten nichts weiter.

Da würde es gut zupasskommen, einen Täter präsentieren zu können, der noch dazu ein lang gesuchter Auftragsmörder ist …

Neuer Gedanke: Könnte Gaston Schirmer mit der Eminenz identisch sein?

Antwort: Klares Nein.

Der Mann hat zu viele Eisen im Feuer. Da geht sich kein Doppelleben aus. Heimlicher Herrscher der Dunkelwelt zu werden, zu sein und vor allem zu bleiben, ist ein Fulltime-Job. Dass Schirmer allerdings ungefähr ebenso viele Verbindungen nach ganz oben wie auch nach ganz unten pflegt, liegt auf der Hand.

Was die ihm fremden Sphären der Politik- und Finanzwelt betrifft, hat der Bravo noch einen Trumpf im Ärmel. Den würde er jedoch ungern ausspielen, weil das unliebsame Konsequenzen nach sich zöge.

Eine andere Spur erscheint ihm fürs Erste vielversprechender und gefahrloser verfolgbar: Gerfried Müller, der windige Detektiv. Welche Rolle spielt er in Schirmers Imperium? War er bloß zufällig im Container bei der Praterbühne, weil er sich wieder einmal andienen wollte?

Dagegen spricht, dass er sich nicht wie jemand davongemacht hat, der gerade abgewiesen und zurechtgestutzt wurde. Im Gegenteil, die federnden, raumgreifenden Schritte und die stolze Körperhaltung deuteten darauf hin, dass er sich seiner Sache sicher war.

Hat er die Unternehmung an der Station Rotunde initiiert? Das kann der Bravo sich schwer vorstellen. Sogar ein Laie würde instinktiv erkennen, dass die drahtige, uniformierte Frau in einer höheren Liga spielt als Müller. Von jemand wie ihm nimmt die keine Befehle entgegen.

Aber auf irgendeine Weise eingebunden muss er sein. Dient er, ohne es zu wissen, als Köder für den Bravo?

Die Internetverbindung des Hotels ist, wie ein rascher Aufruf der entsprechenden sündteuren Software ergibt, nach wie vor perfekt abgeschirmt. Sämtliche Suchanfragen werden binnen Sekundenbruchteilen so oft kreuz und quer über den Globus umgeleitet, bis sie nicht mehr auf den Urheber zurückführbar sind. Aber letztendlich ist das Google, ein Megakonzern, der sich niemals wirklich über die Schulter blicken lässt. „Targeting", um Werbeanzeigen an die optimale Zielgruppe zu bringen, ist deren Kerngeschäft. Entscheidend sind nicht nur einzelne Stichwörter, sondern auch deren Kombination. Deshalb wählt der Bravo seine Eingabe mit Bedacht: „Ehebruch/Detektiv/Wien Innenstadt".

Unter den ausgeworfenen Adressen ist auch die bekannte: „Privat-Detektei Müller & Co., Tuchlauben 42". Dort, im sogenannten „Bermuda-Dreieck", hat Müller allerdings bloß einen Briefkasten installiert, zwischen diversen realen Geschäften wie einem Antiquitätenladen, einer Kunstgalerie und einem Juwelenhändler. Tatsächlich wohnt er in der Schrebergartensiedlung „Auf der Schmelz" im hinter dem Westbahnhof gelegenen Gemeindebezirk Wien-Fünfhaus.

Oder nein, hat er gewohnt. Laut Grundbuch wurde die zum Areal des „Kleingartenvereins Zukunft" gehörende Parzelle inzwischen verkauft, mitsamt dem Häuschen, in das der Bravo voriges Jahr eingebrochen ist, um Licht in den Fall Pekarek zu bringen. Ein neues auf den Namen Gerfried Müller angemeldetes Eigentum scheint nicht auf.

Hm.

Damals hat der Bravo beobachtet, dass Müller zusammen mit der Journalistin Claudia Rappold aufgebrochen ist. Diese Frau wiederum kennt Peter Szily näher.

Somit steht der nächste Schritt fest.

Zwölfte Bahn:
Niere

Empfohlene Bälle: ÖSM 2016 Christine Nestler,
Bunga Bunga, 3D 513

*

„Opa, deine Zähne sind wie Bochum und Duisburg." –
„Wieso?" –
„Da ist noch Essen dazwischen."

Ta-taaa! Ta-taaa!

*

À point bezeichnet in der internationalen Küchensprache
eine Garstufe bei Fleischspeisen: außen braun gebraten,
innen jedoch noch zu etwa fünfzig Prozent rot, sodass
das Myoglobin der Muskelzellen nicht vollständig
geronnen ist und braunrötlicher Saft austritt.

„**Hast du Zeit und Lust**", fragt Peter Szily seine Tochter, „Mitte dieser Woche mit mir in die Steiermark zu fahren?"

„Wieso?"

„Wir könnten die Eibiswalder Oma besuchen. Sie beklagt sich, dass sie gar nicht mehr weiß, wie du aussiehst und wie viel du gewachsen bist."

„Ich schicke ihr eh immer wieder mal Fotos. Per Insta."

„Lieb von dir, aber das ist nicht dasselbe. Außerdem hätte ich weitere Attraktionen anzubieten. Kommenden Donnerstag findet der traditionelle Kirtag am Alten Almhaus statt, und für die Nacht auf Freitag ist der Höhepunkt des alljährlichen Sternschnuppenschauers angekündigt."

„Klingt verlockend. Aber ich bin zu einer Geburtstagsfeier eingeladen."

„Ah ja. Na, wenn dir das wichtiger ist …"

„Ist es, Papa. Falls ich nicht bei Shalina antanze, kommen sie und die anderen Mitschülerinnen, die mir wichtig sind, dann auch nicht zu meinem nächsten Fest."

Pez nickt. „Akzeptiert. Trotzdem schade."

„Geh komm. Du triffst alte Kumpel, plauschst mit ihnen, und ich stehe daneben und langweile mich. Das hatten wir doch schon beim letzten Mal."

„War nur eine Frage. Schließlich sind Ferien. Hast du Pläne fürs Wochenende?"

„Chillen, was lesen, Netflix schauen, Freunde und Freundinnen treffen …"

„Wo?"

„Vielleicht zwischen den Museen oder am Donaukanal. Weiß ich noch nicht. Wird sich ergeben."

„Recht so! Genieß die vielen Wahlmöglichkeiten. Ehrlich, ich beneide dich darum. Als ich so alt war wie du jetzt, hatten wir nur einen Würstelstand am Hauptplatz und eine Buschenschank oben in den Weinbergen, wo wir geduldet waren, obwohl wir nichts konsumierten außer einem Glas Wasser."

„Oje", sagt Nora. „Der ‚Opa-erzählt-vom-Krieg-Modus'. Lass Gnade walten, Pezi."

„Bin schon still."

Er nimmt sich ein Stück Hühnerfleisch, zusammen mit einem Broccoli-Röschen, und führt es zum Mund. Das eine blassgelb, das andere grün. Beide ertränkt in derselben salzigen Würzsoße.

Wie jeden Montag speisen Li Si und Pez zu Mittag beim Chinesen. Eigentlich „bei der Chinesin", denn das Lokal in der Neulerchenfelderstraße wird ausschließlich von Frauen geführt.

Diesmal ist auch Szilys Ex dabei. Sie hat sich hinzugesellt, weil sie ein paar organisatorische Dinge bereden will. Vor allem, wer an welchen Tagen mit der gemeinsamen Tochter für die im Herbst anstehende Mathematik-Nachprüfung lernt. Aber damit warten sie bis zum Dessert, den obligaten gebackenen Bananen mit Honig.

„Du wirkst übernächtig", sagt Nora, „und zugleich entspannter als sonst. Hast du eine neue Freundin? Nicht, dass es mich etwas anginge." Ihr forschender Blick straft sie Lügen.

Pez windet sich. „Da war was, gebe ich zu. Ob es auf Dauer sein wird, kann ich noch nicht sagen."

„Wer ist die Glückliche? Ein Groupie?"

Er schüttelt den Kopf. „Als hätten die sich jemals vor meiner Garderobentür angestellt! Nein, das kam unverhofft."

„Gratuliere gleichwohl. Dann fahr halt mit ihr in den Süden!"

„Würde ich eh gerne. Aber das hängt nicht von mir ab."

Ellen Kalassnig hat sich am Morgen nach der langen, hitzigen Nacht ohne Frühstück verabschiedet. Sie würde sich wieder melden, versprach sie, könne jedoch noch nicht sagen, wann. In den letzten Tagen ist viel auf sie eingeprasselt, das sie erst mal sacken lassen muss. Sie fühle sich wie von einem emotionalen Tsunami überschwemmt. Pez hat ihr sein vollstes Verständnis zugesichert. Morgen Dienstag ist es eine Woche her, dass Ellen brutal die Zwillingsschwester entrissen wurde, quasi amputiert.

Keine Frage, Yvonne fehlt ihr. An deren Stelle klafft eine Wunde, ein tiefes Loch, das Pez nicht ausfüllen kann.

„Auf der Grazer Kasemattenbühne", versucht er sich und Nora abzulenken, „führen sie am Freitagabend die Oper ‚Lucia di Lammermoor‘ auf."

„Dahin hättest du unsere Tochter verschleppt?"

„Was stört dich an Donizetti? Die Musik geht ins Ohr, und die Inszenierung wurde von den Kritikern einhellig gepriesen. Nicht nur wegen des originellen Bühnenbilds, das ‚buchstäblich eine Brücke zur Gegenwart schlägt‘."

„Soll sein. Aber weißt du, worum es in dem Stück geht?"

„Äh …"

„Eine Frau wird wahnsinnig. Konkreter, von der sie umgebenden Männerwelt in den Wahnsinn getrieben. Bis sie den ihr aufgezwungenen Ehemann in der Hochzeitsnacht umbringt. Das wolltest du unserer Tochter zumuten?"

Pez verkneift sich den naheliegenden Scherz, dass Nora ihn während ihres Zusammenseins mehr als einmal an die Grenze des Wahnsinns gebracht hat. Als freiwilliger Komiker muss man wissen, wann billige Pointen angebracht sind und wann nicht.

„Tu dir nichts an, Mama", sagt Li Si. „Wir haben das letzte Semester durchgenommen. Im Musikunterricht. Der Professor hat uns aber nicht die Oper vorgespielt, sondern den Film, in dem Ingrid Bergman die Wahnsinnsarie singt. Wie hieß er noch gleich?"

„Ah ja, ich weiß, was du meinst", sagt Pez. „Ich kenne den Titel." Er legt den Kopf schief und klopft sich an die Schläfe. „Gleich fällt's mir ein. Irgendwas mit Gas, glaube ich."

„Nein, falsch. ‚Das Haus der Lady Alquist‘."

„Im englischen Original … sorry." Sein Handy in der Tasche vibriert. Er holt es heraus und sieht aufs Display. SMS von einem Absender, der die Rufnummer unterdrückt hat.

„Ich darf am Esstisch das Telefon nicht benutzen", motzt Li Si.

„Schätzchen, du hast vollkommen recht. Es ist eine Unsitte. Aber momentan geht alles drunter und drüber. So gefragt war ich schon lang nicht mehr. Vorhin hat mich ein Fernsehsender angerufen, ob ich als Experte ins Studio kommen möchte."

„Welcher?", fragt Nora.

„Kein wichtiger. Der von dieser U-Bahn-Gratiszeitung."

„Igitt! Du hast doch hoffentlich auf der Stelle abgelehnt?"

„Versteht sich von selbst." In Wahrheit hat er bloß um Bedenkzeit gebeten. So oft wird er nicht zu einem TV-Auftritt eingeladen … Thema wäre, hat der sehr schmeichlerische Redakteur hinzugefügt, die Häufung mysteriöser Todesfälle in der Kleinkunstszene.

„Praktisch alle Prominenten, die etwas auf sich halten, boykottieren das Schmierblatt und den Sender dieses grindigen, übergriffigen Typen."

„Ah ja." Was erklärt, wieso sie ihr Glück bei Pez versucht haben. Er war gewiss nicht die erste Wahl. „Bitte entschuldigt mich einen Moment. Bin gleich wieder da."

Mutter und Tochter verdrehen beeindruckend synchron die Augen.

Nachdem er sich einige Schritte weit vom Schanigarten des Lokals entfernt hat, ruft Pez das SMS auf. Es enthält eine Wiener Festnetznummer, offenbar mit angefügter Nebenstelle; sonst nichts.

Kurz zögert er. Aber was soll schon passieren?

Gleich nach dem ersten Läuten wird abgehoben. „Peter, bist du's?"

„Äh … ja. Mit wem …?"

„Kannst du dich noch an den Psychiater in Graz erinnern?"

Die Stimme ist flach, neutral, ohne charakteristische Eigenheiten. „Er hieß Brandstätter, nicht wahr?"

Bei Pez fällt der Groschen. „Nein."

„Sondern?"

„Professor Doktordoktor Gustav Guthmann.“

„Richtig. Kannst du um halb drei im Augarten sein?“

Pez linst auf die Zeitanzeige. „Sollte sich ausgehen. Wo genau?“

„Ich melde mich wieder.“

Klick, aufgelegt, Leitung tot.

Der kurz angebundene Gesprächspartner war der Bravo. Wer sonst würde wissen, wo sie einander zum ersten Mal begegnet sind? Nämlich in der Praxis eines alten Schulfreunds, weiland genannt „Gugu“. Umgekehrt hat Pez sich durch die Nennung des Namens zweifelsfrei identifiziert.

Aber warum ruft der Bravo nicht einfach an? Freilich, er neigt zu übertriebener Geheimniskrämerei. Und die komplizierte Abwicklung enthält auch eine weitere, unausgesprochene Botschaft: Sei vorsichtig, und benutze auf keinen Fall die Notrufnummer, die ich dir gegeben habe!

Steckt der Bravo in Schwierigkeiten? Oder hat er den Anfang einer Spur gefunden? Jedenfalls gibt es etwas, worüber er nicht am Telefon reden will, trotz der umständlichen Sicherheitsvorkehrungen.

Während sie fertig essen und die Lerntermine absprechen, sitzt Pez wie auf Nadeln.

Endlich entlassen, fährt er mit der Linie 2 hinunter zum Volkstheater, vorbei am Café Eiles, wo er anschließend verabredet ist. Er steigt in den 1er um, dann am Schottenring in den 31er. Es ist ein mörderisch heißer Tag. Alle drei Straßenbahnen sind recht voll, und viel zu viele billige Deodorants konkurrieren um die Vorherrschaft. Das Ergebnis ist eine olfaktorisch betäubende Mixtur, die Sehnsucht nach unverfälschtem Schweißgestank aufkommen lässt.

Als die Tramway vor der Station Obere Augartenstraße abbremst, vibriert das Handy erneut. SMS, Absender verborgen. Diesmal enthält es ein Foto, das künstlerisch gestaltete Klettergerüste zeigt.

Pez kapiert. Er eilt durchs Haupttor und eine Abfolge von Alleen zum sogenannten „Waldspielplatz". Dort sieht er sich um: massenhaft Kinder und zugehörige Eltern. Wie soll er erkennen, welcher davon der verkleidete Bravo ist? Zumal dieser bekanntlich die Eigenschaft besitzt, nicht nur nicht aufzufallen, sondern selbst wenn man ihn erblickt hat, gleich wieder vergessen zu werden …

Drittes SMS, ebenso knapp wie die vorhergehenden: „Toto."

Damit ist weder die Band gemeint noch der Hunderte Millionen schwere Formel-1-Teamchef von Mercedes; auch nicht das Hündchen, das Dorothy zum Wizard of Oz begleitet hat. Vielmehr handelt es sich um ein weiteres Relikt ihrer gemeinsamen Historie. Bei den Morden am Dombrowski-Platz ging es um Sportwetten und andere Glücksspiele. Pez schlendert also den geschotterten Weg entlang, bis er zu einer Bank kommt, vor der zerrissene Sporttotoscheine liegen. Er will sich schon niederlassen, bemerkt aber gerade noch, dass die Sitzfläche von einer grauweißen Substanz verschmutzt ist, die wie Taubendreck aussieht.

Okay, denkt Pez. Das passt zum Bravo. Was immer das Zeug ist, das die Bank bekleckert – davon werden andere abgehalten, sie zu benutzen.

Er wühlt in den Taschen seiner knielangen Cargo-Hose, fördert nur Krümel zutage, bückt sich nach den Papierschnipseln und putzt damit das linke Eck der Bank relativ sauber.

Kaum hat er sich gesetzt, nimmt jemand die rechte Seite in Beschlag. Der mittelgroße Mann trägt die orange Uniform der Magistratsabteilung 48, vom Volksmund despektierlich „Mistkübler" genannt, obwohl sie einen der wesentlichsten Beiträge zum Zusammenleben in der Millionenstadt leisten.

„Hallo, Pezi", sagt der Bravo kaum hörbar, ohne sich ihm zuzuwenden. Stattdessen zückt er einen Kugelschreiber und ein Kreuzworträtselheft, schlägt es auf und beginnt, Felder auszufüllen.

„Haben Sie schon mal daran gedacht, Bauchreden zu lernen?", gibt Pez ebenso durch die Zähne zurück, den Blick auf den Flakturm gerichtet, der die höchsten Bäume überragt.

„Der Fachausdruck lautet Ventriloquistik. Nein, brauche ich nicht. – Was hast du in den letzten Tagen gemacht?"

„Ich war bei der Beisetzung von Yvonne Kalassnigs Urne."

„In Mittersill?"

„Neukirchen, genau genommen."

„Ein weiter Weg. Untypisch für dich."

„Chefinspektorin Fux hat mich dorthin beordert."

„Sieh an. Und? Hast du ihr Bericht erstattet?"

„Heute Vormittag, per Telefon."

„Was?"

Pez erzählt zum zweiten Mal alles, was ihm einfällt. Der Bravo unterbricht ihn nicht, hört nur zu. „Danach hat Fux mich zusätzlich noch zu einem Treffen vergattert. Demnächst, um 16 Uhr. Sie will mir ‚etwas persönlich zeigen‘."

„Machte sie nähere Angaben?"

„Nein. – Was wollen wiederum Sie von mir?"

„Gerfried Müller."

„Hä?"

„Der Detektiv. Auf der Schmelz war er mit der Reporterin Claudia Rappold zusammen. Er hat den Wohnsitz gewechselt. Sie könnte wissen, wo er sich aufhält und womit er sich derzeit beschäftigt."

„Ich soll die Rappold anrufen und ausfratscheln? Unter welchem Vorwand?"

„Lass dir was einfallen."

„Sie wird sofort die Mordserie ansprechen. Der gesamte Boulevard hat momentan kein anderes Thema. Die sind heilfroh, nicht länger nur über die Pandemie oder diverse Chats schreiben zu müssen."

„Passt doch wunderbar. Drück ihr ein paar Anekdoten über die Verblichenen aufs Auge."

„Hat Müller etwas mit den Morden zu tun?"

„Möglich. Gib acht, er scheint sich im Dunstkreis sehr einflussreicher und mächtiger Leute zu bewegen."

„Mächtig im Sinn von …?"

„Verflechtungen bis hinauf in höchste Ränge der Polizei wie auch der Politik."

„Puh. Damit will ich nichts zu tun haben."

„Glaubst du, ich?"

„Sie sind ein Mörder", raunt Pez aus dem Mundwinkel.

„Ich töte Menschen, ja. Das kann ich gut. Aber auf politischem Terrain bin ich ebenso verloren wie du."

Der Bravo hat eine Schwäche zugegeben, eine offene Flanke eingestanden. Das ist neu, ändert aber aktuell nichts an ihrem Verhältnis.

„Vielleicht sollte ich einfach abhauen", sagt Pez. „Nach Griechenland, Portugal oder Kuba. Bis sich die Lage beruhigt."

Im selben Augenblick weiß er, dass das nicht geht. Er hat sich dazu verpflichtet, mit seiner Tochter Mathe zu strebern, ab nächster Woche an jedem kommenden Dienstag, Mittwoch und Samstag bis zur Nachprüfung im Herbst . Nora, seine Ex-Frau, würde ihm die Hölle heiß machen, wenn er diese Abmachung nicht einhielte.

Außerdem ist da noch Ellen. Die so energische, so unglaublich anschmiegsame, so tapfere, trotz ihrer schmächtigen Figur resolute und gleich darauf wieder nachgiebige Ellen Kalassnig…

„Du bleibst da", sagt der Bravo.

Pez bejaht.

„Von uns beiden bist du der Wortgewandtere. Horch die Rappold aus. Über Müller. Nebenbei. Das kannst du."

„Ah ja. Schön, dass Sie mir auch gewisse Fähigkeiten zubilligen."

„Sonst wärst du längst tot", sagt der Bravo, steht auf und geht. Nach wenigen Schritten verschmilzt sein Umriss mit dem Hintergrund, als hätte es ihn nie gegeben.

Café Eiles, 16.07. Am letzten Tisch des Gastgartens in der Lenaugasse sitzt Chefinspektorin Karin Fux, vor sich ein zur Hälfte geleertes tulpenförmiges Glas Eiskaffee.

„Grüß Sie, Herr Szily", sagt sie. „Danke, dass Sie gekommen sind, und fast pünktlich."

Er nimmt ihr gegenüber Platz. „Tut mir leid, die Bim hatte Verspätung. – Sie wollten mir etwas zeigen."

„Ein Foto, ja."

„Bitte darum."

„Sie wirken ein wenig … derangiert. Aber auch beschwingt, wenn ich so sagen darf: aufgeganselt. Oder täusche ich mich?"

Sieht das eigentlich jede Frau, fragt sich Pez, oder bloß Psychologinnen und Polizistinnen? „Ich bin, wie Sie wissen, erst nach Mitternacht von Salzburg zurück nach Wien gekommen. Hab mich einigermaßen ausgeschlafen. Seitdem reißen die Termine nicht ab. Familiäre Verpflichtungen galore."

„Uns im LKA ergeht es nicht anders."

„Haben Sie Kinder, Frau Chefinspektorin?"

„Nein. Aber Enkel. Von der Tochter meines Lebensgefährten. Ebenfalls, wie Sie gerade so schön formuliert haben, ‚Verpflichtungen galore'."

Der Oberkellner kommt. Pez ordert einen Verlängerten schwarz und ein Mineralwasser.

„Darf's auch was zu essen sein?"

„Danke nein, ich bin nicht hungrig."

„Sehr wohl, der Herr."

„Sie sehen aber aus", sagt Fux lächelnd, „als könnten Sie ein wenig Aufbaunahrung vertragen."

„Machen Sie sich um mich keine Sorgen. – Wie ist der Stand Ihrer Ermittlungen?"

„Sie werden verstehen, dass ich mich bedeckt halte. Wir tun unsere Arbeit, sammeln Indizien, gleichen sie mit den Kollegen in Linz und Salzburg ab. Viele leere Kilometer. Daran sind wir gewöhnt. Unsere wertvollste Waffe ist die Beharrlichkeit."

„Penetranz, wie in den ‚Columbo'-Filmen? ‚Eine Frage hätte ich noch ...' Moment mal! Columbo trat immer dem jeweiligen Hauptverdächtigen auf die Zehen."

„Ich kann Sie beruhigen, das sind Sie nicht."

„Aber warum dann dieses Treffen? Ein Bild hätten Sie mir auch mailen können."

„Offen gesagt, bin ich für jede Ausrede dankbar, unsere überhitzte Burg in der Berggasse verlassen zu können. Außerdem habe ich von einem Mitarbeiter gehört, das Eiles wäre kabaretthistorischer Boden."

„Allerdings. ‚Indien' wurde da drin erfunden, genauso wie ‚Servus Hong-Kong!' von Marcus & Muratti und noch ein ganzer Haufen anderer Stücke oder Soloprogramme. Das Kabarett Niedermair, wo praktisch alle heutigen Größen angefangen haben, liegt ja gleich gegenüber. – Wollen Sie es noch länger spannend machen, oder zeigen Sie mir jetzt doch endlich das ominöse Foto?"

Fux lacht, dann legt sie ihm einen Ausdruck im A4-Format vor. Die Aufnahme ist körnig, wohl recht stark vergrößert. „Wen von den Abgebildeten kennen Sie?"

„Die meisten. Buchta, obwohl er hinten steht, dennoch zentral, wie immer mit seinem sardonischen Grinser. Dann Laimgruber, die KaLaschNix, Beppo Mälzer ... He, da bin ja auch ich, wie üblich als Randfigur. Warten Sie mal. War das am Fußballplatz von Haringshausen?"

„Vor zwei Jahren, ja. Was ist mit den anderen beiden?"

Pez kneift die Augen zusammen. „Ronnie Ratakovits? Stimmt, der war da ebenfalls dabei. Der andere könnte sein Lebensgefährte sein, oder Ehemann. Was ich weiß, waren sie schon eine halbe Ewigkeit zusammen. Aber halt, ist Ronnie nicht ... Ich bilde mir ein, dass ich etwas gelesen habe, relativ kurz nach dieser Veranstaltung. Dass er tödlich verunglückt wäre."

„Am zehnten August, richtig. Morgen vor zwei Jahren. Und zwar am Großvenediger. Wie der Zufall so spielt ... Meine Kol-

legen konnten seinen Witwer erreichen. Er ist sich hundertprozentig sicher, dass er damals nicht mit nach Haringshausen gefahren war. Sie hatten eine Beziehungskrise und sich eine längere
Auszeit verordnet. Der Mann macht sich heute noch Vorwürfe,
dass er Ratakovits auch nicht auf die Bergtour begleitet hat."

„Könnte er …?"

Fux schüttelt den Kopf. „Wir haben sein Alibi überprüft, so-
wohl für diesen Tag als auch für die Zeitpunkte der drei jüngsten
Todesfälle. Wasserdicht." Sie schiebt das Bild noch eine Hand-
breit näher zu Pez. „Herr Szily, wer ist dieser Mann? Erkennen
Sie ihn wirklich nicht wieder? Immerhin saß er mit Ihnen am
Tisch."

„Meine Güte, auf dem Gelände waren tausend Leute, ein irr-
sinniges Durcheinander, auch am Künstlertisch ein ständiges
Kommen und Gehen."

„Schauen Sie genau. Er trägt ein Kopftuch, eine Bandana mit
Sternen drauf. Vielleicht erinnern Sie sich ja daran."

„Frau Chefinspektorin, glauben Sie mir: Wenn ich auf etwas
nicht achte, dann sind das modische Accessoires. Davon gibt
es einfach zu viele, gerade in einem solchen Umfeld. Und war
diese Art Tücher nicht damals besonders beliebt? Mir kommt
vor, jeder Dritte ist mit so was rumgelaufen. Piraten waren sehr
en vogue. Meine eigene Tochter ging im Fasching als Captain
Jack Sparrow."

„Wissen Sie noch, wer das Foto gemacht hat?"

„Nein."

„Denken Sie nach. Es könnte wichtig sein."

Pez strengt sich tatsächlich an, kommt aber zu keinem Re-
sultat. „Da sind pausenlos Fotos geschossen worden, von allen möglichen Leuten. Hat ja jeder ein Handy! Hauptsächlich
Selfies mit den Künstlern. Sogar ich musste immer wieder mal
posieren."

Der Ober bringt Pezis Getränke. Fux saugt am Strohhalm,
nimmt den Glaskelch dann in die Hand, schwenkt ihn und

trinkt ihn aus. „Ich lasse Ihnen das da." Sie klopft auf den Ausdruck. „Sollte Ihnen doch noch etwas zu dem Unbekannten einfallen, teilen Sie es mir bitte sofort mit."

„Geht klar."

„Haben Sie vor, in nächster Zeit zu verreisen?"

„Höchstens für ein paar Tage in die Steiermark, zu meiner
Mutter. – Darf ich Sie auch was fragen?"

„Nur zu."

„War der Grund für das partout persönliche Treffen, dass Sie
sehen wollten, wie ich auf das Foto reagiere?"

Die Chefinspektorin schmunzelt. „Mag sein. Oder ich hatte
einfach nur Gusto auf einen Eiskaffee."

Dreizehnte Bahn:
Rohr

Empfohlene Bälle: CL 8, Flyer, Perfetto Rohrhügel,
B&M Gamma 1992, SV Germany

*

Ein burgenländischer Pendler kommt, weil sein Dienst
bei der MA 48 ausgefallen ist, verfrüht nach Hause
und findet seine Frau nackt mit drei fremden Männern
im Bett. Perplex sagt er: „Na hallo-hallo-hallo!" –
Darauf sie: „Und mich grüßt du gar nicht?"

Ta-taaa! Ta-taaa!

*

Pointer bezeichnet in der Informatik ein Objekt einer Pro-
grammiersprache, das eine Adresse zwischenspeichert. Es
zeigt, „referenziert" auf einen Ort im Hauptspeicher, wo Daten,
Variablen oder Programmanweisungen hinterlegt sind. Das
Abrufen wird rückverweisen oder „dereferenzieren" genannt.

Der Bravo besorgt Crack, Heroin, Marihuana und Panzerschokolade.

Dazu muss er sich nicht in dunklen Ecken von Bahnhofsvierteln herumdrücken. In Wien bestellt man, wie auch in Berlin und anderen Großstädten, Drogen einfach per Taxi. Vorausgesetzt, man weiß die Nummer einer gewissen Funkzentrale, die in keinem öffentlichen Telefonbuch steht.

Bevor sie ihn einsteigen lässt, checkt die Fahrerin, eine Mulattin, die gut doppelt so viele Kilos auf die Waage bringt wie der Bravo, penibel sein Impfzertifikat, auch den QR-Code. „Nichts Persönliches", sagt sie dabei mit weichem, gutturalem Akzent. „Aber es sind Fälschungen im Umlauf."

Das Dokument ist echt, es wurde auf eine seiner Tarnidentitäten ausgestellt. So genau hat es im ganzen Sommer noch niemand kontrolliert. Bizarr, dass eine Organisation, die mit extrem ungesunder Ware handelt, die 3-G-Regel ernster nimmt als die meisten Gastronomen …

Zwischen Vorder- und Rücksitzen spannt sich eine Plexiglaswand. Nur am unteren Rand, über der Mittelkonsole, gibt es eine schmale Lücke. Der Bravo schiebt seine Einkaufsliste hindurch. Die Taxlerin entfaltet sie. „Alle Achtung, Mann. Das ist mal ein Wunschzettel! Du wirst doch nicht eine Filiale eröffnen wollen?"

„Nein."

„Hast du die Kohle bei dir?"

„Ja."

„Bist nicht gerade eine Plaudertasche, was? Soll mir recht sein. Ich muss mehrere Adressen anfahren, deine Bestellung gibt es nirgends auf einen Schlag. Du bezahlst jede Teillieferung einzeln bei Übergabe." Sie startet den Wagen.

„In Ordnung."

Der Grund für die ungewöhnliche Einkaufstour ist, dass Peter Szily nichts über den Privatdetektiv Müller herausfinden konnte. Zwar hat er die Lokalreporterin am späten Nachmittag erreicht und wohl auch erfolgreich bezirzt. Aber sie versicherte, Müller nur sehr flüchtig zu kennen und ihn zuletzt vor einem halben Jahr getroffen zu haben. Da wohnte er noch in der Schrebergartensiedlung.

Das kann die Wahrheit sein oder auch nicht. Jedenfalls ist diese Fährte aufs Erste erkaltet. Möglicherweise war es ein Fehler, im Prater nicht die Verfolgung aufgenommen zu haben. Andererseits könnte sich der Bravo dadurch einem weiteren Hinterhalt entzogen haben …

So oder so bleibt ihm nichts anderes übrig, als doch den letzten Joker zu ziehen. Für ihn benötigt er die exakt spezifizierten Drogen. Allerdings wird es damit allein nicht getan sein.

Die Route des Taxis führt durch verschiedene Wiener Bezirke, bessere und schlechtere. Nirgends, wo die Fahrerin haltmacht, deutet irgendetwas darauf hin, dass dort illegale Ware den Besitzer wechselt. Ausnahmslos handelt es sich um belebte Orte, an denen ein für einige Minuten abgestelltes Taxi nicht auffällt; jedoch nicht um gesellschaftliche Brennpunkte, wo die Gefahr bestünde, unversehens vor die Linse von Paparazzi zu geraten. Die üppige Frau mit den hüftlangen Rastafari-Zöpfen verschwindet in Hauseinfahrten, Wintergärten, spätabends geöffneten Gemischtwarenläden, die nebenbei als Abholstellen für Paketbotendienste dienen; einmal sogar im Wachhäuschen am Vorgarten eines Botschaftsgebäudes. Stets kehrt sie zufrieden wieder, das Gewünschte in der edlen ledernen Louis-Vuitton-Umhängetasche.

Nur für die Panzerschokolade muss sie mehrere Anläufe unternehmen. Der Ausdruck bezeichnet ursprünglich das Aufputschmittel Metamphetamin, das unter dem Namen Pervitin schon Adolf Hitler geschätzt und sowohl seinen zum Kanonenfutter bestimmten Soldaten als auch sich selbst verschrieben haben soll. In neuerer Zeit bekannt wurde es vor allem durch die TV-Serie „Breaking Bad" als Crystal Meth. Das gäbe es zuhauf.

Der Bravo besteht aber auf die veraltete, einer Milchschokolade beigemengte Sonderform.

Insgesamt dauert es deswegen fast drei Stunden, bis sie alles beisammenhaben. Entsprechend hoch fällt der Fuhrlohn aus. Ganz zu schweigen von den Summen, die der Bravo für die Drogen bezahlt hat.

„Na, dann viel Spaß damit!", sagt die Matrone zum Abschied. „Jederzeit wieder, mein schweigsamer Freund. Und danke fürs Trinkgeld."

Das angemessen war, aber nicht so überzogen, dass sie länger an ihn zurückdenken würde. Der Bravo lässt sich in einer Entfernung von etwa zwei Kilometern Luftlinie von seiner Unterkunft absetzen.

Die restliche Strecke geht er, immer wieder mal Haken durch Seitengassen schlagend, zu Fuß.

Am Dienstagvormittag steigt er in die wahre Wiener Unterwelt hinab.

Sein detailliertes Wissen über die Kanalisation verdankt er den „Spelunkern", die dort herumgeistern und nach vom Schlamm zugedeckten Relikten forschen. Nach Artefakten lange zurückliegender Epochen, die das unaufhörlich strömende Gefälle noch nicht bis zur Simmeringer Kläranlage hinweggespült hat. Nach allem, was sonst in den lichtlosen Eingeweiden der Metropole verborgen liegt. Wenige Meter unter dem Pflasterniveau schlummern Luftschutzkeller, Grüfte ehedem reicher Patrizierfamilien, ebenso erstaunlich gut erhaltene Ruinen von Wirtshäusern, die ihrerseits auf noch älteren Friedhöfen erbaut worden waren. Es sind Schichten der rund zwei Jahrtausende lang dauernden Besiedelung, die mit einem römischen Militärlager an der Limesstraße ihren Anfang genommen hat.

Manche der Verbindungsgänge, in denen Scherben uralter Bierkrüge liegen, Fragmente von Weinfässern und Teile menschlicher Skelette, sind so großzügig dimensioniert, dass dort problemlos moderne Lkws reversieren könnten. Durch andere robbt der Bravo auf Händen und Knien, darauf bedacht, sich nicht den Kopf anzuschlagen und die umgeschnallte Stirnlampe zu beschädigen. Es riecht mal muffig, mal nach Exkrementen, mal scharf säuerlich.

Über einen Lastenaufzug, der wahrscheinlich schon vor hundert Jahren gleich schwindelerregend geruckelt und ohrenbetäubend gekreischt hat, gelangt der Bravo zu einer mit armdicken, schmiedeeisernen Querbändern beschlagenen Holztür. Er klopft an, in einem ganz bestimmten Rhythmus: Tam-tam-tatatam, tamtaratam-ta- … Den letzten Schlag, der sich aufdrängt, weil er zum kollektiven musikalischen Erbe der Menschheit gehört, führt er nicht aus. Das wäre ziemlich sicher fatal.

Ein quadratisches Fensterchen öffnet sich, kaum größer als das herausblickende Auge. „Was begehrst du?"

„Eine Audienz."

„Was hast du zu bieten?"

„Die erforderlichen Mittel."

„Und Wege?"

„Kann ich vorweisen."

„Wer bist du?"

„Der Bravo." An diesem Ort, vor dieser Schwelle, hätte leugnen keinen Sinn.

„Oho."

„Ich komme in Frieden."

Plötzlich zucken ringsum grelle Blitze auf, so kurz, dass sie kaum wahrnehmbar sind, nur als Nachschatten erfolgter Blendungen. Ein oder mehrere Scanner der neuesten Generation, vermutet der Bravo.

„Du trägst keine Explosivwaffen bei dir", schnarrt die Stimme aus dem verborgenen Lautsprecher. „Gleichwohl, du bist der Bravo. Du könntest morden mit allem, was du vorfindest. Akzeptierst du Hand- und Fußschellen?"

„Ja." Er wäre enttäuscht, gäbe es nicht derlei Vorsichtsmaß-
nahmen.

„Tritt ein."

Die Tür schwingt auf, völlig geräuschlos.

Der Raum dahinter ist ungefähr würfelförmig, schmucklos, hell
von Neonröhren erleuchtet, mit einem Boden aus Industriepar-
kett und mit Raufaser tapezierten Wänden; eher wie eine Abstellkammer als das Vorzimmer zu einem der geheimsten Re-
fugien der Stadt, des Landes, wenn nicht des Kontinents. Eine
vierschrötige, in einen Camouflage-Overall gekleidete Gestalt,
vielleicht weiblich, vielleicht männlich, vielleicht ein Roboter,
nimmt den Bravo in Empfang und seine Gaben entgegen. Sie
legt ihm Fesseln an, die nur noch sehr eingeschränkte Bewegungsfreiheit erlauben.

Dann geleitet sie ihn weiter. Durch eine Schleuse kommen
sie in einen Raum, in dem es so heiß ist, dass dem Bravo auf
der Stelle der Schweiß ausbricht. Er schnappt nach Luft. Was er
einatmet, schmeckt nach einem betäubenden Übermaß an Des-
infektionsmittel und Massageöl.

Das flackernde, flirrende, zwischen Blau- und Weißstufen
changierende Licht würde bei jedem zur Epilepsie neigenden
Besucher einen Anfall auslösen. Es kommt von den unzähligen
Flachbildschirmen, die lückenlos drei der Wände ausfüllen.

Vor der vierten steht, zwischen ebenfalls vom Boden bis zur
Decke reichenden Apothekerschränken, ein Ohrensessel. Die
breiten Armlehnen bedecken unzählige kleine, bunte, wie Kon-
fetti hingestreute, ohne ein nachvollziehbares System angeord-
nete Schaltknöpfe. Darüber tanzen die Spinnenfinger des sehr
hageren, etwa zwei Meter großen, wie hingegossen im Sessel ruhenden Mannes, um dessen dürre Glieder ein schwarzer Trai-
ningsanzug schlabbert. Sein Gesicht lässt sich nicht erkennen,
da er sowohl eine Datenbrille trägt als auch eine Sauerstoffmas-
ke, wie sie Jetpiloten verwenden. Sie ist durch einen flexiblen

Schlauch mit der Rückwand verbunden. Der Adamsapfel am faltigen Hals zuckt unaufhörlich. Narben überziehen den vollkommen haarlosen Kopf. Gelblich-fleckige, gegerbt wirkende Haut spannt sich über die hohen Backenknochen.

Das ist Pluton, Herr der Schatten.

Sein unsichtbares digitales Reich erstreckt sich weit über Wien und Österreich hinaus. Wer ihn konsultieren will, muss den Weg durch die dunkelsten Kanäle nehmen und Drogen mitbringen, die ihm sein Zerberus in genau bemessenen Abständen verabreicht.

Dem Bravo ist klar, dass es auch einen oberirdischen Zugang geben muss. Woher sollte all die Technik gekommen sein? Aber dieser Weg steht einzig dem Zerberus offen und wird strengstens geheim gehalten. Gerade der Bravo versteht das. Und bewundert es.

Plutons geschundener Körper befindet sich in diesem Raum. Sein Bewusstsein jedoch spukt, gespalten und zersplittert, durchs Internet. Angeblich hat er Hunderte Avatare, dirigiert Tausende Bots. Über die Monitore huschen in rasender Geschwindigkeit teils Schriftzeichen-Kolonnen, teils Eingabefenster für Homepages oder diverse soziale Medien. Eine dritte Gruppe der Bildschirme hingegen zeigt, in starkem Kontrast dazu, die Aufnahmen von Kameras, die offenbar fix montiert sind – und zwar über einer ausgedehnten Modelleisenbahnanlage.

Es stimmt also: Der Savant spielt mit dem „Miniatur Tirolerland", wann immer dieses nicht für Publikum geöffnet ist.

Besagte Freizeitattraktion liegt in der Franzensgasse, unweit des Naschmarkts. Plutons Bunker dürfte nicht sehr weit davon entfernt sein, wenn der Bravo den unterirdisch zurückgelegten Weg richtig einschätzt. Das Team aus unbezahlten Helfern, die in fünfjähriger Bauzeit die Miniaturwelt errichtet haben, weiß nicht, dass Pluton sich in ihrem Rechnernetzwerk eingenistet hat. Ob der Initiator, ein Reiseleiter und bunter Hund, der auch aufwendige Diavorträge hält, Erotikmessen veranstaltet sowie

Filme und Bücher produziert, ebenfalls keine Ahnung hat, darüber gehen die Meinungen auseinander.

Der Zerberus in der Tarnmontur hat die Analyse der übergebenen Rauschmittel abgeschlossen. „Ist gut. Stell deine Fragen mit Bedacht. Je enger sie mit dem ‚Tirolerland‘ verknüpft sind, desto höher ist die Chance auf eine verständliche Antwort."

„Ich bin vorbereitet."

Aktuell existieren weltweit nur knapp hundert dokumentierte „Herausragend Inselbegabte" oder „Wunderkind-Savants". Die gängigste Theorie geht davon aus, dass sie enorme Gedächtnisleistungen vollbringen können, weil ihnen ein Filtermechanismus fehlt, der bei „normalen" Menschen unwichtige Daten ausblendet. Es werden zwar ausnahmslos alle Sinneseindrücke gespeichert, jedoch dem bewussten Bereich des Gehirns nur einzelne, ausgewählte Impulse des Unbewussten sowie für bedeutsam gehaltene Erinnerungen zugeführt. Dies soll eine Überforderung verhindern und schnellere, intuitive Entscheidungen ermöglichen. Savants hingegen greifen innerhalb eines „insulären" Teilbereichs auf jede einzelne Information zu, meist unabhängig von Relevanz oder emotionalem Gehalt.

Pluton, heißt es, entgeht wenig, das im Netz auch nur die geringste Spur hinterlässt. Er macht, wie schon Francis Bacon postulierte, „alles Wissen zu seiner Provinz". Allerdings hat er von Natur aus Schwierigkeiten, die Daten in Relation zu setzen, zu bündeln und zu interpretieren. Dabei helfen ihm einerseits der sorgsam gemixte Drogencocktail und andererseits, als eine Art Anker, die Miniaturwelt mit den vielfältigen eingebauten Showeffekten.

Der Bravo erkundigt sich also nach dieser Tage gehäuft auftretenden Aktionen bestimmter Personen oder Gruppen; nach Anzeichen dafür, dass private Sicherheits- und/oder staatliche Geheimdienste involviert sind; nach Geldwäsche und Geldflüssen, die eventuell wegen der durch die Kabarettistenmorde verursachten erhöhten Aufmerksamkeit der Polizei und anderer Mitspieler gestoppt oder umgeleitet werden müssen. Wie vorab anhand der heruntergeladenen, ausführlichen „Tirolerland"-Beschreibung ersonnen, verbindet er diese Fragen mit Details der über 120 Quadratmeter großen Modellbaulandschaft, die rund 30 000 LED-Lichter und ebenso viele teils bewegliche Figuren beleben. Mit etwas Fantasie fällt das nicht sonderlich schwer. Schließlich gibt es auch im Miniatur-Tirol eine Reihe zwielichtiger Gestalten, Banditen, Baulöwen und Bankiers, reichlich Korruption zwischen Kirtag, Klettergarten und Christkindlmarkt. Es gibt Blaulicht-Einsätze, Verfolgungsjagden, ein anrüchiges Wintersportmekka namens „Filzbühel"; in der Hauptstadt „Wiensbruck" wiederum ein gut gefülltes Gefängnis, ein opulentes Rotlichtviertel und sogar, unter dem Grand Hotel, Einblick in die Kanalisation.

Pluton reagiert auf manche Stichwörter stark, auf manche kaum, auf andere gar nicht. Was er erwidert, ist oft undeutlich, obwohl er ein Funkmikro in der Pilotenmaske hat. Er nuschelt, verheddert sich, verschluckt ganze Wörter und halbe Sätze. Der Rest ist identifizierbar, aber kryptisch formuliert.

Wie die Priester des Orakels von Delphi bringt sich Plutons Zerberus als Übersetzer ein. Immerhin fördert die Prozedur einige brauchbare Anhaltspunkte zutage: etwa die Parallelen zwischen dem Paragleiter, der am Bahnhof notgelandet ist, und einer gewissen ehemaligen Kryptoqueen. Oder die hastige Verlegung der Soldaten, die den Auslauf der Bergiselschanze präpariert haben, zum Flughafen. Oder die Helikopter neben der Hüpfburg oder …

Nach vierzig harten Minuten wird die Audienz unvermittelt beendet. Dem Junkie-Savant fallen die Augen zu. Er sackt noch mehr im Fauteuil zusammen. Einige Sekunden tanzen die Fingerspitzen auf den Armlehnen weiter, dann erlahmen auch sie.

„Das war's", schnarrt die Betreuungsperson. „Du weißt, was von dir dableibt, falls du diesen Ort heil verlassen willst?"

„Ja."

„Dann wehr dich nicht."

Sie nimmt ihm die Fingerabdrücke ab. „Jetzt noch der Antikörper-Test", sagt sie und gluckst heiter. „Solltest du bedenklich niedrige Werte haben, verständigen wir dich."

Ein Pieks an der Kuppe des Mittelfingers, dann besitzen sie auch seine DNA. Dem Bravo ist das immens zuwider. Aber er hatte keine Wahl, da er keinen anderen Weg sah, schnell und unauffällig an die dringend benötigten Informationen zu gelangen. Die abgegebenen Identifikationsmerkmale sind zudem nicht unmittelbar verwertbar. Sie scheinen in keiner polizeilichen oder sonstigen Datei auf und führen somit nicht auf direktem Wege zu ihm. Dennoch hat er das Gefühl, seine Seele an den Teufel verkauft zu haben.

Pluton und sein Zerberus, beruhigt er sich, sind absolut unabhängig von allen anderen in der Stadt agierenden Machtgruppen, sogar von der Eminenz. Sie gehen keinerlei Bündnisse ein, handeln mit ihren Informationen ausschließlich auf die eben praktizierte Weise. Insofern sind die DNA und die Fingerabdrücke des Bravos in Sicherheit, verwahrt in einer der Laden links oder rechts von Plutons Thron. Aber der Savant weiß jetzt, als Einziger, wer der Bravo eigentlich ist, und kann ihn mit diesem Wissen jederzeit erpressen. Er kann und wird einen Dienst beliebiger Art einfordern, wann immer ihm das opportun erscheint.

Diese Verpflichtung hat der Bravo auf sich genommen. Im Austausch für ... ?

Vierzehnte Bahn:
Labyrinth

Empfohlene Bälle: EM 2006 Geldrop, BDV, Caddy M

*

An einer Strandbar auf Ibiza kommen zwei Männer
ins Gespräch. Der eine, ein Anwalt, erzählt, dass sein Haus
in Österreich bis auf die Grundmauern niedergebrannt ist.
„Aber ich hatte eine gute Versicherung und konnte mir
jetzt sogar noch hier eine Finca leisten."
„Na so ein Zufall", sagt der andere, ein Ingenieur.
„Mein Eigenheim wurde bei einer Überschwemmung
vollkommen zerstört. Ich hatte aber ebenfalls eine gute
Versicherung und habe mir eine Jacht gekauft. Prost!"
Sie stoßen an, dann beugt sich der Anwalt zum Ingenieur
und sagt leise: ‚Verraten Sie mir, wie man eine
Überschwemmung macht?'"

Ta-taaa! Ta-taaa!

*

Das ist der Wahnwitz in dieser Wirtschaftssparte:
Wer nicht am Tisch sitzt, steht auf der Speisekarte.
Die **Schlusspointe**, der ultimate Gag:
Sei mit dabei – sonst bist du weg.
(KaLaschNix, „Immobilienlandler")

Die kleinformatige Tageszeitung hat ein doppelseitiges Interview über die mutmaßliche Mordserie mit dem prominentesten selbst ernannten „Profiler" des Landes gebracht.

Seither stehen die Telefone nicht still. Alle Mitglieder der Gruppe Fux sind damit beschäftigt, Anrufe entgegenzunehmen und etwaige Hinweise zu verzeichnen. Bislang haben sich sämtliche Wortmeldungen als inhaltsleere Wichtigtuereien oder leicht als solche zu entlarvende, gezielte Verleumdungen entpuppt.

Karin Fux hat bereits die Hoffnung aufgegeben, dass sich daraus eine verwertbare Spur ergeben könnte. Sie zweifelt die Expertise des nicht gänzlich unumstrittenen Psychiaters, dem Claudia Rappold wieder einmal eine mediale Bühne geboten hat, nicht komplett an. In gewissen Dingen hat er mit seiner Ferndiagnose schon recht: Die vorliegenden Fakten deuten entweder auf drei Täter hin, die unabhängig voneinander beziehungsweise in Abstimmung zugeschlagen haben – oder auf ein kriminelles Mastermind, das durch die Fülle der hinterlassenen Indizien Verwirrung stiften und das eigentliche Motiv verschleiern will.

So weit war die Ermittlergruppe auch schon davor.

Unter dem Druck des Boulevards hat der Leiter des LKA Wien eine Pressekonferenz angesetzt und zugleich intern signalisiert, dass er nichts dagegen hätte, wenn Chefinspektorin Fux durch die ähnlich erfahrenen Gruppeninspektoren Machatsch und Gallaun vertreten würde. Sie ist dem Generalmajor dankbar dafür, dass er sie außen vor lässt und ihr auf diese Weise den Rücken stärkt. Ossi kann sowieso viel besser lästige Fragen abwimmeln und dabei trotzdem den Eindruck vermitteln, sie stünden kurz vor der Aufklärung des Falls und dürften deswegen noch keine Einzelheiten preisgeben. Zum Trost hat er außerdem für die Journalisten stets den einen oder anderen Witz parat.

In der Zwischenzeit begibt Fux sich zusammen mit Christoph Hirschmugl zu den endlich aus dem Urlaub heimgekehrten, langjährigen Zuarbeitern „ihres" Mordopfers Lorenz Buchta.

„Convolut" gilt, das hat sich Fux mittlerweile von verschiedenen Seiten bestätigen lassen, als kleine, aber schlagkräftige, ideenreiche und weitgehend sauber arbeitende Recherche-Plattform.

Die Redaktion liegt im Rabenhof, einem der festungsartig angelegten Gemeindebauten, mittels derer das „Rote Wien" vor rund hundert Jahren die Wohnungsnot bekämpft und erfolgreich gemildert hat. Die Anlage, hat Hirschmugl während der kurzen Fahrt in der U3 referiert, umfasst eine Fläche von insgesamt rund 50 000 Quadratmetern, 78 Stiegen mit 1138 Wohneinheiten, etliche Geschäftslokale, Gaststätten, Arztpraxen, Trafiken und vieles mehr. „Ich zitiere: Durch die malerische Abfolge von Durchgängen, Straßen, Höfen, unregelmäßigen Platzbildungen und die vielen geschlungenen Wege ergibt sich das romantische Erscheinungsbild einer geöffneten Burg."

„Unter Romantik stelle ich mir was anderes vor", sagt Fux und kickt die achtlos weggeworfene Pappschachtel einer Burgerkette vom Gehweg in den Rinnstein.

„Hier leben mehr Leute als in vielen österreichischen Gemeinden, Chefin. Nicht zu vergessen das Rabenhof Theater, eine renommierte Mittelbühne, wo schon so gut wie jeder zeitgenössische Schauspieler oder Kabarettist Triumphe gefeiert hat."

„Lass mich raten: Lorenz Buchta ...?"

„Allen voran. Seine bis vor den Lockdowns regelmäßig als Sonntagsmatineen abgehaltenen bissigen Monatsrückblicke mit wechselnden Gaststars sind mittlerweile legendär."

„Waren die KaLaschNix oder Laimgruber beteiligt?"

Hirschmugl wischt auf seiner magischen Schiefertafel. „Nein, noch nie. – Einmal, vor vier Jahren, hat Ronald Ratakovits alias Ron von Donauland mitgewirkt, anlässlich der Regenbogenparade. Das war die jährliche Demonstration für die Rechte der LGBTIQ-Community, also von", Hirschmugl zählt die Initialen an den Fingern ab, „Lesbischen, Schwulen, Bisexuellen, Transgender, Intergeschlechtlichen und Queeren Menschen."

Fux fragt nicht nach, worin genau die Unterschiede bestehen. „Zurück zu Buchta. Seine Spektakel im Rabenhof ..."

„Wurden gelegentlich mit Fakten unterfüttert durch die ‚Convolut'-Crew, hauptsächlich jedoch die Fernsehshows. Nicht selten haben einzelne brisante Passagen dann noch länger die Medien und manchmal auch die Gerichte beschäftigt. Ich gebe zu, dass ich schon ein bisschen neugierig auf diese Kids bin."

„Kids?"

„Die Stammbesetzung bilden je zwei Burschen und Mädels, die allesamt ein paar Jahre jünger sind als ich." Christoph Hirschmugl weist den Weg, über die abgetretenen Treppen eines kleinen Parks voller Grüngewächse, rechts vorbei am Theatereingang und links ums Eck, zu einer rot gestrichenen Holztür. Hirschmugl drückt auf den altertümlichen Klingelknopf.

Das Türblatt schwingt von innen auf. „Nur herein!", sagt die schlanke, junge Frau, die sich locker an den Rahmen schmiegt und mit einer angedeuteten Verneigung den Zugang freigibt. „Ihr seid die angekündigten Kieberer?"

„Ja." Fux und Hirschmugl weisen sich aus. Dann schnallen sie FFP2-Masken um.

„Vorbildlich" lobt die jugendliche Empfangsdame und tut es ihnen nach. Die Maske, die sie aufsetzt, ist nicht blank weiß, wie die allgemein gebräuchlichen, sondern ein Modell mit orange-schwarz geflecktem Leopardenmuster. „Wir haben uns den benachbarten Theaterleuten angeschlossen und machen wie sie jeden dritten Tag einen Gurgeltest. Kostet ja nix und tut auch nicht weh. Bitte kommt weiter. Ich bin übrigens stellvertretende Chefreporterin und heiße Catalina, aber die meisten nennen mich nur kurz Cat."

Sie führt Fux und Hirschmugl über einen Stiegenaufgang zu einem größtenteils leeren Saal. Etwa die Hälfte der Bodenfläche ist mit silbernen Gaffer-Streifen abgeklebt.

„Das Theater nutzt diesen Raum als Probebühne", erklärt Cat. „Wegen der identischen Ausmaße. Früher war das ein Parteilokal der hiesigen SPÖ-Sektion. Toll, nicht? Fast vollständig erhaltene Innenarchitektur, von den mürben Verschalungen an der Decke über die vergilbten Vorhänge bis zur vorsintflutlichen Disco-Lichtanlage."

„Die hinten im Eck gestapelten Stühle", sagt Hirschmugl fast ehrfürchtig, „sind das Rainer-Sessel, aus der Stadthalle?"

„Da bin ich überfragt. Die Dinger lagern dort seit Jahrzehnten. Ich nehme an, der Theaterdirektor spendiert Ihnen einen, wenn Sie ihn darauf anreden. Ein Staubfänger weniger, würde ich meinen."

Hirschmugl sieht zu Fux her und hebt die Augenbrauen. Aber sie muss nicht mal den Kopf schütteln. Ihr jüngerer Kollege weiß, dass sie keinerlei beiläufige Ausnutzung der beruflichen Sonderstellung duldet. Mit einem zwischendurch erbeuteten wertvollen Designer-Stuhl, der zugegebenermaßen niemandem fehlen würde, fängt es an. Danach geht es weiter und hört nie mehr auf. Einmal schwach geworden, immer schwach. Wer in ihrer Gruppe, der Gruppe Fux, auf Dauer seinen Platz behalten will, für den gelten die strengsten bestehenden Gesetze.

„Danke, nein", sagt Hirschmugl.

Eine Etage höher im Großraumbüro stehen sechs große, alte Schreibtische einander paarweise gegenüber. Es gibt viele Regale voller Ordner, einen „Wuzler", wie man in Wien Drehfußballtische nennt, eine Kochnische mit beeindruckend fetter, chromblitzender Espressomaschine und hohe Fenster, durch die man auf einen Kinderspielplatz blickt.

Fux tauscht mit Rahul Paswan, dem Chefredakteur, Höflichkeiten aus. Währenddessen hat Hirschmugl sein iPad und ein silbernes Kästchen im Einsatz, das nicht größer ist als eine Zigarettenpackung. Ein einzelnes LED-Lämpchen blinkt zuerst grün, dann aber rot, in immer rascherem Rhythmus, je näher

Hirschmugl einer der Tastaturen auf einem der unbesetzten Schreibtische kommt.

Paswan stockt, als er das bemerkt, und sieht Fux fragend an. Sie legt warnend den Finger an die Lippen und deutet dann, er möge das Gespräch fortsetzen. „Sie konnten sich im Urlaub erholen?"

„War auch höchste Zeit, ja. Die Nachricht von Lorenz Buchtas Ermordung hat der Ferienstimmung natürlich einen Dämpfer versetzt." Er schielt zu Hirschmugl, der den Tisch auf Zehenspitzen umkreist und das iPad hält, als würde er damit filmen oder etwas scannen. Schließlich zeigt er auf die schwarze, per Kabel angeschlossene Computermaus.

„Es ist ein bisschen stickig hier drin", sagt Fux.

„Ich wollte gerade vorschlagen, dass wir hinaus auf den Balkon gehen. Er ist nicht sonderlich luxuriös, aber sie können dort auch rauchen, falls Sie das möchten."

„Sehr aufmerksam."

„In der Maus", erklärt Hirschmugl draußen, nachdem er die Umgebung überprüft hat, „befindet sich eine Wanze, ein GSM-Abhörgerät. Die Stromversorgung kommt über den USB-Stecker. Ich kenne das Modell. Im Gehäuse verbergen sich ein Mikrofon und ein Schlitz für handelsübliche SIM-Karten. Wer mitlauschen will, ruft einfach übers Mobilnetz die Nummer der Karte an."

„Und das passiert gerade?", fragt Cat mit ebenso verhaltener Stimme.

„Ja. Sonst hätte ich die Funksignale nicht registrieren können."

„Auch die Nummer des Anrufers?"

Hischmugl feixt. „Wäre schön, aber so weit ist die Technik noch nicht. Eventuell könnte man eine Fangschaltung installieren, doch auch dagegen gibt es Vorkehrungen."

„Welche Reichweite hat das Mikro?"

„Etwa fünf Meter Radius, würde ich schätzen."

„Und wie lange funktioniert das Ding?"

„Bis das Guthaben auf der Karte aufgebraucht ist."

„Fies."

„Oh ja. Privatdetektive setzen so etwas gern ein, um der Untreue verdächtigte Ehegatten zu überwachen, oder Firmenmitarbeiter, Babysitter und so weiter."

„Dürfen sie das?"

„Wer fragt danach? Wir dürfen's jedenfalls nicht, schon gar nicht ohne richterlichen Auftrag."

Der Chefredakteur beugt sich vor und stützt die Ellbogen auf den Knien ab. „Wie lange, glauben Sie, ist die Wanze schon aktiv?"

„Ich vermute, dass sie während Ihrer Abwesenheit deponiert wurde", sagt Fux. „Der Betriebsurlaub dauerte von 27. Juli bis gestern, nicht wahr?"

„Das ist richtig."

„Wer sitzt an diesem Platz?"

„Fabienne, unsere Art-Direktorin. Sie kommt aber erst übermorgen zurück. Zweifellos würde sie eine fremde Maus erkennen und vielleicht herumfragen, wem sie gehört. Oder sie vielleicht auch nur wegräumen, irgendwo verstauen."

„Wer hat Schlüssel zu diesen Räumlichkeiten?"

„Sämtliche Teammitglieder natürlich. Wobei ich für jeden und jede die Hand ins Feuer lege."

„Außerdem", ergänzt Cat, „hätte niemand einen Grund, die anderen abzuhören. Wir haben keine großen Geheimnisse voreinander. Weil wir immer wieder gemeinsam an Stories arbeiten."

„Kann sich noch jemand Zutritt verschaffen? Reinigungsdienst?"

„Unsere Putzfrau, ja. Dann die Hausbetreuer von Wiener Wohnen ..."

„Im Theater ist auch ein Schlüssel hinterlegt", sagt Paswan.

„Und ein weiterer beim Würstelstand vorn am Kardinal-Nagl-Platz."

„Stimmt. – Die führen übrigens hervorragenden Pferdeleber-käse."

„Also, Hochsicherheitstrakt ist das definitiv keiner", sagt Hirschmugl tadelnd.

Cat seufzt. „D'accord. Sehen Sie, wir haben gleitende Arbeitszeiten. Es kam immer wieder mal vor, dass jemand den Schlüssel vergessen hatte, vor der versperrten Tür stand und die Wahl hatte, entweder nochmals nach Hause zu fahren oder einen anderen, näher Wohnenden aufzuscheuchen."

„Verständlich" sagt Fux. „Aber die Lockerheit und Lässigkeit, um nicht zu sagen Nachlässigkeit kommt mir schon ein bisschen seltsam vor für ein Team, das Aufdecker-Journalismus betreibt."

Rahul Paswan hebt die Hände. „Das stimmt so nicht ganz."

„Convolut", erläutert er, fördere zum überwiegenden Großteil keine neuen Informationen zutage. In den allermeisten Fällen stütze man sich auf bereits bekannte Fakten.

„Der Unterschied zu den Kollegen bei Tages- oder Wochenzeitungen besteht darin, dass wir mehr Ressourcen, vor allem mehr Zeit für tiefer gehende Recherchen haben und daher Themen und Sachverhalte gründlicher und umfassender untersuchen können."

„Die Daten sind im Wesentlichen dieselben", sagt Cat. „Aber wir können noch mehr davon kombinieren und Zusammenhänge rekonstruieren."

„Falls es sie gegeben hat", wirft Paswan ein.

„Falls, ja. Unser Ansatz ist ein mehrdimensionaler. Traditionelles journalistisches Handwerk, verbunden mit einem multimedialen Zugang sowohl bei der Analyse als auch bei der Aufbereitung und Darstellung."

„Eine Schiene davon", sagt Fux, „war Lorenz Buchta."

„Seine Fernsehsendungen. Für die Bühnenprogramme hat er uns nur selten beigezogen. Meist waren das Zweitverwertungen, die entsprechend geringer abgegolten wurden."

„Können Sie mir beziffern, welchen Anteil ihres Budgets Buchtas Aufträge ungefähr ausmachten?"

„Puh." Paswan verzieht das Gesicht. „Unser Wirtschaftsleiter ist ebenfalls noch nicht retour. Ich fürchte, ich muss sie vertrösten. Das schwankte auch häufig. Mit Sicherheit kann ich Ihnen sagen, dass wir den Verlust spüren werden. Allerdings besteht Hoffnung auf einen Nachfolger. Sowohl ORF als auch Puls 4 haben ihr Interesse bekundet, die jeweiligen Formate weiterzuführen, da sie regelmäßig gute Quoten einfahren."

„Wissen Sie bereits, wer der neue Buchta wird?"

„Keine Ahnung."

„Es gibt wirklich noch keine Gerüchte?"

„Harry Viertel soll ganz gut im Rennen sein", sagt Cat. „Oder GTI, das ist die Abkürzung für Gabriel Tischler-Infeld. Beide haben schon Sendereihen moderiert und sind auch bei den älteren Zusehern sehr beliebt." Ihre Augen weiten sich. „Sie glauben doch nicht etwa, dass einer von ihnen …?"

„Wer sonst könnte ein Motiv gehabt haben, Buchta zu töten?"

Catalina schluckt mehrfach, als hätte sie einen Knödel im Hals. „Das ist absurd. Lorenz mag ein wenig eitel gewesen sein, aber er hat sich seine Position hart erarbeitet. Das hat jeder anerkannt. Oder, Rahul?"

„Absolut", bestätigt der Chefredakteur. „Und selbst wenn nicht, wäre das doch wohl noch lange kein Grund, einen Mord zu begehen."

„Schon klar." Den letzten Satz hört Fux seit Tagen immer wieder. „Anderer Ansatz: Welche Person oder Gruppierung könnte unbedingt wissen wollen, woran ‚Convolut' gerade arbeitet?"

„Sie meinen, wer die Funkwanze platziert hat? Da tappe ich genauso im Dunkeln. Was sollen wir eigentlich jetzt mit dem Ding tun?"

„Ich hätte einen Vorschlag", sagt Christoph Hirschmugl. Nachdem Fux ihm ein aufforderndes Zeichen gegeben hat, setzt er fort: „Lassen Sie die präparierte Maus einstweilen, wo sie ist. Für diesen und den nächsten Tag. Sie können ja Unterredungen, deren Inhalt geheim bleiben soll, hier draußen abhalten, oder in einem der Nebenräume; ich checke sie im Anschluss noch durch, ob sie eh sauber sind. Und sagen Sie vorläufig keiner weiteren Person etwas über die Wanze."

Paswan öffnet den Mund, um zu protestieren, aber Fux kommt ihm zuvor. „Dass Sie Ihren Mitarbeitern voll und ganz das Vertrauen aussprechen, ehrt Sie. Fakt ist, das Abhörgerät liegt am Tisch der Art-Direktorin, also für die Zwecke des Lauschers optimal, räumlich wie zeitlich. Richtig?"

„Richtig."

„Gut. Pflichten Sie mir auch bei, dass dies zwar Zufall sein kann, jedoch schon sehr nach angewandtem Insiderwissen riecht?"

„Okay." Paswan lässt die Schultern sinken. „Ich bin Datenjournalist. Hiermit beuge ich mich den Indizien."

„Wohlgemerkt, ich sage nicht, dass jemand aus Ihrer Crew falschspielt oder als Doppelagent fungiert. Durch geschicktes Aushorchen gelangt man an die benötigten Informationen ebenso leicht wie an einen Nachschlüssel für die Redaktionsräume. Und Medienleute sind nun mal kommunikativ."

„Um nicht zu sagen Tratschtanten … Ich fürchte, da haben Sie recht. Wie weiter?"

„Indem wir bis Donnerstag früh zuwarten", sagt Hirschmugl, „verraten wir dem Lauscher nicht, dass wir seine Wanze entdeckt haben. Um welche Uhrzeit wird Frau Fabienne in etwa eintreffen?"

„Neun, halb zehn, schätze ich."

„Dann bin ich um 8 Uhr 30 da, wenn Sie gestatten."

„Selbstverständlich."

„Danke. Behandeln Sie mich nicht als Gruppeninspektor, sondern als guten Bekannten aus irgendeinem Verein, den Sie der alten Zeiten willen auf einen Kaffee eingeladen haben. – Der schmeckt übrigens echt super."

„Möchten Sie noch einen?"

„Vielleicht später. – Wie auch immer Fabienne auf die Maus reagiert, am Ende landet das Gerät in einem von mir mitgebrachten Spezialbehälter. Damit transportiere ich es zu unseren Technikern. Vielleicht entlocken die der SIM-Karte ja doch etwas darüber, wer die Nummer angerufen hat."

„Danach können Sie so viele der übrigen Mitarbeiter einweihen, wie Sie wollen", vollendet Fux.

„Klingt vernünftig", sagt Paswan. „Was meinst du, Cat?"

„D'accord."

„Um welche Themen", kommt Karin Fux endlich zum ursprünglichen Anlass ihres Besuchs, „sollten sich Buchtas kommende Sendungen in erster Linie drehen?"

„Geplant war ein Schwerpunkt über Wohnen, Bauen und allgemein Immobilienspekulation. Wir haben bereits reichlich Material gesammelt. Die Teilaspekte wollten wir zusammen mit Lorenz gewichten und aufbereiten, repräsentative Beispiel auswählen, die sich gut zur Visualisierung eignen oder für die satirische Überhöhung in lustigen Kurzfilmen, und so weiter."

„Daraus wird nun leider nichts."

„Deshalb haben wir uns entschlossen, stattdessen ein gedrucktes Magazin zu gestalten. Das erhalten dann die fast 5000 Mitglieder, die uns via Crowdfunding unterstützen. Erfahrungsgemäß verkauft sich so etwas auch ganz passabel im Zeitschriftenhandel. Erscheinungstermin soll in einem Monat sein, Mitte September, jedenfalls vor der Grazer Gemeinderatswahl."

„Wieso das?"

„In Graz ist Wohnen ein besonders heiß umkämpftes Kapitel. Damit hat sich die KPÖ zum ernsthaftesten Herausforderer der regierenden ÖVP hochgekämpft. Manchen Umfragen zufolge stünde sogar eine kommunistische Bürgermeisterin, noch dazu eine Frau, im Rahmen des Möglichen. Na ja, eher friert die Hölle zu. – Jedenfalls liegen die Grazer Richtwerte weit über jenen im ungleich größeren Wien."

„Könnte Buchta eventuell einem Skandal auf der Spur gewesen sein, der groß genug wäre, diese Wahl entscheidend zu beeinflussen?"

„Nicht, dass ich wüsste. Und schwer vorstellbar. Dass der Amtsinhaber selbst im Immobiliengeschäft mitmischt, ist längst bekannt und sowieso nicht prinzipiell strafbar."

„Auch das zugrundeliegende Hauptproblem", sagt Cat, „wurde schon breit dokumentiert. Weshalb wir, offen gesagt, recht verzweifelt nach originellen Aufhängern suchen."

„Klären Sie uns bitte trotzdem kurz auf."

„Nun, kurz … Es gibt zu viel Geld auf der Welt, und es ist viel zu unausgewogen verteilt. Wie schon meine Oma sagte: Wo Tauberln sitzen, fliegen Tauberln zu."

„Die Reichen werden immer noch reicher", sagt Hirschmugl.

„So ist es. Und die Vermögen bleiben in der Familie. Wie eine Studie ergeben hat, waren zum Beispiel die aktuell fünf reichsten Familien von Florenz laut den Aufzeichnungen in Steuerarchiven auch schon im Jahr 1427 die reichsten fünf Familien. In den englischen Eliteuniversitäten Oxford und Cambridge dominieren seit 800 Jahren dieselben Familiennamen. In Deutschland und Indien stammt rund ein Drittel der Vermögen über dreißig Millionen US-Dollar aus einer Erbschaft, in Österreich sogar die Hälfte, das ist, hurra! Platz eins unter 53 untersuchten Ländern."

„Kein Wunder, dass sich hierzulande eine Erbschaftssteuer so schwer durchsetzen lässt."

„Schön", sagt Fux, „oder auch nicht schön. Aber was hat das mit der Bauwirtschaft zu tun?"

„All das viele Geld", sagt Rahul Paswan, „will angelegt werden. Damit es sich vermehrt. Weil aber abseits hochriskanter Investments auf große Einlagen bereits Negativzinsen gelten, drängt immer mehr Kapital auf den Immobilienmarkt. In Wien wurden 2019 doppelt so viele neue Wohnungen gebaut wie benötigt. Voriges Jahr waren es 17 000, mehr als das Dreifache des Bedarfs, der sich aus dem Bevölkerungszuwachs ergäbe. Das geht so seit 2016. Trotzdem sind in dieser Zeit die Mieten um 15 und die Preise der Eigentumswohnungen um 25 Prozent gestiegen. Man muss nicht mal vermieten, um jedes Jahr eine Rendite von bis zu vier Prozent zu erzielen! Infolgedessen steigen die Bodenpreise weiter. Österreich hat nicht zufällig im Neubau die höchsten Quadratmeterpreise Europas."

„Wie? Die teuer hochgezogenen Zinshäuser stehen dann leer?"

„Ja. Durch die Abnutzung würden sie eine Wertminderung erfahren, die von den Mieterlösen nicht kompensiert wird. Außer, man betreibt in den Räumlichkeiten illegale Teigtaschenfabriken oder Spielcasinos. Finanz und Polizei kommen gar nicht nach damit, solche Lokalitäten auszuräumen, auf die sie von Nachbarn hingewiesen werden. Da veranstalten etwa ein halbes Dutzend Banden, manche verbündet, andere verfeindet, Pokerturniere oder Bingo-Runden, an denen Hunderte Spieler teilnehmen. Am lukrativsten sind nach wie vor Spielautomaten. Schon mit einem einzigen lassen sich pro Monat 15 000 bis 20 000 Euro Gewinn erzielen."

„Behauptet wer?"

„Ihr Kollege, der Chef der Finanzpolizei."

„Christoph", sagt Fux zu Hirschmugl, „notier dir, dass wir demnächst bei den anderen Abteilungen nachfragen müssen."

Konkurrierende organisierte Kriminalität? Könnte dies das tödliche Wespennest sein, in das Buchta und die „Convolut"-Leute gestoßen haben?

„Sensationell neu ist das aber auch nicht", dämpft der Chefredakteur gleich wieder ihre zart erwachten Hoffnungen. „Das Interview erschien schon vor ein paar Wochen im ‚Falter'."

„Außerdem sind das vergleichsweise Peanuts", sagt Cat. „Den realen Wohnbedarf stillt in Wien der geförderte Sektor, der aber nur etwa ein Drittel der derzeitigen Projekte ausmacht. Nicht, dass es nicht auch im ‚Roten Wien' bedenkliche Unsauberkeiten gäbe."

„Ich höre."

„Unlängst, exakter: eine Woche vor dem Betriebsurlaub haben wir auf unserer Website dokumentiert, dass es bei einem Vergabeverfahren der Stadt Wien zu illegalen Absprachen gekommen ist. Konkret ging es um die Neuerrichtung der Heiligenstädter Hangbrücke mit einem Auftragsvolumen von, äh, hilf mir, Rahul …"

„22 Millionen Euro. Ende Juni wurden auf Anordnung der Wirtschafts- und Korruptionsstaatsanwaltschaft zwanzig Razzien in Wien, Kärnten und Salzburg durchgeführt. Die Justiz ermittelt gegen 13 Privatpersonen und sechs Firmen, darunter die drei größten Baukonzerne des Landes."

„Ebenfalls notiert", murmelt Hirschmugl, der schon ein wenig erschöpft und mutlos dreinschaut.

„Das schlaucht, nicht wahr?", sagt Cat mitfühlend. „Willkommen in unserer Welt. Irgendwann siehst du vor lauter Wald die Bäume nicht mehr. Leider ist das trotzdem noch gar nichts. Letztlich geht es immer um ‚Betongold', wie wir sagen, oder ‚betonierte Sparbücher'. Überall wird gebaut auf Teufel komm raus. Beispielsweise rund um den Neusiedlersee. Auf ungarischer Seite entstehen ein Sportzentrum und ein Hotel mit tausend Autoabstell- und ebenso vielen Bootsliegeplätzen. Daran beteiligt sind ein Oligarch, der als Strohmann Viktor Orbáns gilt, sowie die Tochter des Premiers. Dabei droht der See sowieso in naher Zukunft entweder endgültig auszutrocknen oder total zu verschilfen!"

„Das ist alles bekannt, sagten Sie. Und niemand regt sich dagegen auf?"

„Ein paar Bürgerinitiativen hier und dort. Lorenz Buchta und wir wollten ihnen mehr Gehör verschaffen und das in Relation zum globalen Landgrabbing setzen. Wussten Sie, dass nach Schätzungen des deutschen Landwirtschaftsministeriums schon jetzt fast sechzig Prozent der bundesweiten Agrarflächen Nicht-Landwirten gehören? Tendenz steigend, besonders im Osten. Die über hundert Jahre alten Grundstücksverkehrsgesetze versagen, sie können von den Heerscharen der Anwälte der millionen- und milliardenschweren Investoren mit Leichtigkeit umgangen werden. Nicht mal Grunderwerbssteuern müssen sie bezahlen."

„China", fügt Rahul Paswan hinzu, „ist grad dabei, halb Afrika aufzukaufen. In den USA wiederum besitzt nach Angaben der Fachzeitschrift ‚Land Report' niemand mehr Ackerflächen als Bill Gates. Sollen derart gewaltige Ressourcen wirklich der Verfügungsgewalt einer Privatperson unterworfen sein?"

„Wäre es möglich", sagt Fux trocken, „dass Sie insgeheim mit den Grazer Kommunisten sympathisieren?"

„Und wenn? In der gesamten Geschichte der Menschheit ging es praktisch immer um Grundbesitz und Erbrechte! Alle Kriege, alle Intrigen, alle Fälschungen drehten sich nur darum. Der Vatikan …" Er hüstelt. „Ach, vergessen Sie's. Bitte entschuldigen Sie die unangebrachte Aufwallung."

„Sie sollten wissen", sagt Cat mit amüsiertem Unterton, „dass Rahul auf Hindi ‚Bezwinger allen Elends' bedeutet und das Urdu-Vokabel Paswan für Leibwächter steht, ‚einer, der verteidigt'. Ab und an dringt bei meinem hochgeschätzten Chef", sie tätschelt ihn am Unterarm, „dieses Erbe durch. Obwohl oder weil seine Vorfahren, die Paswan, zur Kaste der Unberührbaren und Landlosen gehörten."

Fux will die Sache nicht weiter ausdehnen und enthält sich eines Kommentars. „Was Sie vorhin erzählt haben, ist teilweise ganz schön starker Tobak."

„Nicht wahr? Aber die breite Masse will das alles nicht so genau wissen. Ich glaube, weil man sich im Vergleich zu diesen Machenschaften unbedeutend und hilflos fühlt. Seien Sie ehrlich – wird es Ihnen nicht auch allmählich zu viel?"

„Wir halten einiges aus", sagt Fux. „Allerdings könnte ich jetzt doch einen Espresso vertragen."

Cat springt auf. „Schon unterwegs. Sonst noch jemand?"

Die Männer verneinen.

„Ich habe Sie gewarnt", sagt Paswan. „Wir könnten ewig so weiter lamentieren. Über die beiden österreichischen Immobilientycoons, die sich nicht mit kleinen Bürgermeistern abgeben; es muss schon der Kanzler sein. Dabei könnte ihnen ein ähnliches Schicksal drohen wie Wirecard."

„Inwiefern?"

„Jedes Kartenhaus stürzt einmal ein, sagt man. Manche Geschäftsgebarung erinnert verdächtig an ein Ponzi-Schema."

„Ein Schneeballsystem?", fragt Hirschmugl.

„In der Art. Vereinfacht dargestellt: Man kauft eine Liegenschaft und verbucht deren Wertsteigerung mit einer gerade noch glaubhaften Summe. Dann setzt man diese – fiktive – Summe als Sicherheit für einen Kredit ein, mit dem man die nächste Luxusimmobilie erwirbt, oder eine ganze Kaufhauskette. Aufwertung, Refinanzierung, und immer so weiter. Bald kann man sich brüsten, dass nur die katholische Kirche und die Queen von England ein vergleichbares Portfolio besitzen … Das geht gut, solange die Banken trotz der Warnungen internationaler Nachrichtenagenturen ein bis neun Augen zudrücken – und man nicht wegen einer Pandemie ins Schlingern gerät. Aber nochmals: Auch darüber haben schon hiesige Medien berichtet, etwa die steirische ‚Kleine Zeitung'."

Cat bringt den Kaffee. „In der Steiermark", nimmt sie den Faden auf, „schießen die Chalet-Dörfer aus dem Boden wie Giftpilze. Überall werden Investorenprojekte vorangetrieben, ob direkt neben dem Lipizzanergestüt Piber oder in der ‚steirischen Toskana'. Dort setzt sich ein prominenter Publikumsliebling, ein über 80-jähriger Deutsch-Rock'n'Roller, für ein Luxus-Resort ein, das aus der verschlafenen Weingegend ein zweites Kitzbühel machen soll. Klang nach einem brauchbaren Ansatzpunkt für fernsehtaugliche Komik. Tja, leider findet dieser Tage eine Volksbefragung statt, und es sieht danach aus, als würden die Einheimischen das Projekt mit großer Mehrheit ablehnen. Gut für sie, Pech für uns."

„Lorenz Buchtas Tod hat sowieso alles verändert", sagt Paswan. „Meine Güte, ich kann's immer noch fast nicht glauben. Vor nicht einmal drei Wochen hat er uns auf ein besonders bizarres Immobilienprojekt hingewiesen, das er von Auftritten kannte. Das ‚Megaversum' bei Graz, sagt Ihnen das was?"

„Durchaus. Was ist so bizarr dran?"

„Die Betreiber wollen es zu einem Mekka für Randsportarten machen. Mega, Mekka, meckern – das gibt zumindest ein Wortspiel her. Geplant und teilweise schon realisiert sind unter anderem der ‚größte Trampolinpark Europas', ein Hochseilklettergarten, ausgedehnte Hindernislauf- und Parcourstrecken sowie diversen echten Grand-Prix-Kursen nachgebildete Rennstrecken für ferngesteuerte Autos … Drei Indoor-Minigolfplätze mit je 18 Turnierbahnen werden bereits bespielt. Voriges Jahr hätte dort die Europameisterschaft stattfinden sollen."

Auf einmal ist Karin Fux hellwach, nicht nur dank des starken Espressos. „Sagten Sie Minigolf? EM 2020? Und davor … ferngesteuerte Autos?"

Fünfzehnte Bahn:
Vulkan

Empfohlene Bälle: Tantogardens 2011 rot, Spay, Göteborg

*

Einem Rechtsanwalt erscheint der Teufel und sagt:
„Ich kann dich zum gefragtesten und reichsten Anwalt des
Landes machen. Alle Mandanten und Richter werden
dich respektieren, alle Kollegen werden dich beneiden.
Du wirst Präsident deines Golfclubs und Ehrendoktor
mehrerer Universitäten. Als Gegenleistung gehören mir auf
ewig die Seelen deiner Eltern, deiner Frau und deiner Kinder."
Kurz überlegt der Anwalt. Dann fragt er: „Und wo ist
der Haken?"

Ta-taaa! Ta-taaa!

*

Pointen & Püree, eine Veranstaltungsreihe in Vorarlberg,
verbindet regionale Küche mit ebensolcher Kleinkunst.
Dabei gibt es einen „extra Singletisch für Kontaktfreudige".

„Achtung, Mähschiff voraus", ruft Ellen. „Kollisionsalarm!"

„Tuut, tuut!" Peter Szily imitiert ein Nebelhorn. „Beim Klabautermann, ein Ausweichmanöver tut Not! Aber wohin? Nach links oder rechts?"

„Man sagt backbord oder steuerbord, du Amateur. Oje, an deinem Piratenkapitän müssen wir noch arbeiten."

„Du meinst, zum Jonny Depp fehlt mir der Jonny?"

„Das hast du gesagt." Ellen greift nach dem Joystick und lenkt das Elektroboot, auf dem sie kuscheln, in eine sanfte Kurve. Es hat die Form einer schwimmenden Insel. Palmen in Tontöpfen und Sonnenschirme umgeben die kreisrunde, gepolsterte Liegefläche. Aus dem Eiskübel am Beistelltisch ragt eine halb geleerte Prosecco-Flasche. Man könnte sich in der Schlussszene eines klassischen James-Bond-Films wähnen.

Pez fühlt sich selig wie lange nicht mehr. Läge über ihnen nicht der Schatten von Yvonne Kalassnigs tragischem Ableben, er würde singen und jauchzen vor Glück. So aber hält er seinen Überschwang im Zaum. Die Urnenbeisetzung ist ja erst zwei Tage her.

Früher als erhofft hat Ellen ihn angerufen. Ob er mit ihr an die Alte Donau baden gehen wolle? – Nichts lieber als das! Nachdem sie Zeit und Treffpunkt vereinbart hatten, mietete Pez am Laberlweg, vis-à-vis vom Gänsehäufel, beim „Schinakl-Bootsverleih" deren Spitzenmodell, inklusive echter Kristallgläser und Sprudelwein.

Selbstverständlich hat nie Gefahr bestanden, tatsächlich mit einem der Mähboote zusammenzustoßen, die zwischen oberem und unterem Teil des Donau-Altarms hin und her schippern, um den Pflanzenwuchs zu beschneiden. An sich sorgt das vorherrschende „Ährige Tausendblatt" für die oft gelobte Trinkwasserqualität. Allerdings wächst es bis zur Oberfläche, verheddert sich in den Schrauben der Bootsmotoren, behindert die Ruderer und kitzelt die Schwimmer an Bauch und Beinen, weshalb es in regelmäßigen Intervallen gestutzt wird.

„Wien ist schon fein", sagt Ellen träumerisch und schmiegt sich noch enger an Pez. „Ich meine, allein hier gibt es wahrscheinlich mehr frei zugängliche Badeplätze als an allen Kärntner Seen zusammengenommen."

Das ist eventuell ein bisschen übertrieben. Aber Pez hütet sich zu widersprechen. Zumal sie recht hat: An Liegewiesen besteht kein Mangel. Hinzu kommen vier öffentliche Bäder mit für jeden erschwinglichen Eintrittspreisen, außerdem die Uferanlagen unter anderem der Naturfreunde, der Straßenbahner, des Polizeisportvereins und diverser Segelklubs.

„Apropos Kärnten: Daran grenzt die Steiermark. Magst du mit mir morgen oder übermorgen dorthin fahren, in meine alte Heimat?"

„Mein lieber Pezibär, weiter als ein paar Stunden kann ich derzeit nicht vorausplanen." Ellen haucht ihm ein Küsschen auf die Wange. „Heute Vormittag hat mich die Salzburger Kriminalpolizei angerufen."

„Ah ja." Von sich aus hätte Pez dieses Thema nicht aufs Tapet gebracht. Schon verdunkelt sich der Himmel. „Was wollten sie?"

„Sie haben einen Verdächtigen ausgeforscht und festgenommen."

Der Mann, dessen Namen man ihr verschwiegen hat, erzählt Ellen, ist ein in Österreich geborener Sohn serbischer Eltern. Er tat sich schon seit Längerem mit Hasspostings gegen Künstlerinnen hervor, auch immer wieder mal gegen die KaLaschNix.

„Ich lese solche Anfeindungen, wenn überhaupt, dann höchstens quer. Im Grunde laufen sie alle darauf hinaus, dass ‚die blöden vorlauten Weiber bloß einmal ordentlich hergenommen werden' sollten, und so weiter."

„Hat er persönliche Drohungen gegen dich und Yvonne ausgestoßen?"

„Mehrfach, meist mit Bezug zu unseren Songs auf YouTube. Unter seinem Klarnamen! Aber wie gesagt, so etwas ist leider keine Seltenheit, und ich weigere mich, hoffnungslos verklemmten Armutschkerln die Aufmerksamkeit zu schenken, nach der sie so sehr gieren."

„Was wäre dann nach Meinung der Salzburger Polizei an ihm so Besonderes?"

„Er ist gelernter Automechaniker und arbeitet in einer Tankstelle an der Bundesstraße 161 Richtung Pass Thurn, bei Jochberg, wenige Kilometer hinter Kitzbühel. Yvonne hat dort getankt und die Bremsflüssigkeit überprüfen lassen. Wie sie es mir angekündigt hatte. Sie war immer sehr auf vorausschauende Sicherheit bedacht ..." Ellen wischt sich über die feuchten Augen.

Hätte Pez einen dritten Arm, er würde ihn zusätzlich um sie legen. Nicht, dass dadurch die romantische Stimmung noch zu retten gewesen wäre.

„Jedenfalls", sagt Ellen, nachdem sie sich geräuspert, aufgesetzt und einen kräftigen Schluck aus ihrem Prosecco-Glas genommen hat, „bestätigen das die Aufzeichnungen der Tankstellen-Kameras. Deshalb drehen die Salzburger Kriminalisten den Kerl gerade durch die Mangel. Vielleicht kommt ja was dabei heraus."

„Ah ja." Ein eloquenterer Gesprächsbeitrag fällt Pez nicht ein. Der Vorschlag, einfach zwischendurch schwimmen zu gehen, würde wohl kaum auf Zustimmung stoßen. Also drückt er Ellen an sich und sagt, „Ich bin bei dir."

„Danke, Pezi. Für alles, du mein Sonnenstrahl in der Finsternis!"

Sie küssen sich.

Unsereins neigt nun mal zur Übertreibung, denkt Peter Szily und ärgert sich sogleich darüber.

Eine Weile dümpeln sie schweigend dahin.

Pez streichelt Ellen über Schultern und Rücken, äußerst behutsam. Allzu oft hat er schon, voreilig euphorisch, eine sich anbahnende Beziehung versemmelt.

Schließlich fragt Ellen: „Das Foto, das du mir gestern gemailt hast. Vom Sportplatz in Haringshausen. Weißt du noch?"

„Klar. Was ist damit?"

„Die achte Person, auf die du mich hingewiesen hast. Der Mann mit dem Sternen-Kopftuch. Ich glaube, mich erinnern zu können, wer das war."

„Ah, ja?"

„Ronnie Ratakovits hat ihn mitgebracht, als Roadie und persönlichen Techniker. Wegen der vielen Lichtwechsel und Tonzuspielungen in seiner Travestie-Show."

Pez klatscht sich an die Stirn. „Was bin ich für ein Idiot! Über alle möglichen Bühnenkünstler habe ich mir das Hirn zermartert. Aber an Techniker habe ich nicht gedacht. Wie heißt er?"

„Ich kenne ihn nur unter seinem Spitznamen: ,Sparks'."

„Zu Deutsch: Funken. Wie auf der Bandana. Keine Sterne, sondern elektrische Entladungen! Mann, oh Mann, warum ist mein Hirn manchmal derartig vernagelt?"

„Mann, oh Mann, das liegt vielleicht am Y-Chromosom …" Sie stupst ihn spielerisch in die Rippen. „Sparks war für ein paar Wochen in der ,Kulisse' engagiert. Dort bin ich ihm zum ersten Mal begegnet. Aber das liegt mindestens ein halbes Jahrzehnt zurück. Soviel ich weiß, hat er sich bald mit der Geschäftsführerin zerstritten. Weil er ihr vorgeworfen hat, zu wenig Rücksicht auf die Gesundheit der Künstler zu nehmen."

„Da ist sie aber nicht die einzige Veranstalterin oder Agentin." Burn-outs kommen in der Szene häufiger vor, als das Publikum denken würde. Immer lustig, allweil fidel erscheinen zu müssen, kostet viel Kraft und Nerven, die sich durch Alkohol oder andere Drogen nur kurzfristig substituieren lassen.

„Wir sollten in der ,Kulisse' nachfragen", sagt Pez.

„Habe ich schon gemacht. An der damaligen Adresse ist Sparks nicht mehr gemeldet. Aber er ist mir Jahre später, relativ kurz nach unserem Gig in Haringshausen, nochmals untergekommen."

„Wann? Wo?"

„Kurz vor dem ersten Lockdown sind Yvonne und ich im ‚Haus des Meeres' aufgetreten. Du weißt schon, im ehemaligen Flakturm am Grünbaum-Platz."

Der nach Fritz Grünbaum benannt ist, einem begnadeten Operetten- und Schlagerautor, vor allem aber Mitbegründer der kabarettistischen Doppelconférence. Er wurde von den Nationalsozialisten ins Konzentrationslager Dachau deportiert und dort umgebracht. Bis zuletzt hielt seine scharfe Zunge nicht still. Als man ihm zur morgendlichen Waschung ein Stück Seife verweigerte, stichelte Fritz Grünbaum: „Wer für Seife kein Geld hat, soll sich kein KZ halten."

Wenig später war er tot.

Dass man ihm bloß eine Verkehrsinsel inmitten einer Kreuzung widmete, zeigt doch recht deutlich, wie Wien mit ehemals beliebten Komikern umgeht. Nur ein einziges Objekt hat dort eine Adresse, „Fritz-Grünbaum-Platz 1" – eben jener Flakturm, erbaut von denselben Nazis, deren Antisemitismus und Intellektuellenfeindlichkeit Grünbaum zum Opfer fiel.

„Dieser Sparks arbeitet jetzt im ‚Haus des Meeres'?", fragt Peter Szily.

„Er hat Yvonne und mich dort technisch betreut", antwortet Ellen. „Eher als Einspringer, glaube ich, nicht fix angestellt."

„Fux, die Chefinspektorin, sucht fieberhaft nach ihm. Wir sollten ihr die Information weiterleiten. Obwohl …"

„Ja?"

Pez überlegt scharf. Er hat sich mit dem Bravo verschworen, dass sie der Polizei zuvorkommen wollen, jeder für sich, auf seine Weise.

Überhaupt, wo steckt der Bravo, was treibt er? Besser, Pez nimmt vorsorglich Kontakt zu ihm auf. Aber nicht in Ellens Beisein. „Fux hat viel um die Ohren. Sie mit bloßen Vermutungen zu belästigen, hilft niemand weiter."

„Hm. Die hauseigene Bühne nennt sich ‚Kulturwelle‘ oder auch ‚Lighthouse‘. Ein schmuckloser Raum, wenn ich mich recht erinnere, akustisch trocken und kalt wie ein Seminarsaal, also nicht sonderlich attraktiv, wäre da nicht der Ausblick über fast die gesamte Stadt. Ich habe die Nummer des für die Events Verantwortlichen noch eingespeichert, denke ich." Ellen tippt auf dem Handy herum. „Na bitte, da ist sie. Soll ich …?"

Pez nickt. Sie drückt auf den grünen Kreis am Smartphone, am unteren Rand des Logos, das eine Schildkröte vor blau gewelltem Hintergrund zeigt. Ein Song erklingt, den Pez sofort erkennt. Den Text kann er aus dem Stand mitsingen: „Unten im Meer, unten im Meer. / Bei jedem Wetter ist es viel netter und bietet mehr / als dieses Land, das oben sitzt, / wo jeder schuftet und nur schwitzt …"

„Arielle", sagt Pez. „Bestes Disney-Animationsmovie der jüngeren Zeit. Seither nie mehr überboten, wenn du mich fragst. Der Calypso-Krebs …"

„Die Krabbe", korrigiert Ellen.

„Macht das einen Unterschied?"

„Pst." Sie lehnt sich zur Seite, drückt ihr Smartphone ans Ohr und hält sich das andere mit der flachen Hand zu, weil die Kinder an der einen Steinwurf entfernten rosaroten Elefantenrutsche noch quietschvergnügter kreischen als zuvor. „Hallo, bin ich verbunden mit …?"

Mehr hört Pez nicht.

Eine blechern verzerrte Stimme erklingt aus den Lautsprechern des nächstgelegenen Volksbads: „Achtung, Achtung! Hier spricht die Badeaufsicht. Sturm- und Gewitterwarnung! Alle Gäste sind aufgefordert, sofort das Wasser und die Liegeflächen zu verlassen und sich in den Schutz der Kabinengebäude zu begeben. Das gilt auch für die Menschen auf den Booten. Legen Sie unverzüglich an und bringen Sie sich in Sicherheit! Ich wiederhole: Achtung, Achtung, Sturm- und Gewitterwarnung! Hier spricht …"

Aus einer dünnen, dunklen Kontur am Horizont hinter den Hochhäusern an der Kratochwjlestraße sind binnen Minuten schwarze Wolkenballungen entstanden, die sich weit über das Gelände ausbreiten. Es blitzt und donnert. Die Sommerhitze wird hinweggeblasen. Schlagartig fällt die Temperatur ab. Pez und Ellen schaffen es gerade noch, ihre schwimmende Insel am Ufer zu verankern, dann müssen sie sich schon gegen den Starkwind stemmen, um das rettende Dach des Bootsverleihs zu erreichen.

Blätter, Äste, halbe Baumstämme fliegen vorbei. Luftmatratzen bäumen sich auf und segeln davon, zusammen mit liegen gelassenen Badetüchern, die sich im Flug drehen und wenden und flatternd verknoten, als wären sie die Hüllen von Gespenstern. Ins Tohuwabohu der Naturgewalten mischen sich schrille Schreie von Eltern, aus der Tonhöhe zu schließen größtenteils von Müttern, die panisch ihre Kinder rufen.

„Alles ist gut", sagt Pez zu Ellen und birgt ihre schlanke Gestalt in seinen Armen. „Das geht vorüber."

„Bist du sicher?", raunt sie erschöpft.

Das plötzliche Gewitter und der Orkan, dessen verderbliche Wucht die Vorhersagen weit übertroffen hat, sind abgeklungen. Zahlreiche in der Umgebung geparkte Autos wurden beschädigt, heißt es in den Nachrichten. Eine Person kam ums Leben, erschlagen von einem umgestürzten Baum.

„Quasi eine Hommage an Ödön von Horváth", sagt Pez auf dem Weg zur U-Bahn im mauen Versuch, dem Desaster noch eine humoristische Note abzugewinnen.

„Nicht witzig", erwidert Ellen.

„Echt nicht? Unter uns?"

„Nein."

„Ah ja."

„Hast du schon mal in Erwägung gezogen, endlich erwachsen zu werden, Peter?"

Er schnauft tief durch. „Wenn's unbedingt sein muss …"

„Vorhin, ehe das Chaos losging, habe ich mit dem Zuständigen für die Bühne im ‚Haus des Meeres' ausgemacht, dass wir um halb vier Uhr vorbeikommen. Passt das für dich?"

„Fünf wäre besser. Davor habe ich einen Frisörtermin."

„Den du nicht verschieben kannst?"

„Ich schon. Aber die Haarschneider im Siebenten sind nicht so flexibel. Falls ich nicht pünktlich aufkreuze, verfällt meine Reservierung. Dann müsste ich wieder ein paar Wochen warten."

„Deine Sorgen hätte ich gern und den Kontostand von Jeff Bezos. – Aber gut, dann gehst du halt allein hin. Ich bin den Salzburger Kripozisten im Wort. Die haben für diese Uhrzeit eine weitere Zoom-Besprechung mit mir angesetzt."

„Ah ja. Worüber?"

„Hörst du mir zu? Es geht um die Aussagen des Tankwarts, der möglicherweise meine Schwester auf dem Gewissen hat."

„Natürlich. Sorry."

Wie konnte er, fragt sich Pez, so unsensibel sein?

Antwort: wie immer.

Ellen Kalassnig drückt ihm ihr Handy in die Hand. „Bereits gewählt", sagt sie. „Erklär dem Mann selber, dass du später kommst."

Folgsam tut er, was sie ihm aufgetragen hat.

Der Esterhazypark, aus dem der ehemalige Feuerleitturm über 50 Meter hoch aufragt, ist weitläufig unterkellert. Der Luftschutzbunker beherbergt nun das Museum für mittelalterliche Rechtsgeschichte, kürzer und marktschreierischer „Foltermuseum" genannt.

Wie viele Väter Halbwüchsiger hat Peter Szily eine Jahreskarte für das „Haus des Meeres". Die regelmäßig wiederkehrenden Programmpunkte kennt er auswendig: Wann die Reptilien gefüttert werden, speziell die seltenen Sunda-Gaviale, wann die

Piranhas – die bei Weitem nicht so blutrünstig sind wie im Pool von James Bonds Erzfeind Blofeld –, wann die Haie. In deren großem 360-Grad-Becken im vierten und fünften Stock taucht jeden Donnerstagabend ein Tierpfleger mit den Raubfischen. Manchmal wird er für Heiratsanträge gebucht, dann zeigt er der Auserwählten durch die Glasscheibe des Aquariums ein entsprechendes Schild. Die Verlobung kann danach gleich mit einem Dinner im „Ocean Sky"-Restaurant ganz oben auf der Dachterrasse gefeiert werden.

Der Panoramalift trägt Pez vom Erdgeschoss direkt in den elften Stock. An der Bar ist nicht viel los. Die wenigen Gäste halten merklich Abstand zu der Gestalt, die auf dem mittleren Hocker sitzt und auf den verstört dreinschauenden Barkeeper einredet. Sie trägt ein geblümtes Sommerkleid und gestikuliert mit muskulösen, stark tätowierten Armen. Zusammen mit den Stilettos und dem kessen Hütchen misst die Gestalt über zwei Meter und ist auch sonst ziemlich furchteinflößend.

Es handelt sich um einen Mann, und zwar um den Verrückten Vrtala.

„Himmel, Vau Zwei", sagt Pez. „Ich habe dich doch gebeten, in dezenter Aufmachung zu erscheinen. Damit meinte ich definitiv nicht Drag."

„Was an diesen exquisiten Designerteilchen ist dir nicht stilvoll genug, Freund Petersilius?"

„Daran liegt es nicht … Egal, danke fürs Kommen." Pez ist, nachdem Ellen und er getrennte Wege gingen, einem Impuls gefolgt und hat V2 kontaktiert. Schließlich spürt er einem potenziellen Mörder nach. Da sah er es für angebracht, sich Rückendeckung zu besorgen.

„Wie lautet der Plan, Pezman? Hat dich wieder mal jemand abgezockt und will die Penunzen nicht rausrücken? Soll ich ein bisschen auf die Pauke hauen?"

„Nein, eigentlich will ich nur eine Auskunft einholen. Aber in letzter Zeit ist einiges passiert, und ich fühle mich sicherer, wenn du dabei bist. Halte dich bitte, ähm, möglichst unauffällig im Hintergrund."

„Wird gemacht. Kann ich noch schnell auf den Topf?"

„Sicher." Pez sieht auf die Uhr. Es ist Punkt fünf. „Ich gehe schon mal vor. Komm dann einfach nach, einen Stock tiefer, zur Bühne. Ah, und Vrtala – tu uns allen einen Gefallen und nimm das Herrenklo."

„Verstehe." Er hält den Daumen hoch und grinst treuherzig. „Dezenz ist Trumpf!"

In der Etage unter dem Restaurant befinden sich das Hammerhai-Becken und der Veranstaltungssaal.

Ein gedrungener Mann mit Halbglatze und dunklem Hipster-Vollbart schraubt gerade am Tonmischpult herum. Er trägt ein blaues Polohemd mit dem „Haus des Meeres"-Logo, einer Haifischsilhouette, auf der Brusttasche.

„Herr Pflanzl?"

„Der bin ich." Er richtet sich auf, streckt Pez die rechte Hand entgegen und zieht sie gleich wieder zurück. „Ah so, das soll man ja momentan net machen. Nix für ungut. Haben mir zwoa telefoniert, ha?"

„Kürzlich, ja. Peter Szily mein Name. Danke, dass Sie sich Zeit für mich nehmen."

„I bin der Paulus. Peter und Paul. Zwoa hohe Heilige, ha? Oder eher Scheinheilige? Ha?" Pflanzl hat einen deftigen bayrischen Akzent, den Pez nicht recht einordnen kann. Fast kommt er ihm aufgesetzt vor.

Aber Exilbayern pochen gern auf ihre Herkunft; je länger sie schon in Wien leben, desto mehr. „Heiligenschein habe ich jedenfalls keinen."

„Dös warat fei praktisch, wenn ma den sehen könnt, ha?"

„In der Tat. – Wie meine Kollegin Ellen Ihnen bereits angedeutet hat, suchen wir nach einem Ihrer Mitarbeiter, einem Techniker mit Spitznamen Sparks. Zumindest früher trug er häufig ein schwarzes Kopftuch mit Funken darauf."

„Jo, der Sparky, ha. I woas scho, wen's d' moanst. Guter Mann, hat was drauf. Aber leider a bissl", Pflanzl fährt sich mit der flachen Hand an der Stirn vorbei, „wirr in der Birn'."

„Inwiefern?"

„Allweil komische Ideen. – Was willst von eam, ha?"

„Arbeitet er noch für das ‚Haus des Meeres'?"

„Theoretisch, auf Abruf. Seit dem Lockdown war er kaum mehr da. Ha, wir ham auch nimmer so viel Bedarf."

„Hätten Sie vielleicht eine Adresse oder Telefonnummer von ihm? Oder den richtigen Namen?"

„Irgendwo müsst das registriert sein. – Wos is denn do scho wieder los, ha?"

Aus dem Oberstock erklingen Geräusche wie von einem Tumult. Gläserklirren, Stampfen, aber auch rhythmisches Klatschen und Gelächter. Pez befürchtet zu wissen, wer der Auslöser der Heiterkeit ist. Wenn man V2 zum Sirtaki anstachelt, bleibt kein Auge trocken.

„Die Personaldaten", erinnert Pez.

„I hob koa eigenes Büro, bloß an Schreibtisch drüben im Turmmuseum. Kommst mit, ha?"

Sie gehen durch den Korridor zu einer Tür, die viel älter wirkt als alle anderen. Pflanzl schließt sie auf. Ein Schild an der Wand daneben besagt „ERINNERN IM INNERN".

Das ist der Zugang zur Ausstellung über die Geschichte des Flakturms. Pez und seine Tochter haben sie schon einmal besucht, wenngleich nur kurz. Li Si gruselte vor der düsteren Stimmung und den Exponaten aus dem Zweiten Weltkrieg, darunter Fundstücke von bedrückend armseligem Kinderspielzeug.

An die Rückwand des lang gestreckten, niedrigen Raums schließt das großteils im Originalzustand erhaltene, enge und steile abwärts führende Stiegenhaus an. Auch dort informieren Wandtafeln über Errichtung und Nutzung des Monsterbaus, der bei Fliegerangriffen bis zu 30 000 Personen Platz und Schutz geboten hat.

„Wenigstens bombensicher woa man anno dazumal hier herinnen, ha?", sagt Pflanzl, als hätte er Pezis Gedanken gelesen. Er zieht eine Schublade auf und durchstöbert mit zwei Fingern ein altertümliches Hängeregister. „Na, wo hamma eam denn? … Da is er ja scho, der Sparky. Ha." Er zieht eine Karteikarte heraus und will sie Pez reichen. Aber sie entgleitet ihm und fällt zu Boden.

Pez bückt sich danach. Er verspürt einen Luftzug, sieht hoch. Im Türrahmen steht der Verrückte Vrtala. Hat er sich doch endlich loseisen können … Pflanzl, der an einer Vitrine zugange ist, bemerkt ihn nicht. Pez hebt die Karte auf.

Er liest:

„Paulus Cölestin Pflanzl, geboren 14. 12. 1979 in Garmisch-Partenkirchen. Reifeprüfung mit ausgezeichnetem Erfolg abgelegt im Werdenfels-Gymnasium, anschließend Studium an der Technischen Hochschule …"

„Pardon", sagt Pez, „da ist ein Irrtum unterlaufen. Kann immer vorkommen. Das sind ja wohl nicht Sparks' Personaldaten, sondern …"

Von da an geht alles rasend schnell.

Pflanzl dreht sich um. Er hat eine Clown-Maske aufgesetzt. Weiß mit schwarzer Nasenspitze und knallroten, grotesk hochgezogenen Mundwinkeln. Nicht komisch. Nicht lustig. In den hoch erhobenen Händen hält er eine Feuerwehraxt, die er mit Wucht herabschwingt.

Auf Pez, der wie gelähmt ist. Er sollte sich zur Seite werfen, in Deckung unter den Tisch, schafft es aber nicht. Die blitzende, messerscharfe Dechselspitze …

Verfehlt ihn um Haaresbreite, spaltet nur das Linoleum.

Der von hinten herangestürmte Vrtala hat Pflanzl aus dem Gleichgewicht gebracht, reißt ihn zu Boden und Pez gleich mit.

Alle drei rollen weiter. Sie überschlagen sich, stürzen die Treppe hinunter.

Pez versucht, irgendwo Halt zu finden, erwischt etwas, aber es ist die Axt. Die Schneide dringt tief in seine Handfläche ein, ehe er die Geistesgegenwart aufbringt, sie loszulassen.

Schmerzen verspürt er nicht, nur etwas Feuchtes, Warmes, Klebriges. Ihm wird übel. Die Umgebung verschwimmt. Pez schrammt an der grobporigen Wand entlang, verfängt sich mit der Sandale an einem Mauervorsprung, vielleicht an einem Haken. Zumindest verlangsamt sich der Absturz.

Jemand weiter unten brüllt wie am Spieß: „Geh weg! Geh weg, lass mich in Ruhe, Ronnie! Verzieh dich, zurück in die Hölle! Es war nicht meine Schuld …"

Pez knallt mit dem linken Ellbogen auf die harte Kante einer Stufe. Reflexhaft krümmt er sich zusammen, nur um im Abrutschen erst recht mit dem Hinterkopf aufzuprallen, einmal, zweimal, dreimal.

Boing, boing, boing.

Bunte Sterne und grelle Funken tanzen vor seinen Augen. Ronnie? fragt er sich. Wieso …? Seltsamerweise schießt ihm ein, dass er nicht weiß, wie Vrtala mit Vornamen heißt.

Ihm tut nichts weh. Der Schockeffekt, na klar. Kommt schon noch.

Das matte gelbliche Licht jedoch wird immer dicker. Zähflüssiger. Betäubender …

Vielleicht, denkt er, sollte sich Peter Szily einfach mal kurz abmelden, den Herrgott und alle seine Mörderengel links liegen lassen, sich davonstehlen und in Ohnmacht fallen.

Guter Gedanke. Verbeugung, Abgang zwischen die Seitenvorhänge. Szenenapplaus.

Danke, danke, danke.

Sechzehnte Bahn:
Blitz

Empfohlene Bälle: Traki Maus 2019, mgA,
The Best from Lakos, BoF Obeth

*

Was denkt sich ein Burgenländer, der am Gehsteig ein paar
Schritte vor sich eine Bananenschale liegen sieht?–
Mist, wird's mich wieder auf die Nase hauen!

Ta-taaa! Ta-taaa!

*

Die Kunstströmung beziehungsweise Maltechnik
des **Pointillismus** stellt den Anspruch, ein Gemälde und
seine Bestandteile im Vorhinein durchzukomponieren.
Kleine Punkte werden in reinen Farben auf die Leinwand
gesetzt. Erst aus der Entfernung betrachtet, vermischt sie das
menschliche Auge zu größeren Farbflächen, die brillanter
und intensiver wirken als Mischfarben.
Nach demselben Prinzip funktioniert die digitale Fotografie.

Graz. Der Name bedeutet Stadt. Das durchfließende Gewässer, die Mur, heißt übersetzt Fluss. Zum als Ausflugsziel beliebten Plateau im Bezirk Mariatrost sagen die Einheimischen „Platte". Wie einfallslos kann man sein?

Der Bravo mag Graz, gerade deswegen. Weil alles so simpel ist und sich langsam und betulich bewegt, auch die aufgestaute Mur. Vor einer roten Ampel verharren die Steirer brav. Während der Bravo, als gebürtiger Wiener, kurz nach links und rechts schaut und, wenn nichts kommt, bei Rot über die Kreuzung läuft. Ampeln sind dazu da, die menschliche Wahrnehmung zu unterstützen. Zuerst kommt für den Bravo jedoch das Individuum. Ihm steht frei, sich an Gesetze zu halten oder nicht; schon gar an solche, die lange vor seiner Zeit, unter ganz anderen Umständen, ausgerufen und aufgeschrieben wurden.

In der Bibel steht, als fünftes der zehn Gebote, „Du sollst nicht töten". Das wortgetreu zu befolgen wäre illusorisch, da die Menschen großflächig Tiere züchten, um sie zu schlachten und zu essen. Auch Haustiere „einzuschläfern" ist gängige Praxis. Der Bravo hat sich weitergebildet. Genauer übersetzt, lautet das Gebot: „Du sollst nicht morden." Sehr wahrscheinlich wurde es ursprünglich formuliert, um das gegenseitige Metzeln zwischen Angehörigen verschiedener Sippen im Rahmen der Blutrache einzuschränken. Seither ist die Menschheit klüger geworden, oder zumindest der zivilisierte Teil davon. Tätigkeiten, die man nicht selbst ausführen will, weil sie schwierig, unangenehm oder verboten sind, werden an Spezialisten delegiert. Die wiederum ihrerseits, wie der Bravo, keine Freude haben, wenn ihnen Amateure in die Quere kommen.

Er ist früh angereist, um in Ruhe das Terrain sondieren zu können. Aus Plutons kryptischen Angaben ließ sich durch zusätzliche eigene Recherchen der Hinweis auf ein bevorstehendes Geschehen ableiten, das wahrscheinlich in Zusammenhang mit dem Hinterhalt im Prater steht. Aber sicher ist das nicht, und jedenfalls in sehr vielen Punkten unklar.

Der Bravo hasst es, wenn er suboptimal vorbereitet in Aktion treten muss.

Sämtliche sechs Straßenbahn- und die meisten Buslinien dieser sogenannten Großstadt, die nicht viel größer ist als der 22. Wiener Gemeindebezirk und nicht viel mehr Einwohner hat als der zehnte, führen über den zentralen Jakominiplatz.

Der Bravo besteigt den Shuttlebus, der in den Schulferien tagsüber alle dreißig Minuten zu einem Freizeitzentrum an der Südautobahn fährt. Er hat eine Badetasche umgehängt, denn die Hauptattraktion ist ein Grundwassersee, entstanden aus zwei Schotterteichen einer großen steirischen Bau- und Betonfirma. Jetzt gibt es dort ausgedehnte Liegeflächen, eine Wasserski-Liftanlage mit Rampen, eine Seebühne und eine Tennishalle, in der schon mehrfach Davis-Cup-Runden gespielt wurden.

Für die Sicherheit am Gelände, das sich nach wie vor im Privatbesitz befindet, sorgt „Protector Security" … Das muss kein Beweis dafür sein, dass Pluton die entscheidenden Verknüpfungen gefunden hat. Ein Indiz ist es allemal.

Der Bus war nur halb voll. Hingegen bersten die Ufer des Badesees und die Gastgärten der Verköstigungsstätten förmlich vor Besuchern. Wie auch nicht, an einem sonnigen, über dreißig Grad heißen Mittwochnachmittag im Hochsommer. Damit hat der Bravo kein Problem. Er schwimmt nicht gern im Wasser, aber sehr wohl als einer von vielen in einer Menschenmasse.

Auf der Pylonenbrücke über dem Durchstich, der die beiden Teiche verbindet, drängen sich Fußgänger, Radfahrer und Inlineskater. Zwei Männer in khakifarbenen Overalls bemühen sich vergeblich, Ordnung in das Verkehrschaos zu bringen. Es sind andere als am Sonntag im Wiener Wurstelprater. Auch wenn es dieselben wären, würden sie den Bravo nicht als Passagier der Liliputbahn oder bei „Jedličeks Praterbühne" rastenden Jogger beziehungsweise Zeitungsleser wiedererkennen. Er hat sich diesmal ganz anders verkleidet.

Rechter Hand am östlichen Seeufer wirbt der „Tauchshop Piberstein" um Kunden, links ertönt aus dem überfüllten Restaurant „Kombüse" Schlagermusik. Es riecht nach lange nicht gewechseltem Frittieröl. Der Bravo geht am Campingplatz vorbei und kommt zu einem Waldstück, an dessen Rand einige türkische Großfamilien picknicken.

Da er noch jede Menge Zeit hat, breitet er im Schatten die mitgebrachte Matte aus, lümmelt sich darauf und genießt entspannt eine Vespermahlzeit, bestehend aus einer Käsesemmel, einem Vollkornriegel und knackigen, gerade richtig süß-säuerlichen violetten Weintrauben. Hernach überquert er die Zufahrtstraße, die den Wald durchschneidet, und befindet sich im Hinterland des „Megaversums".

Es handelt sich um den früheren militärischen Fliegerhorst, von dem bis 2013 die Draken-Abfangjäger starteten.

99 Jahre lang war das an den Grazer Zivilflughafen grenzende Areal als Luftwaffenstützpunkt betrieben worden. Mit dem Ankauf der Eurofighter, die im dafür besser geeigneten obersteirischen Zeltweg stationiert sind, wurde das weitläufige Gelände nicht mehr für militärische Zwecke benötigt.

Das notorisch unterfinanzierte Bundesheer stieß nur zu bereitwillig Liegenschaften ab, die bloß noch hohe Erhaltungskosten verursacht hätten. Die übrigen Grundstücke fielen an die umliegenden Gemeinden zurück. Wodurch sich nun drei Gebietskörperschaften das Gros der Fläche teilen, noch dazu mit drei „verschiedenfarbigen" Ortskaisern: In Vordersulz amtiert ein Sozialdemokrat, in Hintersulz seit der vorletzten Wahl ein Freiheitlicher, und der Bürgermeister der Stadt Graz, deren Ausläufer bis knapp ans Flugfeld heranreichen, wird seit 18 Jahren von der ÖVP gestellt. Naturgemäß hat seine Stimme am meisten Gewicht. Das „Megaversum", im Kern ein Veranstaltungszentrum mit mehreren Hallen unterschiedlicher Größe, ist eines seiner Vorzeigeprojekte. Die Entwickler- und Betreibergesellschaft residiert in der Grazer Innenstadt im Nebenhaus der ÖVP-Parteizentrale, gewiss nicht zufällig.

Einstweilen überwiegt das groß Angekündigte bei Weitem das tatsächlich Umgesetzte. Verfallene Hangars sind in der Mehrzahl gegenüber renovierten oder neu errichteten. Der Bravo sieht kaum Privatflugzeuge, und wenn, dann höchstens ein- oder zweimotorige Cessna-Propellermaschinen, die als „VW-Käfer der Lüfte" gelten. Keine Spur vom Embraer 600-Jet, nach dem er Ausschau hält. Allerdings sollte der laut dem Savant-Orakel sowieso erst gegen Abend auftauchen.

Am Stützpunkt von Protector – ja, die erdfarben Uniformierten mit dem Armbrustwappen sind auch hier für den Wachdienst zuständig – rührt sich ebenfalls nicht viel. Aus der Deckung der Bäume und Büsche studiert der Bravo den bunkerartigen Betonquader von allen Seiten. Nachdem er auch die gesamte nähere Umgebung erkundet hat, inklusive einiger leer stehender Ruinen von Lagerschuppen, landet er am Nebeneingang des mehrstöckigen „Megaversum"-Hauptgebäudes. Ein protzig buntes Schild verkündet: „MAXL – Minigolf Austria XXX-Large". Der Bravo überlegt. In der nächsten Stunde wird ziemlich sicher nichts Bedeutsames passieren.

Warum sollte er in der Zwischenzeit nicht eine Runde Minigolf spielen?

Etwa zur selben Zeit steht Chefinspektorin Karin Fux schwitzend vor einem Einfamilienhaus an der östlichen Peripherie Wiens, wo die Metropole in die Haufendörfer, Barockschlösser und Äcker des Marchfelds übergeht, traditionell die „Kornkammer Österreichs".

Fux hofft, in Bälde ebenfalls eine Ernte einzufahren. Sie trägt eine beschusshemmende Weste, bei der herrschenden Hitze nicht unbedingt das bequemste Kleidungsstück. Aber Vorschrift ist Vorschrift, und selbstverständlich geht sie ihren Untergebenen mit gutem Beispiel voran.

Alle sechs Ermittler sind versammelt. Hirschmugl wischt nervös auf dem unvermeidlichen iPad herum. Gallaun überprüft zum wiederholten Mal den Sitz seines Pistolenhalfters. Machatsch erzählt den beiden anderen einen Witz, den sie mit hoher Wahrscheinlichkeit bereits kennen.

Nicht, dass für sie ernsthaft Gefahr bestünde, ins Feuer zu geraten. Anders als in Film und Fernsehen dargestellt, lassen sich Kriminalpolizisten möglichst nicht auf eine Konfrontation ein. Eigenschutz steht an höchster Stelle. Festnahmen potenzieller Täter erledigen üblicherweise die besser dafür ausgebildeten Kollegen der Sondereinheit Cobra. Angesichts der jüngsten Vorfälle sind sie nicht nur in voller Adjustierung und hoher Mannstärke angerückt, sondern haben auch einen Bomben-Entschärfungstrupp mitgebracht. Die Schreibtischhengste der Gruppe Fux müssen sich im Hintergrund halten und mit der Rolle passiver Zuseher begnügen.

Der Cobra-Kommandant vereint die Proportionen eines Zehnkämpfers mit der Coolness eines Profipokerspielers. Tatsächlich hatte er, als seine Familie aus Ex-Jugoslawien zugewandert ist, bereits die Titel eines Juniorenmeisters sowohl im Schach als auch im Boxen errungen. Ein letztes Mal vergewissert er sich, dass seine Leute auf Position sind.

Dann erteilt er endlich den Befehl zum Zugriff.

Am Vormittag hat Karin Fux ihren speziellen Freund Peter Szily am Ausgang des AKH abgepasst.

Sie war nicht die Einzige, die dort auf ihn wartete. Ein paar Schritte neben ihr unter dem Vordach trippelte Ellen Kalassnig unruhig hin und her, die Zwillingsschwester des nach aktuellem Wissensstand dritten Mordopfers.

„Frau Kalassnig?"

„Ja? Wer lässt fragen?" Das kam aus dem schmalen, verhärmten Gesicht geschossen mit einem Kopfnicken wie der Schnabelhieb eines Raubvogels.

„Chefinspektorin Karin Fux vom Landeskriminalamt Wien. Wir hatten noch keine Gelegenheit, uns persönlich bekannt zu machen. Ich wollte Ihnen Zeit lassen, den schrecklichen Verlust zu verwinden, soweit dies überhaupt möglich ist. Mein aufrichtiges Beileid. – Gehe ich recht in der Annahme, dass auch Sie Herrn Szily abholen wollen?"

Kalassnig kniff die Augen zusammen. „Kann ich Ihre Dienstmarke sehen? Bitte", fügte sie nach kurzem Zögern hinzu.

Fux zeigte den Ausweis vor. „Ich nehme an, Sie stehen sehr unter Druck in diesen Tagen."

„Das können Sie laut sagen. Bitte verzeihen Sie mein Misstrauen, aber … Sie haben keine Ahnung, was in den ach so sozialen Netzen abgeht."

„Oh doch. Einer meiner Mitarbeiter beobachtet das sehr genau. Ich weiß, was an obszönen Anfeindungen auf Sie eintrommelt, bloß weil Sie glücklicherweise überlebt haben."

„Echt? Dann verstehen Sie meine defensive Reaktion. Ich habe mir strikt verordnet, Facebook, Twitter und so weiter zu meiden. Nichts für ungut. Schön, Sie persönlich kennenzulernen, Frau Chefinspektorin!"

Das Gespräch wurde unterbrochen, weil die gläsernen Schiebetüren aufglitten und Peter Szily heraushumpelte. Seinen rechten Unterarm umhüllte ein frischer, strahlend weißer Verband.

„Na, das sind mal zwei Überraschungen", sagte Szily und stützte sich auf die grauen Standard-Krücken. „Fast zu viel der Ehre."

Er küsste Kalassig auf den Mund und ließ sich von ihr drücken. Dann wandte er sich Fux zu. „Frau Chefinspektorin …?"

„Ich hätte noch ein paar Fragen, zusätzlich zu dem, was Ihr rettender Engel, Herr Viktor Vrtala, zu Protokoll gegeben hat."

„Er heißt mit Vornamen Viktor? Dann werde ich ihn ab sofort Vau Drei nennen müssen."

„Wenn das Ihre größte Sorge ist … Herr Szily", sagte Fux mit aller gebotenen Rücksicht auf den unzweifelhaft traumatisierten

Zustand eines Menschen, der vor weniger als einem Tag knapp einem Mordanschlag entronnen war. „Man teilte mir mit, dass Sie aus dem Allgemeinen Krankenhaus entlassen werden, nachdem man Sie sicherheitshalber über Nacht dabehalten hat. Der Verdacht auf eine Gehirnerschütterung hat sich also nicht bestätigt?"

„Nein. Oder ja, ich bin wieder einigermaßen Herr meiner Sinne. Mir tut alles weh, ich habe Prellungen am ganzen Leib. Deshalb hat man mir die Krücken aufgedrängt. Wirklich brauche ich sie nicht. Obwohl es mir schwerfällt, länger gerade zu stehen."

„Armer schwarzer Kater", sagte Ellen Kalassnig, während sie Szily über den Rücken strich.

„Ums Eck gibt es ein Bistro", sagte Fux. „Darf ich Sie beide dort auf ein Getränk einladen?"

„Eiskaffee?", fragte Szily, vorwitzig wie immer.

„Heute lieber ein stilles Mineralwasser."

Die Tatortgruppe hatte die auf den Boden geworfene Karteikarte mit dem Namen Paulus Cölestin Pflanzl sichergestellt.

Spitzname „Sparks". Weil ihm, nach Aussage der Geschäftsführerin der „Kulisse", stets am wichtigsten war, „dass alles funkelte und funzte".

Absolvent einer technischen Fachhochschule in München, die sich rühmte, die im ganzen deutschen Sprachraum erste Adresse für Fernsteuerungen zu sein. In jüngeren Jahren, wie Christoph Hirschmugl herausfand, vielversprechendes Minigolf-Talent, für einige Wochen ganz oben in der deutschen Jugendrangliste. Später ausgebildeter Rettungstaucher.

Alles passte zusammen. Fast zu perfekt, fand Karin Fux.

Berufsbedingter Argwohn, beschwichtigte sie sich.

„Frau Kalassnig, Sie und Herr Szily haben mit dem ,Haus des Meeres' telefoniert, aber anstelle der wahren Verantwortlichen den mutmaßlichen Mörder Pflanzl erreicht und dadurch vorgewarnt, dass jemand vorbeikommen würde. Wie erklären Sie sich das?"

„Ich hatte die Handynummer des Bühnenverantwortlichen eingespeichert, nehme ich an. Aus der Zeit, als Sparks, dieses elendige Arschloch … sorry, dieses verwirrte … Monstrum dort noch angestellt war. – Aber nein, Blödsinn!", korrigierte sich Ellen Kalassnig und schnupfte tapfer auf. „Ich habe keinen Privatanschluss gewählt. So war das nicht. Sondern die offizielle Telefonnummer. Pez war dabei. Erinnerst du dich?"

„Stimmt. Tüdeldü, Kennmelodie ‚Unten im Meer‘, der Hit aus Arielle", bestätigte Szily und trällerte gleich die ersten Zeilen.

„Danke, kenne ich", stoppte Fux ihn ab.

„Pflanzl alias Sparks war wohl gerade vor Ort und hat an der Nebenstalle als Erster abgehoben. Er gehörte ja noch zur erweiterten Belegschaft und war deshalb nicht gesperrt worden. Oder hatte er eine Rufumleitung installiert?"

„Könnte sein", sagte Fux. „Das prüfen wir noch nach. Ist aber jetzt nicht so wichtig."

Paulus Pflanzls Wohnsitz in Hirschstetten eruierte Hirschmugl, wer sonst, aufgrund der Pizzabestellungen: meist „Quattro Stagioni" mit Pilzen, Schinken, Sardellen und Artischocken.

Vrtala hatte Pflanzl verfolgt, durch die alten Stiegenhäuser des Flakturms. Er war jedoch abgeschüttelt worden, weil sich sein Kostüm um seine Fußknöchel gewickelt und ihn zu Fall gebracht hatte. Blöd gelaufen, im wahrsten Wortsinn. Pflanzl war durch einen Seitenausgang entkommen und seither abgängig.

Aber die Gruppe Fux hat herausgefunden, wo er wohnt. Das auf ihn angemeldete Motorrad, eine Enduro-Maschine, steht in der offenen Garage.

„Zugriff!", ruft der Cobra-Kommandant.

Siebzehnte Bahn:
Hochteller

Empfohlene Bälle: Glausauge, EM 2006 Geldrop,
EM 2020 Vordersulz

*

Treffen sich zwei Schnecken. Eine hat ein blaues Stielauge.
„Was ist denn dir passiert?", fragt die andere.
„Sportunfall, beim Joggen. Ich düse gerade volle Pulle
durch den Wald, da kommt plötzlich vor mir aus
dem Boden ein Schwammerl geschossen."

Ta-taaa! Ta-taaa!

*

Alexander Pointner, geboren am 1. Jänner 1971 in
Grießkirchen (OÖ), gilt mit 32 unter seiner Ägide errungenen
Medaillen bei Großereignissen, davon 17 Goldenen,
außerdem vier Weltcupgesamtsiegen sowie sechs Siegen
in Serie bei der Vierschanzentournee als erfolgreichster
Trainer der Skisprunggeschichte.

Minigolf ist kein Kinderspiel. Das merkt der Bravo schon bald. Alles nur eine Frage der Konzentrationsfähigkeit, hätte er gedacht. Man sieht ja genau, wohin man zielen soll. Was daran könnte für ihn herausfordernd sein? Die Hindernisse? Auf der ersten Bahn gibt es nicht einmal eines.

„Geradschlag" bedeutet, wie der Name schon sagt, dass der Ball einfach sauber gerade durch die Mitte gespielt werden muss, sodass er aufs wenige Meter entfernte Loch zurollt und … um Millimeter daran vorbei. Vor Ärger verhaut der Bravo auch den zweiten Schlag aus kurzer Distanz, weshalb er einen Dreier notiert.

Bahn zwei, „Passagen", hat vor dem Zielkreis fünf lächerlich niedrige Bodenwellen. Der Ball hoppelt über die mittlere Welle … aber auch über das Loch. Immerhin fällt er diesmal beim zweiten Versuch hinein, weil der Bravo sich konzentriert hat. Dafür trifft er gleich darauf beim „Salto" auch nach sechs Anläufen nicht hindurch und muss einen Siebener hinnehmen, die schlechteste mögliche Wertung.

Vielleicht hätte er doch den anderen Kurs wählen sollen, den mit den grünen Filzbahnen, die allerdings länger sind und schwieriger aussehen. Der dritte, genannt „Abenteuerparcours", hat den Bravo gar nicht gereizt. Die Zwergerl- und sonstigen dekorativen Märchenfiguren sowie die bunte Neonbeleuchtung deuten darauf hin, dass er für Kinder und Familien gedacht ist.

Im Gegensatz zu den benachbarten Schotterteichen hält sich der Andrang in der Halle sehr in Grenzen. Klar, in der warmen Jahreszeit vergnügt man sich lieber draußen. Vergangenen Winter wiederum waren die Sportstätten infolge des Lockdowns geschlossen … Fast könnte der Bravo Mitleid mit den Betreibern der Anlage bekommen.

Außer ihm sind auf den für Turniere genormten Eternitbahnen nur zwei Pärchen zugange und eine größere Gruppe von Vereinsspielern, erkennbar an den individuell angepassten Schlägern und den kleinen Koffern voller Spezialbälle. Offenbar absolvieren sie, angeführt von einem älteren Mann mit grau-weißem Haarzopf, eine Trainingseinheit. Der Bravo beginnt sie unaufdringlich zu beobachten, um herauszufinden, was sie anders machen als er.

Tja, im Unterschied zu ihm treffen sie zumeist schon mit einem Schlag ins Ziel.

Das liegt nicht bloß am zweifellos überlegenen Material. Sie wissen auch aus Erfahrung, wie sie die jeweiligen Eigenheiten der Hindernisse zu ihrem Vorteil ausnützen. Beispielsweise auf der zwölften Bahn spielen sie nicht, wie es dem Bravo erfolgversprechender erschienen wäre, rechts an der nierenförmigen Barriere vorbei, sondern mit leichtem Effet in den Tunnel. An dessen linke Innenwand schmiegt sich der sehr weiche Ball an, um schnurgerade ausgerichtet wieder hervorzukommen, im exakt richtigen Tempo die Kreisschräge hinaufzurollen und satt ins Loch zu plumpsen.

Neidlos sieht der Bravo ein: In dieser Disziplin sind andere beschlagener als er.

Nach der neunten Bahn, zur Halbzeit, gibt er vor, sich eine Verschnaufpause zu gönnen. Er drückt sich ein Mineralwasser aus dem Automaten. Während er trinkt, betrachtet er scheinbar gelangweilt die viele Meter lange Trophäenwand.

Zahlreiche Pokale werden in Vitrinen präsentiert. Daneben hängen gerahmte Zeitungsausschnitte. Ihnen entnimmt der Bravo die Vorgeschichte der MAXL-Halle.

Zentralfigur war und ist, stellt sich heraus, der Mann mit den stets zu einem Rossschwanz zusammengebundenen hellen Haaren, seit Jahrzehnten das Aushängeschild des österreichischen Minigolfsports. Er heißt mit Vornamen Maximilian, ist Serienstaats- und mehrfacher Europameister – und gebürtig in Vordersulz. Weshalb der Bürgermeister alles in seiner Macht Stehende getan hat, um dem großen Sohn der kleinen Gemeinde noch zu Lebzeiten ein Denkmal im „Megaversum" zu setzen.

Ein anderer, anekdotischer Bericht der Lokalpresse erweckt die Aufmerksamkeit des Bravos. Darin geht es um ein junges, hochtalentiertes Mitglied des Vereins, das zu Zeiten, als dieser noch die Anlage im Grazer Geidorfviertel bespielte – übrigens eine der ältesten der Welt – aus kuriosen Gründen disqualifiziert wurde und den U23-Europameisterschaftstitel dem Zweitplatzierten überlassen musste. Eine lustige, irgendwie auch tragische Geschichte. Sie fasziniert den Bravo, zumal auch ein bekannter Name darin vorkommt.

Der Bravo zückt eines seiner Handys und fotografiert den Artikel mitsamt der etwas unscharfen Schwarzweiß-Illustration. Er hat das unbestimmte Gefühl, diese Entdeckung könnte für gewisse Leute noch von Interesse sein.

Ohne viel Engagement spielt er die Runde zu Ende. Nachdem er Schläger und Ball retourniert und den Zettel mit der schriftlichen Dokumentation seines Scheiterns im Mistkübel entsorgt hat, tritt der Bravo hinaus in die warme Abendsonne. Nachträglich fröstelt ihn. Die Aircondition der Minigolfhalle war ein wenig zu forsch eingestellt.

Ein paar Minuten lang sieht er den ferngesteuerten Rennautos zu, die auf einer maßstabgetreuen Nachbildung der Formel-1-Grand Prix-Strecke von Monza herumsausen. Dann wandert er gemächlich zurück Richtung Privathangars.

Ein Mann vom Sicherheitsdienst überholt ihn, gleich darauf zwei weitere Muskelpakete in Protector-Uniformen, gefolgt von einer Frau, die der Bravo wiedererkennt: Sie hat den gegen ihn gerichteten Einsatz an der Station Rotunde der Liliputbahn geleitet.

Etwas ist in Bewegung geraten, keine Frage.

Der Bravo will sich schon seitlich in die Büsche schlagen, um eine Abkürzung zu nehmen, da entdeckt er aus dem Augenwinkel noch eine bekannte Gestalt: Gerfried Müller, den zwielichtigen Privatdetektiv. Auf noch ungeklärte Weise ist er ebenfalls mit der Security-Firma verbandelt, die zum Imperium des Multimillionärs Schirmer gehört.

Eben kommen sie beide zu einer Engstelle zwischen verwaisten Lagerhäusern. Müller drängelt sich am Bravo vorbei, der zur Seite tritt, dann aber, ohne lang nachzudenken, die Gelegenheit am Schopf ergreift beziehungsweise den Detektiv am Kragen seines Leinensakkos. Er reißt den Überrumpelten in die schmale, schattige, vom Hauptweg aus uneinsichtige Gasse zur Linken und setzt ihn ein paar schnelle Schritte weiter mit dem Elektroschocker und einem wohltemperierten Fausthieb an die Schläfe außer Gefecht.

Müller ist um einiges fetter und schwerer als der Bravo. Weit kann er den Bewusstlosen nicht schleppen. Muss er aber auch nicht. Gleich ums Eck befindet sich eine der Ruinen, die er zuvor ausgekundschaftet hat.

Er horcht, vergewissert sich, dass niemand die spontane Aktion bemerkt hat und ihnen gefolgt ist, dann bettet er Müllers schlaffen Körper mit dem Rücken auf eine niedrige, teils moosbedeckte, teils von Efeuranken überwachsene Steinbank und fesselt ihn an Hand- und Fußgelenken mit Kabelbindern. Bis er wieder zu sich kommt, hat der Bravo längst die nötigen Vorkehrungen getroffen.

Als Müller die Augen aufschlägt, sieht er sehr nah vor sich eine Faschingsmaske, wie sie trivialer nicht sein könnte: spiegelnde Plastikbrille mit dickem schwarzen Rahmen, aufgesetzten buschigen Augenbrauen und Knollennase, darunter ein Walross-Schnauzbart. Die wasserstoffblonde künstliche Haarmähne im Vokuhila-Stil – vorne kurz, hinten lang – vervollständigt den Eindruck totaler Zeit- und Geschmacklosigkeit.

„Gerfried", sagt der Bravo leise, „weißt du, wer ich bin?"

Müller bringt nur ein mattes Röcheln heraus.

„Ich denke, du hast schon von mir gehört. Die meisten Leute, an denen ich meine Profession ausübe, begegnen mir nur einmal und danach nie mehr. Niemandem mehr. Weil sie nämlich tot sind. Aber schau, ich verberge mein Gesicht, damit du es dir nicht merken kannst. Das bedeutet, dass du eine winzige Chance hast, am Leben zu bleiben. Verstehst du mich?"

„Ja", gurgelt Müller.

„Allerdings erwarte ich mir dafür eine Gegenleistung, Gerfried. Sie besteht darin, dass du mir nach bestem Wissen und Gewissen sämtliche Fragen beantwortest, die ich dir stelle. Wirst du das tun?"

„Ich, ich bin nur … Ich weiß nichts!"

„Ach Gerfried, warum willst du es dir und mir unbedingt schwerer machen als nötig? Reden wirst du sowieso, mit oder ohne Wahrheitsserum. Meinen höflichen Erkundigungen hat noch niemand auf Dauer widerstanden. Glaub mir, man kann auch ohne Zunge Auskunft geben, beispielsweise schriftlich."

Aus seiner Badetasche holt der Bravo der Reihe nach bedächtig einige Dinge hervor, zeigt sie Müller und legt sie sacht auf dessen Brust ab: einen billigen Kugelschreiber; eine Mini-Kombizange, wie sie Feinmechaniker verwenden; ein Skalpell; ein Plastiksäckchen voller hellblauem Pulver; eine elektrische Zahnbürste mit sehr abgewetzten, verkrusteten Borsten; zuletzt eine hübsche gelbgrün schillernde Murmel.

Auf die Reihenfolge kommt es an. Dank langjähriger Erfahrung weiß der Bravo, dass es meistens die zwischen den Zangengriffen platzierte Murmel ist, die den Ausschlag gibt. Das unerträglichste, wirkungsvollste Folterwerkzeug ist nun mal die eigene Fantasie.

Müller, der noch nie den Eindruck außergewöhnlicher Willensstärke erweckt hat, schluckt und räuspert sich mehrfach. Sein schwammiges Gesicht ist bleicher als das eines Albinos und mit einem Schweißfilm bedeckt. „Schon g-gut", stammelt er. „Ich r-rede."

„Das ist sehr klug von dir, Gerfried."

Dem Bravo liegt Sadismus fern, und er verabscheut rohe Gewalt. Darum ist er froh darüber, dass die nicht näher definierten Drohungen genügen. So etwas wie ein Wahrheitsserum hätte er gar nicht bei sich. Abgesehen davon, dass Drogen wie Scopolamin, Thiopental und dergleichen, einem verbreiteten Irrglauben zuwiderlaufend, keineswegs gänzlich verhindern, dass eine verhörte Person lügt. Allerdings beeinträchtigen sie das Urteilsvermögen, machen anfälliger für Suggestionen und sind allgemein nicht gerade gesund. Auch Müller dürfte das wissen.

„A-aber falls du es auf den Oligarchen abgesehen hast, w-wäre es ein Fehler, m-mich auszuschalten. Wenn ich nicht auftauche, kommt der Big Man auch nicht.“

„So wichtig bist ausgerechnet du ihm, Gerfried?“

„Eben doch. Als Gewährsmann der Gegenseite.“

„Meinst du Novomatic?“ Müller hat für den Glücksspielkonzern schon öfters die Drecksarbeit gemacht, indem er unbequeme Kritiker entweder bestochen oder verleumdet hat.

„Nein. Die Dunkelblauen.“

Der Bravo merkt, dass sein Gefangener sich vom ersten Schock zu erholen beginnt, und versetzt ihm einen Nasenstüber, um gleich wieder den Druck zu erhöhen. „Klartext, Mann! Willst du andeuten, dass jemand aus der FPÖ im Spiel ist?“

„Au.“ Müller schnieft. „Ob die Parteiführung eingebunden ist, weiß ich nicht. Eher nicht. Sondern eine Clique, hauptsächlich aus Ehemaligen.“

„Fang von vorne an“, befiehlt der Bravo. „Wer soll mit dem Privatjet kommen und wer damit wegfliegen?“

Tatsächlich, erfährt er, ist ein Austausch geplant, und zwar von langer Hand.

Den Oligarchen, der Gaston Schirmers Villa bewohnt, hält seit geraumer Zeit nicht mehr viel in Österreich. Die USA drängen immer stärker auf seine Auslieferung. Sie wird auch von Tag zu Tag wahrscheinlicher angesichts der grünen Justizministerin und der durch die Ermittlungen der Wirtschafts- und Korruptionsstaatsanwaltschaft geschwächten politischen Netzwerke. Einfach so ausreisen kann der superreiche Russe nicht. Erstens musste er seinen Pass abgeben, und zweitens wartet die CIA nur auf einen solchen Verzweiflungsschritt.

Über Gerfried Müllers Vermittlung – behauptet er zumindest – kam man in Kontakt mit einer anderen Gruppierung, die ihrerseits eine Person ins Land schmuggeln möchte. Dabei handelt es sich um einen früheren Intimus Jörg Haiders. Zusammen mit aus dubiosen Quellen, möglicherweise von der Familie Gaddafi, stammenden veruntreuten Parteigeldern setzte er sich ins Ausland ab. Später trat er als Konsulent eines arabischen Scheichs auf, der die stolze Summe von 500 Millionen US-Dollar in Österreich investieren wolle. Der Deal platzte jedoch. Haiders Ex-Privatsekretär wird seither auf einer Hacienda in Paraguay vermutet, einem Land, mit dem kein Auslieferungsabkommen besteht.

Hüben wie drüben scheint es also um sehr viel Geld zu gehen. Und während der eine raus will, will der andere rein, um seine Schulden zu begleichen. Dass man sich für solche Zwecke exklusiver Flugunternehmen beispielsweise aus dem Hause Schirmer bedient, hat eine gewisse Tradition. Der nach wie vor verschollene zweite Mann von Wirecard flog, um sich der Verhaftung zu entziehen, mit einer Cessna von Bad Vöslau nach Minsk, wobei ein Abteilungsleiter des Verfassungsschutzes und ein FPÖ-Nationalratsabgeordneter als Fluchthelfer aufgetreten sein sollen. Umgekehrt wurde die aus dem ehemaligen Ostblock stammende Gründerin einer Kryptowährung, die Hunderttausende Anleger um insgesamt vier Milliarden US-Dollar betrogen hat, zuletzt gesehen, als sie in Sofia ein Privatflugzeug mit dem mutmaßlichen Ziel Österreich bestieg …

Offenbar haben also der heimkehrwillige Dunkelblaue und der ausreiselustige Oligarch vor, untereinander die Rollen beziehungsweise Identitäten zu wechseln. Gerfried Müller behauptet, dem wäre sogar eine Reihe plastisch-chirurgischer Eingriffe vorausgegangen. Nun, das alles ist dem Bravo relativ egal, weil nicht sein Revier. Was er wissen will, ist einzig, ob tatsächlich er der Polizei als Kabarettistenmörder zugespielt werden sollte, um störende Ermittlungen nicht zuletzt am „Megaversum"-Gelände zu unterbinden.

Indirekt bestätigt das der Detektiv. Außer den Pisten der Großflughäfen, erklärt er, ist nur das vergleichsweise intime Grazer Flugfeld für die Landung eines Langstreckenjets mit hoher Tarnkapazität geeignet. Solange die Mordfälle, deren sämtliche Opfer im „Megaversum" gastierten, nicht aufgeklärt waren, konnte es dort jederzeit zu intensiveren Nachforschungen kommen. Darum musste die Sache auf Eis gelegt werden.

„Aber warum kam sie jetzt doch ins Rollen?"

„Na, weil die Wiener Kripo mittlerweile einen dringend Tatverdächtigen aufgespürt und kürzlich gefasst hat."

„Woher weißt du das, Gerfried?"

„Wir haben jemand im LKA, der uns solche Informationen zuspielt."

Dass innerhalb der Exekutive nicht nur lupenreine Staatsdiener werken, ist dem Bravo nicht neu. Er erinnert sich an die Geschichte eines Berufskollegen, der sich den österreichischen Behörden stellte, weil er als Spezialagent des türkischen Geheimdiensts ‚Millî İstihbarat Teşkilâtı', abgekürzt MIT, beauftragt worden war, eine kurdischstämmige Grün-Politikerin zu killen. Er wollte aussteigen und in ein Zeugenschutzprogramm aufgenommen werden. Die Anhaltspunkte waren stichhaltig. Der Fall wurde untersucht, Anklage erhoben, ein Prozesstermin fixiert. Was machten die Beamten des Innenministeriums? Sie schoben den Mann ab, ehe es zu einer Verhandlung kam. Wie sie auch schon davor andere Täter außer Landes geschafft oder später bei Terrorverdächtigen alle Augen zugedrückt haben.

„Erzähl mir mehr, Gerfried."

Das tut er, ausgiebig, immer wieder auf die Murmel schielend. Der Bravo hört einiges, was ihm bislang entgangen ist. Als er vor einigen Stunden routinemäßig die Nachrichtenportale abgefragt hat, wurde noch nirgends erwähnt, dass die Polizei das Rätsel der Mordserie, die Österreich seit eineinhalb Wochen in Atem hält, gelöst hätte. Was garantiert die Spitzenmeldung gewesen wäre.

Schließlich versichert Müller glaubhaft, nichts verschwiegen zu haben. „Was wird aus mir? Lässt du mich jetzt gehen?", fleht er.

„Nein, Gerfried", sagt der Bravo. „Nicht gleich."

Wie er mit dem Detektiv verfahren wird, hat er sich zwischendurch bereits überlegt. Ihn endgültig zu eliminieren, stand nie zur Debatte. Der Bravo tötet ausschließlich, wenn er dafür engagiert wurde. Um den gesicherten Rückzug anzutreten, würde es genügen, Müller nochmals zu betäuben. Eine halbe Stunde reicht, dann sitzt der Bravo im Bus retour zum Grazer Jakominiplatz.

Allerdings hat er mit der echten oder vorgeblichen Eminenz, die ihn bei der Haltestelle Rotunde der Liliputbahn in die Falle locken wollte, noch eine Rechnung offen. Rache ist süß, heißt es.

Eigentlich verbietet sich der Bravo solch niedrige Regungen ebenso wie stark zuckerhaltige Kekse oder Limonaden. Er achtet auf seine Linie. Diesmal jedoch gibt er der Versuchung nach, den Leuten, die ihn bedrängt haben, einen Streich zu spielen. Sich aktiv in die lang geplante Unternehmung einzumischen, würde seiner gesamten Lebensgestaltung diametral widersprechen. Aber um sie zu sabotieren, muss er ja gar nicht persönlich handeln. Wie so oft, ist Passivität die bessere, gemeinere Option.

„Ich habe dein Handy an mich genommen, unverzüglich abgeschaltet und den Chip entfernt, Gerfried. Damit dein Aufenthaltsort nicht per GPS angepeilt werden kann. Ich fürchte, das goldene iPhone musst du abschreiben. Kommt ja bald eine neue Version auf den Markt. Wenn ich, was auf dem Gerät, dem Chip und in der Cloud gespeichert ist, ausgelesen und gelöscht habe, werde ich es an die jährliche Ö3-Weihnachtsaktion spenden.

Gewiss hat jemand eine Freude damit. Als Ersatz stecke ich dir dieses historische, unter Sammlern begehrte Nokia in die Hosentasche. Es ist so programmiert, dass es in sechs Stunden von sich aus die Protector-Zentrale anruft und per SMS mitteilt, wo du zu finden bist." Damit dürfte das geplante Austauschmanöver zumindest für heute abgeblasen sein.

„Aber was", jammert Müller, „wenn ich aufs Klo muss?"

„Wir haben alle unsere Probleme", sagt der Bravo.

Die Gruppe Fux feiert.
Wie immer, wenn sie einen Fall erfolgreich abgeschlossen haben, sitzen die Beamten der Abteilung Leib und Leben an einem Tisch der „Summerstage" an der Rossauer Lände beisammen.

Der Lokalbesitzer, ein Freund und Förderer der Künstler und Schriftsteller, insbesondere der Krimi-Literaten, hat den Polizisten wie immer eine Runde Schnaps aufs Haus offeriert. Wie immer hat Karin Fux dankend abgewunken. Wer weiß schon, was morgen wieder auf sie zukommen könnte.

Ein Korken knallt. „Champagner, bis ich Halt sage!", ruft Oswald Machatsch und fügt sogleich, wie immer, in gespielter Panik hinzu: „Halt!"

Alle lachen pflichtgemäß. Diesen Scherz macht Ossi seit mindestens einem Jahrzehnt. Sie stoßen an, nippen aber nur an den Sektflöten. Manche haben Bierseidel vor sich stehen, andere alkoholfreie Fruchtcocktails. Fux begnügt sich mit einem „Eskimo-Flip": Leitungswasser mit Eiswürfeln.

Ja, sie sind fertig. Immens erleichtert. Der Mörder wurde überführt, und zwar in die Leichenhalle des pathologischen Instituts.

Die Cobra hat Paulus Cölestin Pflanzl tot vorgefunden, im Badezimmer. Nachdem der Kommandant der Spezialeinheit alle Räumlichkeiten für gesichert erklärt hatte, wurden auch Fux und ihre Mitarbeiter eingelassen und machten sich ein Bild. Es sah traurig aus.

Pflanzl hat Selbstmord begangen, auf die für die Nachwelt dezenteste Weise: eine Überdosis Schlaftabletten eingeworfen, dann in der mit heißem Wasser gefüllten Badewanne die Pulsadern aufgeschnitten. Weggedämmert, ausgeblutet. Friede seiner gequälten Seele.

Das Motiv für die begangenen Morde erschloss sich aus einer Art handschriftlichem Testament, hinterlegt auf dem Wohnzimmertisch. Darin bekannte Pflanzl sich schuldig. Einige Wörter waren unleserlich verwischt, wahrscheinlich durch auf das Papier getropfte Tränen. Verkohlte Reste früherer Entwürfe fanden sich in der Mülltonne vor dem Haus.

Insgesamt geht daraus hervor, dass Pflanzls ohnedies über weite Strecken unglückliches, von Zwangsneurosen geprägtes Leben aus der Bahn geworfen wurde, als er sich nach der Rückfahrt vom Sportplatz-Festival in Haringshausen zu einem homoerotischen Abenteuer mit Ronald „Ron von Donauland" Ratakovits hinreißen ließ.

Fux verwundert das nicht. „Nach dem zehnten Bier werden alle Männer schwul", sagte schon ihr erster Streifenwagenpartner, damals mit Bezug auf Schlägereien in der Callboy-Szene.

Den Schlag, durch den Pflanzl endgültig in eine Mixtur aus Schuldgefühlen und Verfolgungswahn wegdriftete, versetzte ihm Ratakovits' einsamer Bergtod am Großvenediger. „Sparks" fühlte sich dafür verantwortlich, weil er seinen kurzzeitigen Liebhaber verleugnet und ihn allein hatte gehen lassen. Später erwachte in ihm das Bedürfnis, sämtliche Erinnerungen auszulöschen. Erklärt die beigezogene Psychologin, nicht ohne zu protokollieren, dass eine gründliche Analyse der vorliegenden Schriftstücke und sonstigen Indizien noch mindestens zwei Wochen dauern würde.

Soll sein. Auch so liegt mehr als genug Evidenz vor, dass Pflanzl sich der Kabarettisten entledigen wollte, die er für Zeugen der Anbahnung seiner vermeintlichen Todsünde hielt. Am unteren Ende des Minigolfschlägers, der in der Abstellkammer sichergestellt wurde, kleben Haare derselben Farbe wie auf Lorenz Buchtas eingeschlagener Schädeldecke. DNA also, die sich wohl bald als identisch erweisen wird. Darauf, prahlte Gruppeninspektor Gallaun, würde er seine gesamte künftige Pension verwetten. Hirschmugl rekonstruierte in Pflanzls Gaming-Rechner den Internet-Suchverlauf nach funkfernsteuerbaren Spurhalteassistenten. Abgerundet wurde das Gesamtbild durch die Taucherausrüstung, die in einer Vorzimmertruhe verstaut war, und die auf einem Haken in der Garage hängende kupferrote, der Mähne des Linzer Erzengels buchstäblich aufs Haar gleichende Perücke.

Sogar für die krankhafte Fixierung, mehr: den Hass des mutmaßlichen Mehrfachmörders auf Clowns drängt sich eine Erklärung auf. Gleich doppelt: Pflanzls Mutter hat, als er zehn Jahre alt war, den Familienverband aufgekündigt und ist mit just jenem Mann durchgebrannt, der die bayrische Filiale der „Rot-z-nasen" aufgebaut hat. Außerdem tragen manche Darsteller in Schwulenpornos, die als gefügige, androgyne „Twinks" auftreten, Clown-Masken wie jene, die sich Pflanzl im „Haus des Meeres" bei der Attacke auf Peter Szily umgeschnallt hatte.

Von Twinks zu Sparks oder umgekehrt ist es phonetisch nicht weit.

Alles passt. Beinahe, grübelt Fux, die noch immer nicht abschalten kann, zu perfekt. Nicht zum ersten Mal zweifelt sie am Fahndungserfolg. So viele Indizien, so viele verknüpfte Fäden, die auf ein und dieselbe Person hinauslaufen. Auf jemand, den sie nicht mehr befragen kann, weil er sich durch Suizid aus der Verantwortung geschlichen hat.

„Wir haben es wieder mal vollbracht", grölt Ossi Machatsch und schwenkt die leere Sektflasche. „Die Linzer können sich ihren Sandler genauso einrexen wie die Salzburger ihren Facebook-Troll. Auf uns, die glorreichen Sechs!"

Alle heben ihre Gläser, auch Fux. Insgeheim beschließt sie, sämtliche Unterlagen nochmals durchzusehen. Zumal sie jetzt, da der Akt „mit dem Schädel" des Täters nach Wien wandert, demnächst unbeschränkten Zugriff auf die Ermittlungsergebnisse der Kollegen aus den westlichen Bundesländern bekommt.

Es ist nur ein Gefühl, das sie plagt, aber sie vertraut ihrem Instinkt. Drei Komödianten sind tot, ein Vierter entging durch glückliche Fügung einem Mordanschlag. Der Attentäter wurde zweifelsfrei identifiziert und dingfest gemacht. Morgen können alle mit der Causa Befassten in irgendeiner Kirche eine Kerze stiften zum Dank dafür, dass sie sich wieder anderen, hoffentlich weniger komplizierten Fällen widmen können.

Gleichwohl.

Chefinspektorin Karin Fux schnuppert, wittert. Etwas an der Sache stinkt. Sie weiß noch nicht, was.

Aber sie will es unbedingt wissen.

Achtzehnte Bahn:
Mausefalle

Empfohlene Bälle: MGGV 2008 limitiert „rot",
Twin 6 oder 7, mg Z-type Z7

*

In Neapel sucht ein Mann einen Arzt auf und bittet um ein
Heilmittel gegen die furchtbare Melancholie, die ihm das
Leben zur Hölle macht.
Der Arzt rät ihm, ins Theater zu gehen. „Dort gastiert
der berühmte Clown Fratellini und bringt Abend für Abend
das Publikum zu Lach- und Beifallsstürmen. Er wird auch
Sie aufmuntern."
„Herr Doktor", sagt der Patient mit tränenerstickter Stimme:
„Ich bin Fratellini."

Ta-taaa! Ta-taaa!

*

„Douze points" ist die höchste Punkteanzahl, die seit 1975
beim Eurovisions Song Contest vergeben werden kann.
Als erstes Land erhielt Luxemburg zwölf Punkte (von den
Niederlanden). Insgesamt „Nul points" hingegen bekamen
am öftesten Norwegen und Österreich, jeweils vier Mal.

„**Das ist das beste Blaukraut**, das ich je gegessen habe", sagt Ellen und nimmt gleich noch eine Gabel.

„Ich glaube, das Geheimnis besteht darin, dass sie nicht nur geriebene Äpfel, sondern auch Preiselbeermarmelade mitdünsten", sagt Pez. „Oder es liegt doch am Ambiente."

„Mhm", bestätigt sie mit vollem Mund.

Sie sitzen in einem gepflegt möblierten Gastzimmer, an das sich eine historische „Rauchkuchl" anschließt. Früher kochte man dort auf offenem Feuer, weshalb Wände und Decke schwarz vom Ruß der Jahrhunderte sind. Derzeit dient die Rauchkuchl als Kulisse für das reichhaltige Buffet des Alpengasthofs Stüblergut. Auch die Aussicht durch die Fenster ist beeindruckend. Ein Postkartenidyll, Wiesen, Wälder, strahlend blauer Himmel. Außerdem eine Kapelle und andere Nebengebäude des Gehöfts, das bereits 1420 urkundlich als Hospiz und Taverne erwähnt wurde. Sogar Reste einer Römerstraße gibt es, hat Pez in der Speisekarte gelesen.

„Wärst du bitte noch mal so nett?", fragt er und deutet auf seinen Teller.

„Aber sicher." Ellen beugt sich zu ihm, um das Hirschfilet in kleinere Stücke zu schneiden.

Pez täte sich schwer damit. Seine rechte Hand ist nach wie vor dick bandagiert. Es wird noch einige Tage dauern, bis die Schnittwunde verheilt ist.

Er bemüht sich, die Erinnerung an die Feuerwehraxt, das Flakturm-Museum und den rasenden Bayern zu verdrängen. Aber vergeblich, sie flackert immer wieder auf.

Am Vorabend hat Chefinspektorin Fux angerufen und ihm mitgeteilt, dass er ruhiger schlafen könne, weil von Paulus Pflanzl alias Sparks keine Gefahr mehr droht.

„Befindet sich rein zufällig Frau Ellen Kalassnig bei Ihnen?"

„Nein. Ich meine, nicht zufällig. Sondern absichtlich."

„Schön. Dann schalten Sie jetzt Ihr Handy auf Lautsprecher,

falls Sie es nicht bereits getan haben. Damit ich die ganze bittere Geschichte nicht zweimal erzählen muss."

Fux schilderte die Auffindung von Sparks' Leiche, ohne allzu sehr ins Detail zu gehen. Sie beantwortete ein paar Fragen und stellte ihrerseits ein paar, der Vollständigkeit halber.

„Machen Sie's gut, Sie beide", sagte sie schließlich. „Und Herr Szily, das gilt ganz besonders für Sie: Passen Sie weiterhin auf sich auf! Irgendwie scheinen Sie Unheil anzuziehen. Ich hoffe sehr, das hat jetzt ein Ende, und ich sehe Sie zukünftig nur noch auf der Bühne wieder."

„Ganz meinerseits, Frau Chefinspektor."

Danach stellten Pez und Ellen fest, dass ihnen eine Luftveränderung guttäte, und beschlossen, am Donnerstagmorgen in die Steiermark aufzubrechen. Diesmal lenkte Ellen den Wagen. Pez war ja nicht nur an der Hand verletzt. Er spürte auch bei fast jeder Bewegung die beim Sturz über die Stiege erlittenen Prellungen. Trotzdem blieben die Krücken in Wien. Damit könnte er unmöglich seiner Mutter unter die Augen treten.

Ellen hatte sich ausbedungen, dass der Besuch im Elternhaus erst am Samstag stattfinden würde, und zwar ohne sie: „Bei aller Liebe, aber so weit sind wir noch nicht." Das sah Pez ein.

Sie fuhr sicher, forsch und routiniert. Zwar hatte sie erzählt, dass zumeist Yvonne am Steuer des Tourneefahrzeugs gesessen war … Aber gut, auf langen Strecken hatten sie sich wohl abgewechselt. Pez hütete sich, eine Frage zu stellen, die mit der verstorbenen Zwillingsschwester zusammenhing. Er wollte die heitere Stimmung nicht schon wieder trüben.

Da Ellen Auto und Benzin beisteuert, zahlt Pez das Essen. Vom Stüblergut hinauf zur Passhöhe sind es nur ein paar Minuten. Der Parkplatz dort ist riesig und dennoch knallvoll, wegen des Almkirtags. Sie müssen ein Stück weit Richtung Köflach bergab fahren, bis sie das Auto am Rand einer in die Bundesstraße mündenden Zufahrt abstellen können.

„Funfact", sagt Pez, während sie zurück zum Sattel marschieren. „Das Gaberl heißt nicht etwa Gaberl, weil sich dort Wege gabeln. Sondern nach dem ersten Besitzer des vor 150 Jahren errichteten Schutzhauses. Er war auf den Namen Gabriel getauft und wurde von Freunden Gaberl genannt."

„Wie hätte ich ohne dieses Wissen weiterleben können!"

„Gell?"

Kurz nach dem Aussteigen hat Pez sich schon verflucht für die Schnapsidee, zu Fuß die knapp drei Kilometer zum Alten Almhaus gehen zu wollen. Aber allmählich kommt er in Schwung, und die Schmerzen werden erträglicher.

„Ich hab auch was gefunden, im Internet. Das Stüblergut gehört einem der reichsten Männer Österreichs."

„Ah, ja? Ich dachte, irgendeiner italienischen Grafenfamilie."

„Nein, kein alter Adel. Auch nicht der Graf von Novomatic. Die Liegenschaft stand voriges Jahr zum Verkauf, und zwei Milliardäre haben darum gerittert. Didi Mateschitz von Red Bull war interessiert, aber gekriegt hat es der … Dings, dieser Immobilientycoon. Mit den vielen Kaufhäusern, du weißt schon, und besten Verbindungen. Der so ähnlich heißt wie ein Kakao. Es liegt mir auf der Zunge."

„Ovomaltine?"

„Scherzkeks. Egal, wird mir schon wieder einfallen. Jedenfalls eine sichere Wertanlage, mitsamt dem fast 1300 Hektar großen Forst- und Jagdrevier. ‚Ein einzigartiges Juwel', schreibt die Lokalzeitung."

„In diesen Sphären bin ich nicht daheim", sagt Pez. „Juwelen oder Grundbesitz waren für meine Familie immer außer Reichweite. Wenn etwas vererbt wurde, dann höchstens Schulden."

„Bei uns gibt's ein bisschen was von beidem, aber das ist auch nicht der Rede wert."

„Sei froh. Erbschaftsstreitigkeiten gehören zu den schlimmsten Übeln der Menschheit."

„Wohl wahr."

Ab der Passhöhe wandern sie gemächlich dahin, vorbei an einem Schilift, der in den letzten Wintern mangels Schnees kaum mehr in Betrieb war, und den Sommerweiden der Lipizzaner. Die Jungpferde haben noch braunes Fell. Erst voll ausgereift bekommen sie die reinweiße Färbung, für die sie weltberühmt sind, und werden an die Wiener Hofreitschule überstellt, um Herden – oder Horden – von Touristen zu beglücken.

Erneut sorgt Peter Szily sich, ob er sich nicht doch zu viel zumutet, so lädiert, wie er ist. Aber vor Ellen will er natürlich nicht als Schwächling dastehen. Darum beißt er die Zähne zusammen und schleppt sich weiter.

Immerhin kennt er den Weg, der teils parallel zur Forststraße, teils als leicht ansteigender, breit ausgetretener Pfad durch Waldstücke führt, sehr gut. Schon als Fünfjähriger ist er hier entlanggegangen, angefeuert von den älteren Verwandten. Da wird er es als Erwachsener wohl auch noch schaffen.

Nach etwas mehr als einer halben Stunde stehen sie am Rand einer ausgedehnten, gewellten Hochfläche, die vor Leben nur so wimmelt.

„Bitte schön", sagt Pez, kaum außer Atem. „Da sind wir. Na, habe ich dir zu viel versprochen?"

„Wow", sagt Ellen. „Das ist ... tatsächlich imposant. So viele Leute ..."

„An guten, sonnigen Tagen bis zu 15 000, und heute ist ein besonders schöner Tag. – Weil auch du dabei bist", fügt er spontan hinzu.

„Alter Charmeur!" Sie boxt ihn in die Hüfte, leider genau auf eine besonders empfindliche Stelle. Mit Mühe unterdrückt Pez einen Aufschrei.

Der Klara-Kirtag beim Alten Almhaus auf der Stubalpe, erzählt er, während sie die letzten Meter zurücklegen, findet seit rund eineinhalb Jahrhunderten immer am 12. August statt; ausgenommen, wenn dieser Termin auf einen Sonntag fällt. Dann wird er auf den nächsten Werktag verschoben. Grund dafür ist, dass es sich um einen traditionellen Viehmarkt handelt, in dessen Rahmen um Kühe und Kälber, Stiere und Ochsen gefeilscht wird.

Mittlerweile sind diese Geschäfte freilich eine Randerscheinung. Hunderte Bretterbuden, Zelte und nicht überdachte Marktstände erstrecken sich in alle Richtungen, von den Anhöhen zum Brandkögerl oder der Marienstatue auf dem Wölkartkogel bis weit in den Weg zum Salzstiegelhaus. Sie bieten allerlei Waren feil: Kinderspielzeug, Emailgeschirr, Lebkuchenherzen, Parfüms und Rasierwasser, bestickte Polster und ganze Hochzeitsausstattungen an Bettwäsche ... Sogar ein Lkw-Zug steht da, dessen Aufleger Treppen ausgeklappt hat und Galerien voller kitschiger, garantiert überteuerter, sehr wahrscheinlich aus China stammender Trachtenmode.

Von überall her erklingt Musik. Fast jede Ausschank beschäftigt mindestens einen Ziehharmonikaspieler, der den Umsatz ankurbeln soll. Bratwürste aller Art, Leberkäse, Schinkensemmeln, Fleischlaberln, Grillhühner und Schnitzel gehen über die Tresen. Alkohol fließt sowieso in Strömen: Bier, Wein, Met und stets ein Schnapserl dazu, für die Verdauung ...

Dies ist der alljährliche gesellschaftliche Höhepunkt der gesamten Weststeiermark, der größte Almkirtag Österreichs, konzentriert auf einen einzigen Tag von Sonnenauf- bis Sonnenuntergang. Dementsprechend viele Polizisten streifen herum, zusammengezogen aus sämtlichen Posten der anliegenden Gemeindebezirke. Die Prügeleien zwischen übermütigen Jungmännern aus seit Urzeiten verfeindeten Dörfern sind legendär. Pez erinnert sich, dass er einmal, als Kind, miterlebt hat, wie jemand ein Messer, einen Hirschfeitel, gezückt und dem Kontrahenten in den Bauch gerammt hat. Die Mutter hat ihm hastig die Augen zugehalten, aber bis zum heutigen Tag sieht Pez die plötzlich entsprungene rote Blutfontäne noch vor sich.

„Kneif mich, damit ich weiß, dass ich nicht träume", sagt Ellen. „Sind das dort hinten tatsächlich praktisch sämtliche indischen Fetzentandler vom Naschmarkt?"

„Wo würden sie an diesem Tag mehr gefälschte Fußballdressen verkaufen können?"

„Und am Hügel gegenüber, spielt da wirklich eine finnische Death-Metal-Band?"

„Warum nicht? Der Bezirk Voitsberg, speziell ein gewisses Bärnbacher Gasthaus, war schon zu meiner Jugendzeit berühmt-berüchtigt für seine Rockmusik- und Drogenszene. Die heutigen Rocker werden am Kirtag ebenso selbstverständlich geduldet wie alle anderen Saufschädel."

Sie schieben sich durch die hin und her wogenden Menschenmassen. Immer wieder mal tippt sich Pez grüßend an die Schläfe oder muss stehen bleiben, um mit Bekannten einige Worte zu wechseln. Deshalb dauert es gut zwanzig Minuten, bis sie zum Zentrum des Geschehens vorgedrungen sind. Neben dem Alten Almhaus, einem zweistöckigen, vor Kurzem restaurierten Gebäude, um das herum sich mehrere Reihen dicht besetzter Biertische und -bänke gruppieren, bespielt eine fünfköpfige Kapelle einen Tanzboden, hum-ta-ta, hum-ta-ta.

„Darf ich bitten?", fragt Pez.

„Das meinst du nicht ernst."

„Oh, in meiner Jugend war ich ein begehrter Eintänzer. – Horch, gerade stimmen die Musikanten einen Lamour-Hatscher an. Na?"

„Okay. Aber nur einen Tanz. Und wehe, du steigst mir auf die Zehen!"

Es werden drei Tänze. Dann, nach der Hupferl-Polka, hat auch Pez genug.

„Klassisch wäre jetzt auf ein Rüscherl an die Bar", sagt er, als er wieder Luft geschnappt hat. In breitem Steirisch zitiert er: „Souwiesou trinkt die Puppm nou an Eiakonjak!"

„Mach nur so weiter, wenn du mich vergraulen willst."

„Nichts läge mir ferner, Mademoiselle de Mittersill. Puh. Ich glaube, ich muss mich kurz hinsetzen."

„Falls du einen Platz findest …"

Prompt erspäht Pez jemand, der ihm zuwinkt und auf ein schmales Stück freie Bierbank deutet. „Na bitte. Kommen S', Gnädigste!"

„Seass Peterl!", ruft der untersetzte ältere Mann im grünen Trachtenjanker, als sie an den Tisch treten. „Auch wieder mal im Lande?"

„Ich muss doch meiner Salzburger Freundin den Klara-Kirtag zeigen. Darf ich vorstellen: Ellen, das ist Onkel Harald, Tante Trude und, äh, …"

„Kusine Susi", sagt die üppige Blondine. „Schön, Sie kennenzulernen, Ellen. Wir rücken zusammen, das geht sich schon aus."

Harald ist kein wirklicher Onkel, aber ein enger Freund der Familie, und er kennt Pez von klein auf. Beide Frauen an seiner Seite tragen Dirndlkleider. Davon abgesehen, könnten sie unterschiedlicher kaum sein. Haralds Ehefrau Trude hat dunkle, kurz geschnittene Haare und ein pausbäckig-bäuerliches, ungeschminktes Gesicht. Susi wiederum hat Make-up für drei aufgelegt und die Haare turmhoch toupiert. Auch sie ist keine Kusine, sondern Haralds langjährige Geliebte. Er war bis zur Pensionierung Maurerpolier und hat ihr ein Häuschen unweit vom ehelichen Hof gebaut, den hauptsächlich Trude bewirtschaftet. Soviel Pez weiß, feiern sie auch stets zu dritt Weihnachten.

Auf dem Tisch stehen Wein und Sodawasser in vasenförmigen Literkrügen. Den geröteten Wangen zufolge dürften alle drei schon reichlich zugelangt haben.

„Bist du auch beim Radio, Elfi?«, fragt der Onkel.

„Ellen. – Gelegentlich. Hauptsächlich mache ich Kabarett."

„Oho. Kann man davon leben?"

„Einigermaßen, ja."

Sicherheitshalber schwenkt Pez auf ein anderes Thema um. „Wir haben drüben am Gaberl ein Plakat gesehen. Dort wollen sie noch eine Chalet-Siedlung hochziehen."

Der Onkel nickt. „Am Salzstiegl ebenfalls. Ein Wahnsinn, nicht wahr? Ich sage euch was. Ich war vierzig Jahre in der Baubranche und habe einiges miterlebt. Aber was da momentan abgeht, ist auch mir nimmer wurscht."

„Ah, ja?"

„Bei uns in Schwanberg stellen sie grad einen neuen Supermarkt hin. Mit dem Argument, dass dadurch CO_2 eingespart wird, weil dann die Ortsansässigen nicht so weit fahren müssen. Du weißt, ich kenne mich da ein bissl aus, Peterl. Aus Jux hab ich das einmal nachgerechnet. Allein für die Beton-Fundamentplatte fällt so viel CO_2 an, wie wenn hundert Schwanberger vierzig Jahre lang mit dem Auto bis nach Graz einkaufen fahren!"

„Respekt", sagte Ellen. „Darf ich das für ein Lied verwenden?"

„Von mir aus. Aber schimpft's mir nicht zu viel über die Kollegen vom Bau!"

„Passieren da nicht seit eh und je viele Unsauberkeiten? Korruption, Geldwäsche?"

„Sicher, früher hat man gesagt, das Dreieck der Kriminalität ist Fußball, Gastro und Bauen. Schwarzgeldmaschinen, speziell im Burgenland, haha. Oder: Wenn du in Wien was auschecken willst, gehst du am Donnerstag um 17 Uhr ins Schweizerhaus, da triffst du alle relevanten Leute. Und beim U-Bahn-Bau hat es geheißen, wie viele Kinder von Werkmeistern sind gerade am Häuslbauen? Aber inzwischen ist die Gaunerei direkt am Bau weitaus geringer als zum Beispiel in der Pharmaindustrie. Die Sauereien finden davor statt, bei den Developern, oder danach. Der Berliner Flughafen wurde ewig nicht fertig, nicht wegen der Maurer, sondern wegen der Haustechnik! Und das Grazer ‚Megaversum' war wahrscheinlich schon von vornherein als Versandlager oder Deponie für radioaktiven Krankenhausabfall geplant. Man wird ja sehen, was nach dem unvermeidlichen Konkurs kommt. – Geh, Susi, sei so knieweich, hol uns doch noch einen Liter."

„Nett, deine Verwandtschaft", sagt Ellen hinterher spitz, als sie wieder im Auto sitzen. „Wenngleich nicht ganz unanstrengend."

„Du hast ja keine Ahnung. Das waren noch die Harmloseren."

„Oh. Dann bin ich auf die anderen erst recht nicht neugierig."

„Ah ja. Schade. Aber okay."

Sie sagt nichts darauf. Langes, drückendes Schweigen folgt, während sie recht forsch die engen Kehren der B77 nimmt. Mehrfach muss Pez sich am Griff über dem Beifahrerfenster festhalten.

Er hat gedacht, dass zwischen Ellen und ihm ein tiefes Einverständnis besteht. Nun, da der gemeinsame Feind ausgeforscht und dingfest gemacht worden ist, scheint diese Verbundenheit zu bröckeln. Er spürt, dass Ellen auf Distanz geht. Vielleicht, beschwichtigt er sich, war ihr bloß der Kirtag zu turbulent, und vor allem Onkel Harald.

Aber sie haben ja noch eine besondere Nacht vor sich ... Pez schaut auf sein Handy und stellt fest, dass schon vor Stunden eine Nachricht via Signal-App eingegangen ist. Von einer unbekannten Nummer wurde kommentarlos ein Foto gesendet. Pez will es herunterladen, hat jedoch im gebirgigen Niemandsland zwischen dem Gaberl und der nächsten Ortschaft keinen Empfang. Die Vorschau zeigt etwas wie einen Zeitungsausschnitt, aber zu verschwommen, dass er Genaueres erkennen oder gar den Text lesen könnte.

Stammt die Nachricht vom Bravo? Möglich.

Andererseits, was will er jetzt noch? Der Fall ist geklärt, der Täter hat sich selbst gerichtet, R.I.P., Ende der Fahnenstange, Amen.

Sie checken im Hotel am Grazer Lendplatz ein. Machen sich frisch, legen Abendkleidung an. Ellen steht das kleine Schwarze ganz hervorragend. Gleichwohl verzichtet Pez auf ein Kompliment.

Nachdem sie sich im schräg gegenüberliegenden gutbürgerlichen Restaurant „Zur Steirerstubn" verköstigt haben, fragt er: „Freust du dich auf die Oper?"

„Auf das Stück nicht unbedingt. Für Donizetti konnte ich mich nie recht erwärmen. Gefällige Melodien, doch über immer denselben Harmonien, und für meinen Geschmack übermäßig musikalischer Bombast und szenisches Pathos. Aber die Kasemattenbühne liebe ich. Wir hatten dort eine fantastische Vorstellung als Gäste einer Show von Lorenz Buchta. Zugaben ohne Ende, Standing Ovations aller exakt 999 Zuseher."

„Tja, das waren noch Zeiten, vor Corona. Heute werden es nicht einmal halb so viele sein. Dafür erleben wir im Anschluss den Sternschnuppenschauer der Perseiden."

„Falls es nicht zuzieht."

„Keine Gefahr. Die Zentralanstalt verspricht eine wolkenlose Nacht, ideale Bedingungen. Ich hoffe nur, dass wir eine relativ ruhige Stelle finden. Auf die Idee, das kosmische Spektakel oben am Schlossberg zu genießen, werden auch noch viele andere gekommen sein."

„Was das betrifft, habe ich eine Idee."

„Ah, ja?"

„Wart's ab, lass dich überraschen, Pezi."

Das klingt doch schon ungleich wärmer. Ellen hat eine Zeit lang die Eiskönigin gegeben. Nun taut sie allmählich wieder auf.

Jedes Jahr am 12. August kreuzt die Erde die Staubspur des Kometen Swift-Tuttle. Wenn die Meteore in die Atmosphäre gelangen, leuchten die Luftmoleküle auf. Früher hat der Volksmund die Sternschnuppen „Laurentiustränen" genannt. Mittlerweile bezeichnet man sie als Perseiden, nach ihrem scheinbaren Ursprung im Sternbild Perseus, nahe der Kassiopeia.

Pez und Ellen gehen vom Lendplatz durch die kurze Ökonomiegasse zum Kai, über die muschelförmige, schwimmende Murinsel und weiter zum Schlossbergplatz. Vor dem Lift neben der um diese Tageszeit geschlossenen Märchengrottenbahn herrscht einiges Gedränge.

Der Lift befördert sie in einer halben Minute fast achtzig Meter hinauf. Durch die Scheiben der Glaskabine bewundert Pez die beleuchtete Felsstruktur. Niemand drückt auf den Knopf für die potenzielle Zwischenstation „Dom im Berg", einen für Veranstaltungen ausgebauten Höhlenraum. Alle haben dasselbe Ziel.

Oben angekommen, lassen sie den Uhrturm, das Wahrzeichen der Stadt Graz, links liegen und erreichen über eine sanfte Steigung den Eingang zu den Kasematten. Die Ruinen der ehemaligen, von den Truppen Napoleons geschleiften Burganlage, deren Gewölbe lange davor als Kerker dienten, werden seit fast hundert Jahren als Festspielort genutzt. Pez hat Sitze im vorderen Parkett gebucht. Man gönnt sich ja sonst nichts.

Kaum haben er und Ellen ihre Plätze eingenommen, verdunkelt sich der Zuschauerraum. Die Kakophonie der Orchestermusiker, die ihre Instrumente nach dem nasalen Ton der Oboe stimmen, verklingt. Spot auf den Dirigenten, der hereinkommt, sich verneigt und im obligaten Applaus weidet. Er schüttelt die Hand des ersten Geigers, dann hebt er den Taktstock, und die Ouvertüre setzt ein. Leiser, Unheil verheißender Hörnerklang in Moll. Hernach drei markante aufsteigende Akkorde und eine Art Trauermarsch, der sich zu Fanfarenstößen steigert.

Endlich gleitet der Vorhang auseinander, und auf der Bühne zeigt sich … eine Baustelle. Gerüste, Haufen aufgestapelter Ziegel, angeschlagene Statuen, Schotterkisten, langsam schwingende Kräne, Letztere ungefähr im Maßstab 1:10 verkleinert.

„Sag nicht", zischt Ellen, „dass dein Onkel für das Bühnenbild zuständig war."

„Nein, sicher nicht", gibt Pez flüsternd zurück. „Aber das ist eine ganz neue Inszenierung. Warum sollte sie nicht das aktuellste Problem neben der Pandemie aufgreifen, nämlich die drohende Klimakatastrophe, die vor allem durch das überbordende Bauwesen verursacht wird?"

„Hm. Mag sein. Aber sobald auch noch Neonazis und Impf-gegner-Althippies vorkommen, stehe ich auf und gehe."

Zum Glück geschieht nichts dergleichen. Auf der Bühne, die von grellorangen Flutern beleuchtet wird, intonieren die Darsteller, sämtlich mit gelben Schutzhelmen, die erste Ensemble-Nummer. Offenbar suchen sie etwas oder jemand, aber erfolglos. Das dauert, ebenso wie das nachfolgende Terzett.

Pez, seines Zeichens ebenfalls Stimmakrobat, hat selbstverständlich Ehrfurcht den Opernsängern gegenüber. Nicht nur, weil er niemals so singen könnte. Sondern auch, weil er nachvollziehen kann, was es bedeutet, sich einzig und allein durch die Funktionsfähigkeit der Stimmbänder verkaufen zu können. Den Kabarettbesuchern ist es eher egal, ob man mal einen Schnupfen hat oder ein bisschen belegt ist. Solange die Pointen rüberkommen, beschwert sich niemand. In der Oper jedoch wird der geringste Kiekser sofort von erbarmungslosen Kritikern bestraft.

Im Fortgang der Aufführung gibt Pez seiner Begleiterin mehr und mehr recht. Ja eh, Donizetti. Ja eh, Inszenierung. Bemüht, aber letztendlich … fad. Baumaschinen fahren herein und wieder hinaus. Die Kräne lüpfen Zementsäcke empor und den einen oder anderen Statisten. Die Sopranistin in der Titelrolle singt, wie arm sie doch ist, wieder und wieder. Alles dreht sich und bewegt sich unaufhörlich. Aber wozu?

Ja eh, die über Jahrhunderte perfektionierte Gesangstechnik. Schon beeindruckend. Seit der Erfindung des Mikrofons, denkt Pez ketzerisch, ist derlei Selbstquälung jedoch nicht mehr nötig …

In der Pause geht er aufs Klo und schmökert beiläufig im Programmheft.

Der Stoff der Oper, deren zweite Hälfte er noch aussitzen muss, geht zurück auf einen Roman von Sir Walter Scott. Das Motiv wurde später mehrmals aufgegriffen, es bot ja reichlich

Schauerromantik. Der britische Dramatiker Patrick Hamilton feierte in den Vierzigerjahren des vorigen Jahrhunderts Triumphe mit einem Theaterstück, betitelt „Gas Lighting" oder, in den USA, „Angel Street". Die Melodie des zweiten Aktfinales der Donizetti-Oper wiederum erklang in Scorseses Film „The Departed" als Klingelton aus dem Handy des Gangsterbosses Costello.

Moment mal. Gaslicht? Engel?

Da war doch was …

Pez hatte ohnehin vor, seine Ex-Gattin Nora anzurufen, um sich routinemäßig nach dem Befinden von Li Si zu erkundigen. Nora ist Psychologin. Sie sollte wissen, was es mit dem nebenbei erwähnten Fachbegriff „Gaslighting" auf sich hat.

Nach dem Telefonat fröstelt es Pez trotz der milden Sommernacht. Ihm wird schwer ums Herz. Aber dann wischt er die trüben Gedanken beiseite.

Unsinn. Das kann einfach nicht wahr sein.

Der Höhepunkt der Oper ist Lucias berühmte Wahnsinnsarie. Endlich erschließt sich Pez auch der inszenatorische Sinn des Baustellen-Bühnenbilds. Es stellt eine Gesellschaft im Umbruch dar.

Beide Adelsfamilien kämpfen dagegen an, noch mehr an Boden zu verlieren; beziehungsweise bemühen sie sich mit allen Mitteln darum, den enteigneten Grundbesitz zurückzugewinnen. Das ist das wahre Drama. Die Romanze davor lässt sich unschwer als Paraphrase von Shakespeares „Romeo und Julia" verorten.

Während die Darstellerin der Lucia mit Koloraturen brilliert, steht alles still, was sich zuvor unablässig bewegt hat. Andere Regisseure haben wahrscheinlich darauf gesetzt, die mentale Entrückung der Titelfigur mit allem zu untermalen, was die Bühnentechnik an Effekten hergab. Nicht so diesmal. Im Kontrast zum Vorhergegangen verharrt nun die gesamte Szenerie, ruht … im Irrsinn. Lucia di Lammermoor beleuchtet ein einziger Spot von hinten, als sie, die Oktaven rauf und runter, den Gattenmord gesteht. Als Silhouette, als Schemen, als mitleiderregendes Gespenst.

Tosender Applaus. „Bravo"-Rufe.

Wenn die, denkt Peter Szily, wüssten … Nachdem sich der verschmähte Liebhaber mit einer langen Tenorarie selbst entleibt hat, die Schlussakkorde verhallt sind und die Verbeugungschoreografien absolviert wurden, strebt das Publikum dem Ausgang zu.

Ellen zieht Pez am Jackenärmel beiseite. „Wir gehen backstage", sagt sie.

„Ah, ja? Wieso?"

„Die diensthabende Bühnenmeisterin hat mich damals angebraten. Wir berufen uns auf sie."

Tatsächlich lassen die Securitys, die sich zur Abschirmung der Bühne aufgebaut haben, sie nach einem kurzen Anruf durch. Hinter den Kulissen regiert die übliche aufgekratzte Erschöpfung nach einer Vorstellung. Pez rümpft die Nase. Es müffelt nach Schweiß, Red Bull und Cannabis-Derivaten. Mangelhaft abgeschminkte Mitwirkende huschen hin und her.

„Ich glaube nicht", sagt Pez, „dass sie hier auch noch auf uns gewartet haben."

„Sei einfach still, ja?" Ellen schubst ihn in eine Abstellkammer und schließt die Tür hinter sich.

Auf den Regalbrettern an der Rückwand liegen Scheinwerfer, manche davon in die Bestandteile zerlegt. Spinnweben überziehen die Bruchstücke.

„Was …?"

„Halt die Klappe, Pezi. In zehn, spätestens zwanzig Minuten ist die gesamte Belegschaft abgerückt. Die wollen so schnell wie möglich heim. Danach gehört das ganze Theater uns allein. Mitsamt dem ungestörten Ausblick auf den Himmel und die Sternschnuppen."

„Ah … ja. Und wie kommen wir später wieder raus?"

„Die Sicherheitstüren gehen von innen auf. Für den Fall, dass versehentlich jemand zurückbleibt. Logisch, oder nicht?"

„Logisch", flüstert Pez. „Und was machen wir derweil?"

„Sex … sicher nicht. Schau nach, wie dein heiß geliebter Liverpool FC gespielt hat, oder bohr in der Nase."

„3:0 gegen Norwich."

„Na bitte. Gratuliere. Pst jetzt!"

Ein verwaistes Theater ist ein eigentümlicher Ort.

Einige Minuten, nachdem alle Geräusche verstummt sind und sich nichts mehr gerührt hat, wagen sich Pez und Ellen aus ihrem Versteck.

Sie erklimmen die Bühne, ihren natürlichen Lebensraum, und setzen sich auf eine der Kisten. „Schau in den Himmel, Pezi", sagt Ellen. „Ist das nicht schön?"

„Schon", sagt er.

Oben am Firmament regnet es Sterne. Pez kommt gar nicht damit nach, sich etwas zu wünschen. Ohnehin weiß er, was er vom Schicksal erflehen würde. Sinngemäß Goethe, Faust I: „Oh Augenblick, verweile doch, du bist so schön."

Mit jeder Meteoritenwelle steigern sich die verzückten Ausrufe in der Umgebung der Kasematten. Sektkorken ploppen. Ellen zieht aus ihrer Umhängetasche zwei Plastikgläser sowie eine Flasche Prosecco, öffnet sie und schenkt ein. „Auf uns und Freitag, den 13.!"

Als Pez sein Glas hebt und ansetzen will, erklingt hinter ihm eine emotionslose Stimme: „Das würde ich an deiner Stelle besser nicht trinken, Pezi."

Ellen und er springen auf.

Eine der Statuen im Bühnenhintergrund ist zum Leben erwacht, wischt die graue Schminke ab, macht zwei, drei Schritte auf sie zu. Es ist der Bravo.

„Wer sind Sie und was wollen Sie?", faucht Ellen.

„Und was meinten Sie mit nicht trinken?", fügt Pez hinzu.

„Wie konnten Sie uns überhaupt ..."

„Hab recherchiert, dass du zwei Opernkarten gekauft hast. – Ich nehme stark an, in der Flasche befindet sich Gift. Dasselbe wie bei Laimgrubers Ermordung", sagt der Bravo und zückt einen Elektroschocker. „Oder, Frau Kalassnig? Sie hatten schon früh Interesse an toxischen Substanzen. Sonst hätten Sie nicht parallel zur Musikhochschule einige Semester Pharmazie studiert."

„Stimmt das?", fragt Pez.

„Na und? Meine Eltern haben eine Apotheke. Der Kerl spinnt doch. Warum sollte ich dir Gift ..."

„Du hast auch sonst einiges über deine Grazer Zeit verheimlicht." Pez holt sein Handy heraus. „Zum Beispiel, dass du im Minigolfverein warst und die U23-Europameisterschaft gewonnen hast. Aber disqualifiziert wurdest, weil du unter Yvonnes Namen angemeldet warst. Ich nehme an, ihr habt euch die Mitgliedschaft geteilt, um Geld zu sparen, und seid einfach abwechselnd hingegangen. Wer kann schon eineiige Zwillingsschwestern auseinanderhalten? Durch den Turniersieg ist die Sache dann doch aufgeflogen."

„Beim Abholen der Prämie habe ich versehentlich den falschen Ausweis vorgezeigt. Und wenn schon! Das besagt alles gar nichts."

„Auch nicht, dass der Zweitplatzierte, der dann vorgereiht wurde, kein anderer als ein gewisser Paulus Pflanzl vom Bahnengolfklub Garmisch-Partenkirchen war?" Er fuchtelt mit dem Handy. „Hier steht es schwarz auf weiß. Ihr beide kennt euch schon viel länger, als du gesagt hast! Wahrscheinlich wart ihr die ganze Zeit über in engem Kontakt."

Theatralisch breitet Ellen die Arme aus, beginnt tänzerisch zu schreiten und im hohen Sopran zu singen, Koloraturen aus der eben gesehenen Oper. Noch ehe Pez fragen kann, was das soll, vollführt sie blitzschnell eine halbe Drehung, greift nach einem der Kulissenkräne, schlägt die Fixierung heraus und gibt dem Kranausleger einen Stoß, sodass er scharf herumschwenkt. Der Bravo reagiert um einen Sekundenbruchteil zu spät. Zwar duckt er sich, aber der pendelnde Korb voller Ziegeln erwischt ihn trotzdem so hart am Kopf, dass er reglos umfällt. Ellen huscht hinzu, hebt den Schocker auf und betäubt den Bravo damit endgültig.

„Wer auch immer das ist", sagt sie danach kühl, „auf der Bühne regiere ich. Los, schaff ihn in die Truhe!" Sie droht mit dem Schocker.

Perplex gehorcht Pez. „Ich wollte es nicht wahrhaben", sagt er wie in Trance, während er den schlaffen Körper des Bravos in die Kiste hievt, deren Boden von Sand bedeckt ist, den Deckel wieder zumacht und mit der gesunden Hand das Schloss versperrt. „Dabei hätte ich schon viel früher draufkommen können. Wenn mir der Originaltitel des Films eingefallen wäre, nämlich ‚Gaslight'. Daher stammt auch der Begriff ‚gaslighting'. Er bezeichnet eine Form psychischer Gewalt, mit der die Opfer systematisch desorientiert, manipuliert, isoliert und bis zur völligen Selbstaufgabe kontrolliert werden. Wie du es mit Pflanzl gemacht hast."

Gaslighter, hat Nora ihm erläutert, sind nicht selten Soziopathen oder leiden unter einer narzisstischen Persönlichkeitsstörung.

„Was mir allerdings nicht klar ist", setzt Pez fort: „Falls der Prosecco vergiftet ist – wie hättest du auch diesen Mord Sparks zuschieben können? Der Mann ist tot."

„Keine Sorge. Seine Fingerabdrücke sind auf der Flasche. Im Papierkorb deiner Wohnung liegen Reste des Pakets, in dem sie dir vermeintlich schon vor Tagen per Post zugeschickt wurde. Absender P. C. Pflanzl, mit einer Grußkarte. So etwas kriegt man immer wieder mal nach Firmengigs."

„Du warst sein Engel. Sein Todesengel."

„Pathetisch bis zum Schluss. – Ein paar Schlückchen werde ich ebenfalls nehmen, aber keine letale Dosis. Die ist für dich bestimmt, Pezi." Mit der freien Hand ergreift sie die Sektflasche.

„Und wenn ich mich weigere?"

„Schicke ich dich ins Land der Träume", sie hält den Elektroschocker hoch, „und flöße dir das Zeug halt dann ein."

Peter Szily findet sich damit ab, dass er geliefert ist. In seinem geschwächten Zustand hat er keine Chance, Ellen Kalassnig zu überwältigen oder ihr entkommen zu können.

Da wird es auf einmal rundherum so hell, dass er geblendet die Augen schließt. Eine Lautsprecherstimme ertönt: „Hier spricht die Polizei. Lassen Sie die Waffe fallen und heben Sie die Arme!"

Pez blinzelt. Im grellen Licht sieht er, wie sich mehrere Gestalten in martialischen Monturen von der gemauerten Rückwand abseilen. Andere kommen aus Richtung des Publikumseingangs gerannt.

Drei stehen auf der Hebebühne, die langsam hochgefahren wird. Die mittlere Person entpuppt sich als Chefinspektorin Karin Fux.

Ellen erkennt, dass Widerstand zwecklos ist, und wirft den Schocker weg. „Kein Wort ohne meinen Anwalt."

„Ihr gutes Recht", sagt Fux trocken. „Abführen!"

Zwei der Cobra-Männer legen Ellen Handschellen an und eskortieren sie zum Ausgang. „Vergesst bloß nicht auf Pezis Kumpel in der Truhe!", ruft sie über die Schulter zurück.

„Danke, Frau Chefinspektorin, das war knapp. – Sie sagten kürzlich", versucht Pez abzulenken, „dass Sie mich nur noch auf der Bühne wiedersehen möchten. Zumindest das hat sich bewahrheitet, gell?"

„Scherzbold. Welchen Kumpel ..."

„Haben Sie unser Gespräch mitgehört?", redet er hastig weiter. „Wie sind Sie so schnell nach Graz gekommen?"

„Die letzten Sätze konnten unsere Leute mitschneiden. Wir waren bereits unterwegs, wenngleich noch ohne Cobra. Die habe ich verständigt, nachdem Sie mir das Foto des Zeitungsartikels schickten."

„Ah, ja?" Das war nicht Pez gewesen, sondern wohl der Bravo.

„Und mir ist eine Ungereimtheit aufgefallen. Das Haus des Meeres verwendet tatsächlich den Arielle-Song als Signation, allerdings ausschließlich in der englischen Fassung. Ich habe mich erkundigt, die deutsche hatten sie nie auf ihrem Band. Also war mit Kalassning etwas faul. Daraufhin haben wir die Dame nochmals genauer unter die Lupe genommen. Die Mutter Ihrer Tochter wiederum hat mir gesagt, wo ich Sie finde."

„Ich fasse es nicht, dass Ellen mich umbringen wollte. Hat sie auch die anderen auf dem Gewissen?"

„Direkt oder indirekt als Anstifterin, was im Prinzip aufs Selbe herauskommt. Zumindest ihre Schwester dürfte sie eigenhändig schon frühmorgens im Hotel getötet haben, um dann deren Rolle zu spielen, bis kurz vor der geplanten Unfallstelle. Die Details werden sich in den nächsten Tagen ergeben."

„Aber warum? Ohne Yvonne steht sie doch allein da!"

„Ich denke, darum ging es. Für Ellen war sie ein Klotz am Bein. Sie strebte eine Solokarriere an, aber die Veranstalter buchten immer nur beide KaLaschNix. Solange Yvonne lebte … Weiters gibt es bei Mittersill ein Haus, das die Zwillingsschwestern von einer Großtante geerbt haben. Ellen hatte vor, es mittelfristig zu einem Kulturzentrum auszubauen, haben die Salzburger Kollegen herausgefunden. Yvonne war offenbar dagegen, sie wollte es lieber als Feriendomizil für ihre Familie behalten. Glauben Sie mir, es sind schon Menschen wegen viel weniger gestorben."

„Die anderen Morde dienten nur der Ablenkung?"

„So ist es. Ellen Kalassnig ist verflixt schlau. Sie wusste, dass sie trotz aller Raffinesse unter Verdacht geraten wäre, hätte es nur ein Opfer gegeben. Aber als drittes in einer Serie fiel Yvonne ungleich weniger auf, zumal Buchta weit prominenter war und Ellen Pflanzl als verrückten Killer vorschieben konnte. Tatsächlich fehlte nicht viel, und sie wäre damit durchgekommen."

„Ich habe kein Glück mit den Frauen", sagt Pez bitter. „Gehen wir?"

„Einen Augenblick noch. Welchen Kumpel meinte die Kalassnig, und welche Kiste?"

Das hat Pez befürchtet. So schnell lässt Fux nicht locker. Fieberhaft überlegt er, ob er sich dumm stellen oder nicht doch besser gleich den Bravo ans Messer liefern soll. Immerhin ist er ein Auftragsmörder, der auch Pez nicht nur einmal bedroht hat, und Fux würde sowieso die ganze Bühne absuchen lassen.

Andererseits verdankt Pez dem Bravo das Leben …

„Ich glaube, es ging um die Sandtruhe, auf der wir gesessen sind", versucht er verzweifelt Zeit zu schinden. „Könnte sein, dass, dass …"

„Szily?", sagt Fux mit warnendem Unterton.

Er geht hin, dreht den Schlüssel um, öffnet den Deckel.

In der Kiste ist … kein Bravo.

Der zur Seite gewischte Sand gibt eine Falltür frei. Im Eck liegt eine kleine Puppe, ein Clown, nein, eine Kasperlfigur. Pez hebt sie heraus.

„Mein bester Kumpel", sagt er und wendet all seine Kunst dafür auf, dass seine Stimme nicht zittert. „Kasperl und Pezi, verstehen Sie? Ich hatte ihn vorhin schon vermisst."

Chefinspektorin Fux kneift die Augen zu schmalen Schlitzen zusammen. Sie sieht ihn lange prüfend an.

„Herr Szily", sagt sie schließlich leise, „Sie kommen schon noch in meine Gasse."

Nachbemerkung

Vieles in diesem Roman beruht auf Tatsachen, anderes nicht. Selbstverständlich gibt es die Stadt Graz, die Kasemattenbühne am Schlossberg und den Flughafen Thalerhof. Aber die angrenzenden Gemeinden heißen nicht Vordersulz und Hintersulz. Den Klara-Kirtag am Alten Almhaus und den Perseidenschauer musste ich ebensowenig erfinden wie die Badner Bahn, jedoch sehr wohl das „Sanatorium Lazarus". Und so weiter.

Mein herzlicher Dank für die Hilfe zur möglichst realistischen Ausgestaltung diverser Details gilt: Generalmajor Josef Kerbl und Chefinspektorin Claudia Bauer vom LKA Wien, die mich über die Unterschiede zwischen echten Polizistinnen und solchen im TV aufklärten. Manfred Artl, ehemals Tatortgruppe des LKA NÖ, der etliche technische Details beisteuerte. Christian Gobetz, Minigolf-Staatsmeister und Weltmeisterschafts-Bronzemedaillengewinner, für die Erläuterung der Feinheiten dieser faszinierenden Sportart, inklusive der Bedeutung wärmender Socken. Wolfgang Pröhl, der schon weit mehr als bloß das „Miniatur Tirolerland" auf die Beine gestellt hat. Hans Köppen, Geschäftsführer vom „Haus des Meeres", der mich auf die Spur des Tauchers im Haifischbeckens brachte. Pauli Huter und Günter Schütter, ihres Zeichens Bauingenieure und Badminton-Götter. Iris Fink und Hans Veigl vom „Österreichischen Kabarettarchiv". Flugkapitän im Ruhestand Bernd Kräftner, der wie aus der Pistole geschossen wusste, wo in Österreich ein Embraer-Jet landen kann und wo nicht; sowie Fred Strutzenberger vom Mieterschutz der KPÖ Graz, mittlerweile Büroleiter der amtierenden Bürgermeisterin.

Nicht zuletzt danke ich meinen Erstlesern Peter Wustinger und Severin Groebner für unzählige Anregungen, Martin Buchgraber fürs Mitdenken bei der Plot-Entwicklung, Clemens Maria Schreiner für die Leihgabe der Figur „Lilo" aus seinem

Kabarettprogramm „Krisenfest", Fritz Aumayr für die Ermöglichung einer Fotosession im „Stadtsaal" und Homajon Sefat für die tollen dabei entstandenen Bilder. Verneigen möchte ich mich unbekannterweise auch vor Tatjana Gürbaca, deren Inszenierung der „Lucia di Lammermoor" am Opernhaus Zürich mich sehr inspiriert hat.

Ganz besonderer Dank gebührt den wunderbaren Damen von Ueberreuter, allen voran Verlagsleiterin Birgit Francan und Lektorin Marina Hofinger. Ohne sie hätte ich dieses Buchprojekt niemals realisiert. Der Bravo hingegen betont, dass er nur eine Ausgeburt meiner kranken Fantasie ist. Dies klarzustellen, habe ich ihm hoch und heilig geschworen.

Wien, Dezember 2021

Leo Lukas über „Mörder Pointen"

Was werden die Kabarett-Kollegen zu deinem Roman sagen?

Diejenigen, denen die Mordopfer teilweise nachempfunden sind, habe ich um Erlaubnis gebeten. Z. B. gibt es ja nicht so viele musikalische Zwillingsschwestern in der Szene ... Alle erteilten mir freie Hand. Eher mache ich mir Sorgen, dass manche Kolleg_innen enttäuscht sein könnten, weil nicht auf sie angespielt wird.

Wie kam es zu Minigolf als Leitmotiv?

Das hat sich im Lauf der Arbeit mehr und mehr aufgedrängt. Zwischen dem Bahnensport und der Bühnenkunst besteht eine Verwandtschaft: Beide werden weltweit betrieben, da wie dort ist Präzision entscheidend, vor allem im Timing.

Was war beim Schreiben dieses Krimis besonders reizvoll?

Ich wollte diesmal Chefinspektorin Karin Fux eine größere Rolle und einen eigenen Handlungsstrang geben, weil mir die Figur so gut gefällt.

Daher sind es jetzt nicht nur zwei „verschiedene Welten", sondern gleich drei. Außerdem spielt dieser Roman zeitlich nach dem ersten, soll aber nicht zu viel verraten, damit man die Bücher auch in umgekehrter Reihenfolge lesen kann.

Mörder Quoten

Leseprobe

Es gibt schon Zufälle, da glaubt man nicht mehr an Zufall.

Ich meine, wie hoch ist die Chance, dass die Kundin, die einen Karibikurlaub gewinnt, justament das „Gspusi" des Filialleiters ist? Oder dass der Verteidiger, der in der 89. Minute ein Eigentor schießt, niemanden kennt, der einen Haufen Geld auf Unentschieden gewettet hat?

Eben. Manchmal muss man halt ein bisserl nachhelfen.

Obwohl das Schicksal auch ganz allein Kapriolen schlagen kann, frage nicht. Nehmen Sie den Bravo und mich. Eine Paarung, sehr viel unwahrscheinlicher geht's kaum. Zwei verschiedene Welten, fast ohne Berührungspunkte.

Unter uns: Wäre es dabei geblieben, würde ich mich auch nicht beschweren.

Da kann man schon ins Philosophieren kommen. War es irgendwie vorherbestimmt, dass ich den Bravo getroffen habe? Hat uns die Vorsehung zusammengespannt, oder gar ein höheres Wesen?

„Der Mensch denkt, und Gott lenkt" … Angenommen, das stimmt; dann wäre ich vehement dafür, dem Herrn die Lenkerberechtigung zu entziehen. Weil ganz auf der Höhe kann er nicht gewesen sein, als er sich das ausgedacht hat.

Gut, eine gewisse Mitschuld streite ich nicht ab. Mein lockeres Mundwerk, wieder mal. Ich hätte mir einfach auf die Zunge beißen sollen, und nichts wäre passiert. Bis heute wüsste ich nicht, dass jemand wie der Bravo überhaupt existiert.

Aber der Reihe nach.

Ich war in Graz, wegen eines Sprecherjobs. Außerdem fand am Abend die Geburtstagsfeier einer ehemaligen Geliebten statt. Unsere Affäre liegt einige Jahre zurück und dauerte nur wenige Wochen. Exakt, bis ich draufkam, dass die Dame mich hauptsächlich dazu benutzte, ihren Ehegatten eifersüchtig zu machen. Dennoch lädt sie mich alle Jahre wieder zur Party ein, obwohl wir sonst keinen Kontakt mehr haben. Jetzt werden Sie

nicht ganz unberechtigt fragen, warum ich dann trotzdem hin-
fahre.

Ja, sehen Sie, mit der Zeit habe ich den Gatten schätzen gelernt. Wir teilten, stellten wir fest, weit mehr gemeinsame Inte-
ressen als bloß seine Gemahlin. Deren Geburtstags-Gelage sind
außerdem echt vom Feinsten, und zu später Stunde, wenn sich
die übrigen Gäste getrollt haben, fachsimpeln Bernhard und ich
genüsslich über diverse Ballsportarten.

Ich schlief im ehemaligen Kinder- und nunmehrigen Gäste-
zimmer. Tags darauf brunchten wir zu dritt, wie eine sehr in die
Jahre gekommene Römerquelle-Werbung. Dann nutzte ich die
Gelegenheit, um einen anderen alten Bekannten zu besuchen.

Gustav Guthmann, genannt „Gugu", war einer meiner besten Kumpels im Gymnasium gewesen. Nachdem ich nach Wien
gezogen war, verloren wir einander allmählich aus den Augen.
Gugu legte eine beachtliche Karriere als Psychiater hin und den
alten Spitznamen ab. Bald waren wir froh, wenn wir uns mehr
als einmal im Jahr sahen. Schade eigentlich, aber so spielt das
Leben.

Die Praxis lag im Geidorfviertel. Ich hatte mich für späten
Vormittag angekündigt, ohne einen genauen Zeitpunkt zu ver-
einbaren; wollte ja nur kurz vorbeischauen und Gugu, pardon:
Gustav, ein Buch übergeben, um das er mich gebeten hatte,
einen Sammelband mit einem Beitrag von mir. Wenn irgend
möglich, erledige ich so etwas persönlich. Außerdem steht man
sich auf der Post die Füße in den Bauch, seit sie eine Filiale nach
der anderen aufgelassen haben.

Jedenfalls, das schmucke Gründerzeit-Haus war eine typische
Ärzteburg: im Erdgeschoß Orthopädie, erster Stock Uro- und
Gynäkologie, zweiter Stock Interne und Augen; ab dem dritten
Stock die Psycho-Abteilung, insgesamt vier Therapeuten und
Therapeutinnen.

„Professor Guthmann kommt in wenigen Minuten", sagte
die Empfangsdame, sobald sie meinen Namen auf der Liste

gefunden hatte. „Wenn Sie bitte so lange im Wartezimmer Platz nehmen."

„Sein Zimmer ist ...?"

„Nummer zwo."

„Ah ja. Was hat die Koryphäe auf Nummer eins für einen Titel?"

„Dort ordiniert Primaria Orecchietti."

Ich verkniff mir einen Scherz über ohrenförmige Nudeln. Die letzte Antwort hatte ohnehin schon etwas spitz geklungen. Wie so oft, sah ich mich dem Dilemma gegenüber, dass ich nicht wusste, ob sie wusste, wer beziehungsweise was ich war. Von uns professionellen Komikern wird nämlich erwartet, dass wir entweder jederzeit wahnsinnig originelle Witze reißen oder aber privat wortkarge, melancholische, schwer depressive Trantüten sind. Außerdem kennen mehr Leute meine Stimme als mein Gesicht. „Ich bin's dein Geschirrspüler ..." und so weiter.

Während ich wartete, fiel mir ein, dass Gugu, als man noch Gugu zu ihm sagen durfte, bei meiner zweiten Hochzeit als Beistand fungiert hatte. Damals hatte ich die rituelle Frage „Wollen Sie, Herr Peter Szily, Frau Nora Irgolic-Milenkova zur Frau nehmen?" verneint, zur nicht gelinden Überraschung sämtlicher Anwesender. Der Grund war gewesen, dass die Standesbeamtin zwei der drei Nachnamen falsch ausgesprochen hatte und ich einen Schreibfehler in den Dokumenten befürchtete. Mit derlei hatte ich reichlich leidvolle Erfahrungen gemacht. Wer ebenfalls ähnlich wie ein Würzkraut heißt, weiß, wovon ich rede. Gugu und die Beiständin meiner zukünftigen Ex brachen in haltloses Kichern aus. „Wir sind hier nicht im Comedyclub!", fauchte die Standesbeamtin erbost. Das Missverständnis konnte rasch bereinigt werden. Gleichwohl stand die Ehe unter keinem guten Stern, aber das ist eine andere Geschichte.

Wo war ich? Richtig, im Wartezimmer. Längst waren zehn Minuten verstrichen. Deshalb beschloss ich, das Buch mit einer flotten Widmung zu versehen und im Zimmer meines Freundes zu deponieren.

Ich malte also schwungvoll: „Für Professor Doktordoktor Guthmann, den alten Synapsenschlosser!" – Spaß muss sein – und begab mich in Zimmer Nummer 2. Die Einrichtung entsprach haargenau den Vorstellungen, die man sich von Psychotherapeuten macht: Bücherwand voller dicker Wälzer, mächtiger Schreibtisch, zwei Polstersessel, Sigmund-Freud-Memorial-Couch, alles da. Wie ich ja überhaupt im Laufe meines Lebens festgestellt habe, dass die allermeisten Klischees zutreffen. Staatspolizisten zum Beispiel tragen so gut wie immer Trenchcoats und lächerliche Schlapphüte. Bevor Sie mir unterstellen, ich würde diese oder jene Berufsgruppe verunglimpfen wollen: Nichts läge mir ferner! Habe schließlich auch schon das eine oder andere Mal die Dienste eines Seelenklempners in Anspruch genommen und häufig davon profitiert. Obwohl ich es bei therapeutischen Sitzungen immer wieder komisch finde, wenn ausgerechnet ich jemand dafür bezahle, dass er oder sie mir dabei zuhört, wie ich mein Innenleben ausbreite …

Eben hatte ich das Buch mitten auf der edlen ledernen Schreibtischunterlage abgelegt und wandte mich zum Gehen, da öffnete sich, ganz leise quietschend, die Tür. Herein trat – nicht Gustav Guthmann. Sondern jemand, so durchschnittlich und unscheinbar, dass ich mehrfach blinzelte, um mich zu vergewissern, dass ich mich nicht getäuscht hatte und wirklich nicht mehr allein im Zimmer war.

„Guten Tag", sagte der Neuankömmling, mit einer Stimme, ebenso unauffällig wie seine gesamte Erscheinung. Sie klang keineswegs monoton, auch nicht flach oder zu leise, bloß … absolut eigenschaftslos. „Wir haben einen Termin. 11 Uhr 45, Raum zwei. Stimmt das?"

„Ja, sicher. Äh. Klar", stotterte ich. Gefasster fügte ich hinzu, weil mir nichts Geistreicheres einfiel: „Pünktlichkeit ist eine Zier, man sagt auch, die Höflichkeit der Könige."

Zu meiner Ehrenrettung sei vermerkt, dass mich die Begegnung auf dem falschen Fuß erwischte. Ich hatte mir Zutritt zu Gugus Zimmer verschafft, ohne die Empfangsdame zu informieren, und fühlte mich gewissermaßen ertappt.

Gleichzeitig war das Merkwürdige an dem Fremden, dass eben nichts an ihm merk-würdig war. Blickte ich kurz weg, hatte ich ihn schon fast wieder vergessen. Es handelte sich wohl um eine Art Gabe, ein spezielles Talent, eine angeborene oder anerzogene Fähigkeit, wie sie mir noch nie untergekommen war. Die Gesellschaftsschichten, in denen ich mich gewöhnlich bewege, strotzen vor offensiven Selbstdarstellern. Die „Szene" heißt so, weil alle immerzu ein Theater aufführen, vor den anderen, aber auch vor sich selbst. Alle geben etwas vor, niemand gibt etwas zu, schon gar keine Zweifel an der eigenen Wichtigkeit.

Dieser Mann hingegen erweckte nicht im Mindesten den Eindruck, sich in den Vordergrund stellen zu wollen. Vielmehr hinterließ er gar keinen Eindruck. „Mir wurde versichert", sagte er ruhig und sehr beherrscht, „dass Sie der Schweigepflicht unterliegen. Nichts, was hier geredet wird, verlässt diesen Raum. Richtig?"

„Richtig." Ich räusperte mich und setzte zu einer Erklärung an.

„Nichts wird aufgezeichnet?" Er zog ein schlankes silbriges Kästchen aus der Hosentasche. Ein grünes Lämpchen leuchtete auf. „Keine Wanzen." Es war nicht als Frage formuliert.

„Die Praxisgemeinschaft beschäftigt einen sehr guten Kammerjäger", sagte ich.

„Wieso?"

„Gegen Ungeziefer. Kammerjäger – Wanzen. Sie verstehen?"

„Ja. Sehr witzig." Als der Humor verteilt wurde, hatte der Typ sich definitiv nicht vorgedrängt. „Wir haben eine Dreiviertelstunde vereinbart. Darf ich gleich anfangen?"

Das war der Moment, in dem ich spätestens hätte sagen sollen: „Pardon, Sie verwechseln mich. Ich bin kein Psychiater, nur ein zufälliger Besucher."

Stattdessen deutete ich schwungvoll auf den Stuhl links neben dem Schreibtisch. „Bitte, nehmen Sie Platz."

Ich meine, streng genommen hatte ich nicht gelogen, oder? Alle von mir getätigten Aussagen waren wahr gewesen. Vor allem aber faszinierte mich der „Mann ohne Eigenschaften" mindestens im selben Ausmaß, wie er mir unheimlich war. Schon rein berufsbedingt musste ich ihn näher studieren.

Kaum hatte er sich gesetzt, sagte er: „Mir ist etwas passiert, das ich kaum glauben kann. Ich möchte sichergehen, dass ich nicht unter Gedächtnisverlust oder Wahrnehmungsstörungen leide. Sie kennen sich doch damit aus?"

Die zweite Chance, seinen Irrtum aufzuklären, erschien vor meinem geistigen Auge wie ein hübscher, vernünftig karierter Schmetterling, der ohne Hast, fröhlich mit den Flügeln winkend, an mir vorbeiflatterte. „Sicher", sagte ich.

„Gut. Sie müssen wissen", sagte er, „ich bin ein Bravo. Das ist ein anderes, älteres Wort für Auftragskiller. Im Wiener Kunsthistorischen Museum gibt es sogar ein Gemälde von Tizian, das den Titel ‚Der Bravo' trägt."

„Ah ja." Ich war erleichtert, fast schon wieder beruhigt. Offensichtlich handelte es sich bei meinem Gegenüber doch um einen harmlosen Verrückten. Schließlich befanden wir uns in einer psychiatrischen Ordination. Andere Patienten mochten sich für Jesus halten, für Napoleon oder Richard III. mitsamt seinem Pferd.

„Sie stehen im Dienst der Mafia?", fragte ich, um das Gespräch weiter anzukurbeln. „Oder eines anderen Verbrechersyndikats?"

„Nein; beziehungsweise nicht dauerhaft. Ich bin selbstständig. Meine Auftraggeber kenne ich normalerweise gar nicht."

„Ah ja. Erzählen Sie mir doch bitte mehr!"

„Ich bin unsicher, ob ich einen Mord, den ich hätte ausführen sollen, tatsächlich begangen habe."

Ich spürte, dass sich mir die Nackenhaare aufstellten. Weidlich bemühte ich mich, das Gefühl zu ignorieren, ich würde in eine Sache hineingezogen, die mir alsbald über den Kopf wachsen könnte. „Unangenehm", sagte ich, Verständnis vortäuschend. „Was bringt Sie zu dieser Vermutung?"

„Das Ganze war überhaupt nicht mein Stil. Vielmehr im Endergebnis ein Pfusch, wie er mir niemals unterlaufen würde."

„Ah ja." Ich nickte, breitete aufmunternd die Arme aus. „Schildern Sie doch einfach, was Sie daran bedrückt."

Und das tat er.

Auf den Geschmack gekommen?

Lesen Sie weiter:

Leo Lukas
Mörder Quoten
Kriminalroman
ISBN 978-3-8000-9002-0